【北京青年文艺评论丛书】

当代女性散文概论

王虹艳 著

北京市文学艺术界联合会 编

团结出版社

图书在版编目（ＣＩＰ）数据

　　当代女性散文概论 / 王虹艳著. -- 北京 ：团结出
版社，2021.10
　　ISBN 978-7-5126-8630-4

　　Ⅰ．①当… Ⅱ．①王… Ⅲ．①女作家－散文－文学研
究－中国－当代 Ⅳ．①I207.67

　　中国版本图书馆 CIP 数据核字(2021)第 038744 号

出　版：团结出版社
　　　　（北京市东城区东皇城根南街 84 号　邮编：100006）
电　话：(010) 65228880　65244790
网　址：http://www.tjpress.com
E-mail：zb65244790@vip.163.com
经　销：全国新华书店
印　装：三河市东方印刷有限公司

开　本：160mm×230mm　　　16 开
印　张：18.25
字　数：229 千字
版　次：2021 年 10 月　第 1 版
印　次：2021 年 10 月　第 1 次印刷

书　号：978-7-5126-8630-4
定　价：69.00 元

编委会

丛书序

通向文艺评论家之路

王一川

在社会各界对文艺评论（或文艺批评）提出更多要求和更高期待的当前，怎样做文艺评论，才能发挥其在当前公共文化艺术生活中的特定作用，显然已经成为一个广受关注的话题。北京市文联和北京文艺评论家协会组织出版"北京青年文艺评论丛书"，是一件及时的好事，便于青年文艺评论家将其新著集束起来与社会公众分享，也可展现北京青年文艺评论力量的旺盛生长势头。在此约略汇集我所了解的中国文艺评论家（或批评家）及其评论文字的范例作用，结合需要做的评论工作，感觉在通向文艺评论家的道路上，有些东西可以提出来相互交流和讨论。

从事文艺评论，无论是在当前还是在过去，最基本的或起码的一点要求在于，它应当是对文艺作品或相关文艺现象的一种艺术发现。文艺评论必须面对文艺作品或相关文艺现象而发言，不能在空缺这个基本的"史实"或"事实"依据时单纯按照某种居高临下的观念发议论，那样就不能叫作文艺评论了。没有文艺作品的文艺评论，无异于言之无物或无的放矢之论。丧失文艺作品或相关文艺现象这个"物"或"的",也就几乎等于丧失文艺评论本身了。更重要的是,文艺评论在面对文艺作品或相关文艺现象时,应当体现出评论者的艺术发现。文艺评论家的艺术发现,意味着从文艺家创作的作品艺术语言系统和艺术形象系统中挖掘和阐发出蕴藏于其中的新颖的人生真理蕴藉,从而是对文艺作品的创造性的一种新的二度创造。这种艺术发现固然可能属于依托艺术家的艺术发现而进行的一种二度创造,但同样也可能意味着文艺评论家自己的一种独立新发现。因为,正如"形象大于思想"所表述的那样,文艺作品的艺术语言和艺术形象系统中诚然可能蕴含着意义,但这种意义常常并不直接以理性方式呈现,而是融化于艺术语言和艺术形象系统中,等待或召唤来自观众或评论家的知音般发现和击赏;或者并不一定被文艺家本人理性地觉察到而又确实存在于他创造的意味深长的艺术语言和艺术形象系统中,或者被他有意识地掩映在作品艺术形象系统中,都有待于观众和评论家去唤醒。这就需要文艺评论家发挥自己的艺术发现能力去加以透视。清代叶燮在《原诗》中有关杜甫诗句"碧瓦初寒外"(《冬日洛城北谒玄元皇帝庙》)的语词与意义间关系的解释,就体现出细致而深刻的艺术发现:一旦联系诗人的生活"境会"或"情景"细想,就能"默会想象"到它的独特而深厚的意义。可以说,文艺评论家的所有思想表达或诗歌理论建树,假如不是建立在这种对于作品意义的艺术发现基础上而只是空发议论,那就缺乏充足的依据,也就不会是真正有见识的文艺评论了。

进一步说,文艺评论家的这种艺术发现,还应当具有独具只眼的特点或水平。独具只眼,是说文艺评论家应当具备独到的眼光和独特见地,从作品中提取出独特的人生真理的光芒。这是要求文艺评论家的艺术发现有着独一无二的真理洞察力。也就是说,这种独一无二的艺术发现会把文艺作品中蕴藏的人生真理有力地阐释出来,唤起社会公众的共同关注。叶燮对杜甫的"千古诗人"地位的评论,以及对苏轼诗歌在诗境上"皆开辟古今之所未有，天地万物，嬉笑怒骂，无不鼓舞于笔端，而适如其意之所欲出。此韩愈后之一大变也，盛极矣"[①]的阐发，至今也仍然具有独特价值。宋代罗大经关于杜甫《登高》中"万里悲秋常作客，百年多病独登台"这联诗句的"八意"之说，到今天看来也仍然具有其精准性和深刻性，为人们揭示该联诗句的兴味蕴藉提供了重要的思路。

真正有力的文艺评论还应该传达出文化关怀，也就是评论者通过文艺作品而对社会人生意义系统表达自己的独特思虑、评价或期待等态度。孔子评论《诗经》的《关雎》为"乐而不淫，哀而不伤"，还提出"兴于《诗》，立于礼，成于乐"，"《诗》可以兴，可以观，可以群，可以怨"等诗学阐发，借助这些《诗经》评论而传达出他的以"克己复礼"为核心的恢复周代礼仪制度的意义深远的文化规划或文化关怀。这样的文化关怀早已成为儒家诗学或评论的传承久远而富于影响力的传统。宋代朱熹就据此而推衍出自己的以"涵泳"和"兴"等为代表的诗学理论及文学评论，其重心在于让读者领悟其中寄寓的文化关怀意味。当代文艺评论家更应当在评论中倾注自己的当代文化关怀。

不仅如此，文艺评论还应该借助于文艺作品评论而表达出时代的社会正义呼声，也就是特定时代有关社会公平、公正、正义等的良知。司马迁通过对左丘明、屈原等名人及其名著的个体发生的研究而提出"愤而著书"之说，韩愈倡导"不平则鸣"，柳宗元标举"文以明道"，苏东坡倡导"有为而作"，李贽主张"童心"等，这些古代史学家和文学家都在自己的文艺评论中寄寓深切的社会正义呼声。可以说，把社会正义呼声通过文艺作品评论而婉转地传达出来，早已成为文艺评论家的一种传统。

---

① （清）叶燮：《原诗》，《原诗 一瓢诗话 说诗晬语》，北京，人民文学出版社 1979 年版，第 9 页。

如果要问文艺评论的文章或著作中最要紧的是表达什么，无疑应当是批评个性。批评个性是评论者的独特人格风范在其评论文字中的独具魅力的闪光。李健吾指出："批评的成就是自我的发现和价值的决定"，要求从评论文字中见出拥有独特个性的"自我"的价值。李长之则强调文艺评论家的批评个性要更多地体现为独特的"批评精神"："我觉得文艺批评最要紧的是在'批评精神'"。而"批评精神"的要义就在于"不盲从"，也就是绝不盲目相信或跟从非理性、非科学的观念或时尚流，务必坚守正确的或正义的信念。"伟大的批评家的精神，在不盲从。他何以不盲从？这是学识帮助他，勇气支持他，并且那为真理，为理性，为正义的种种责任主宰他，逼迫他。"① 批评个性堪称评论家或批评家的独立人格在其批评文字中的结晶体及其闪光，文艺评论要紧的就是以独立批评个性的姿态而传达出与众不同的人生真理洞见。

　　文艺评论者之所以会如此投入地追求如上几方面，目的并不在于自说自话、标新立异或顾影自怜，而在于把文艺作品中可能潜藏的人生真理蕴藉或可能包孕的人生真理萌芽，敏锐地阐发出来，与社会观众分享；进而再缝合到已有文化传统的链条之中，使之成为其中的新生成分而传递给当代人及后人。由此可以说，文艺评论者应当自觉地成为艺术世界通向观众和文化传统之间的公正使者或桥梁。这也正是文艺评论所承担的社会责任或社会义务之所在。文艺评论者要充当这样的使者，就当代而言，特别需要具备一颗艺术公心。他可能有时难免有所偏爱或偏心，因为文化关怀、社会正义及批评个性等使然，但毕竟不能简单地走向偏颇或偏废，而是需要始终保持一种当前艺术公共领域应有的社会公平、公正、正直、良善、

---

① 李长之：《批评精神》，《李长之文集》第 3 卷，石家庄，河北教育出版社 2006 年版，第 3、23 页。

友爱之心灵。鲁迅指出:"我们曾经在文艺批评史上见过没有一定圈子的批评家吗?都有的,或者是美的圈,或者是真实的圈,或者是前进的圈。没有一定的圈子的批评家,那才是怪汉子呢。"[①]鲁迅明确倡导批评家置身于以真善美为代表的艺术公正之"圈"。照此要求和期待,当代文艺评论者需要熔铸成以自觉的真善美追求为代表的艺术公心,如此才可能与被评论对象即艺术品或其"饭圈"保持必要的距离,发出公正持平的评价,从而有可能在文艺家与观众之间、在不同观众群或相互对峙的"饭圈"之间以及在当前文艺作品与文化传统之间,架设起一座相互平等对话和沟通的公正桥梁。文艺评论者有时诚然可能会遭遇一度被误解的命运,但历史老人终归会还他以应有的艺术史公正地位。

我所理解和期待的文艺评论,应当像上面所说的那样(不限于此),在对艺术品的独具只眼的艺术发现中传递时代赋予的文化关怀和社会正义等使命,表达批评个性,自觉地成为艺术世界通向观众和传统的公正使者。这些意思,说起来似不难,做起来实不易,不过事在人为,如果都能自觉向其靠拢,或许就会形成新的文艺评论合力。值此新一辑"北京青年文艺评论丛书"付梓之际,写下上面这些话,期待向年轻有为的同行朋友们学习,与他们共勉。

(王一川:北京师范大学文艺学研究中心暨文学院教授,北京文艺评论家协会主席)

---

① 鲁迅:《批评家的批评家》,《鲁迅全集》第5卷,北京,人民文学出版社2005年版,第449页。

序

希望的知音

吴玉杰

　　虹艳是我的师妹。虽多年未见，但看她的论著，清纯的微笑伴随那种熟悉的话语表达方式和张弛有度的分析节奏扑面而来。

　　辽宁大学硕士毕业后，虹艳到北京师范大学读博，毕业后留在北京工作。离开沈阳，我们就没再见面。但是，她却经常出现在春容老师和我们一起谈论的话题之中。我也会从老师那儿、从到北京和她联系的同学中，知道她很多信息。知道她一直都好，也默默为她祝福。

　　她不事张扬，而她的评论却很有锋芒。透过她的文字，我们会感受到她的似乎不紧不慢的节奏中深藏的锐气和力度。

　　散文就像是一个时光存储器，里面有大量的信息；解码打开它，才能明晰一切。在我看来，虹艳的这本著作就是解码之作，她首先是破解密码，然后再层层剥离，让我们了解已然的女性散文创造的秘密，并跟随她产生对女性散文诗学建构自然的期许。

　　我一直在想，一个文学批评家（研究者）和他批评（研究）的文体文本之间，冥冥中有一种相互的吸引力，就等待着彼此相见的时刻。看完虹艳的论著，这种感觉尤为强烈。虹艳有幸走进了散文，而散文有幸遇到了虹艳。虹艳和散文（女性散文）成为彼此的知音。

就当代文学批评和研究的文体对象来说，小说受到更多人的青睐，而散文相对被冷淡。正像虹艳在文中说散文创作之于女作家的那样："对于很多女作家来说，散文创作往往是小说或诗歌之外的一种附属品，它承接的只是过剩的热情，或是热情消退后的无奈，散文作为一种文体的独立性往往被忽视。"散文研究，固然是有的理论家和批评家学术的发力点和生长点，但相对于小说批评和研究来说，研究人员还是相对较少。这一方面源于学界对于女性散文创作的偏见，"散文成为研究女作家作为一种道德主体的存在状态而不是审美状态的依据，这使女性散文的创作与研究都变得艰难。"另一方面和散文本身的文体特性有关，"文体本身与作家人格修养的直接连靠，也使散文成为一面照耀灵魂的镜子——创作主体的自由精神能够走多远，散文就会走多远。"虹艳在书中说的是散文创作本身，其实对于散文研究也是如此。散文评论的难度就在于它的深度难以抵达和高度难以企及。

1990 年代之后，散文热（尤其是文化散文）吸引了学术的目光，出现散文研究的热潮；随着文化散文的"冷静"之后，关于散文的研究也出现冷思考。女性散文的研究热潮也是在 1990 年代之后，虹艳的研究在某种程度上也可以说是新世纪在这热潮之后所做出的具有创新性的思考。也许我们宏观审视关于女性散文已有的研究成果，才能看清楚虹艳的著作为何与众不同。从时间上来说，已有的研究成果，关于现当代每个阶段的女性散文研究都有所涉猎，从"五四"一直到当下，尤其是上世纪 90 年代女性散文成为研究热点，它的生命意识、精神向度、社会内涵以及文体特征等等；而在空间上，关于重庆、陕西、云南、辽宁、甘肃、内蒙古、浙江、台湾等地区女性散文得到格外关注，与此相关的蒙古族、藏族、壮族女性散文研究取得一定成绩。对比研究主要集中在新时期与五四女性散文比较，上世纪80年代、90年代女性散文比较，大陆与台湾当代散文比较，以及女作家之间散文比较等等。就问题来说，已有成果涉及最多的是关于女性散文或具体女作家"自我意识""女性意识""主体意识""性别意识""自然意识""时间意识"以及创作心理、性爱观等，对女性散文的梦幻意象、母题意象也有文章评析。另外，上世纪90年代后海派散文、上世纪90年代军旅女性散文以及女性社会派散文研究等从作家群的角度研究带来一些新的思考。虹艳论述中常引用的作家作品包括杨绛的《干校六记》等散文、张洁的"大雁系列"、宗璞的"燕园系列"、叶梦的"创造系列"、筱敏的"女神系列"、斯妤的"心灵系列"、王英琦的文化反思系列散文，还有张抗抗、赵玫、韩小蕙、冯秋子、周佩红等作家的作品也是经常被提到的。第六章"备忘——女散文家辑录"则进一步充实了这份作家作品的名单。

女性散文的研究看似比较全面，其实深究的话，还是存在很多可以拓展和深化的空间。虹艳说："就已有的女性散文批评而言，大多是从艺术审美的角度勾勒出史的脉络或者是描述女性散文创作上的一些特征。"虽然成果中也有关于女性散文概念的辨析以及台湾女性散文的诗学建构等方面比较有特色的研究论文，但和女性散文创作相比，与小说文类研究相比，女性散文研究还是处于弱势。

虹艳的研究不是做史的梳理，而是做诗学研究，这是她在洞悉研究现状之后所做出的选择："以女性散文作为研究对象，但是并不是对女性散文史进行描述，而是想从女性诗学这个角度来观照女性散文的价值。也就是说，以女性主义研究视角来解读女性散文，看看能够给女性散文以及整个散文领域的研究带来什么新的可能性；另一方面，也是要从散文中来探讨女性诗学建构的新的空间，即从散文中找到透视女性诗学的一个维度。"

探寻女性散文新的诗学空间，而"女性诗学不是一种纯粹的关于文学本体的审美研究，而是在性别理论基础之上的一种文化诗学，是把文学的内部研究与外部研究相结合的形式。"这一研究目的和研究形式，促使她不停地追问散文创作与研究的问题，并在追问与剖析中形成自己的独立见解，建构属于散文研究的独有诗学空间，其间更显见文本解读的功力和论证思辨的张力。

追问，不仅构成虹艳研究的内在动力，也是她行文的逻辑线索。著作中的问题意识贯穿始终，她追问时代，追问作家，追问文本，追问批评者，追问自己，追问和她一起的阅读者，也有的时候以惯常的思维站在研究对象的对立面追问女性散文、女性文学、女性主义批评，而无论是何种形式的追问，其最终指向都是汉语散文新思维和女性诗学空间的体系建构。阅读她的著作，跟随她的百个左右的追问和层层剥离、层层深入、层层拓展式的分析，颇有酣畅淋漓之感。书的第一章便开始一个重要的追问："散文这种文体到底是以一种什么样的方法看待这个世界？散文以怎样的意识形态塑造了在散文名义下存在的文学形式？散文作为一种创作活动类别又包含了什么样的经验感觉？"接着再问："没有任何一种文体，经历了散文这样的大起大落，由'经国之大事'到'五四'时期最有成就的文体，到新时期初的'边缘文体'，再到上世纪 90 年代的繁荣与困惑，这提醒我们关注散文文体本身的演变史——是什么力量不断地篡改散文的内在属性，附加给散文不同的话语机制？散文在已有的辉煌和矛盾之上，又会有什么新的可能性？"

她的每一问，都是一个个难题，需要破解的勇气和魄力。或者可以说，问题的提出本身就是挑战。我们习以为常却从未加以深入思考的现象在虹艳的追问之下，逐渐显出问题的严肃与重要，需要认真地对待和思考。我甚至以为，读虹艳的书，能够增加阅读者的问题意识，或许还能改变某些惯性的思维方式。

对于女性文学研究，在学界也颇有争议。虹艳替有些学者问："如果有女性散文，那么是不是就应该有男性散文？男性散文又是怎样的？它们难道不一样吗？"她写道："不能简单地将女性文学理解为是与男性文学对立的一种范畴，女性文学或女性散文的对立面并不是男性文学或男性散文"，"在女性文学这个层面上，女性主义文学所对应的不是男性文学，而是父权制下的文学书写"。这种回答，简约有力，让我们豁然开朗。

每一次追问，似乎都是一次编码的过程；而随之而来的论述剖析，则是一次解码的过程。她追问性别意识与革命意识能否统一，爱对于女性以及女性写作来说到底在哪些层面上具有意义，"成为母亲"能否使一个作家完全改变她的写作风格，女性散文是以一种什么样的姿态来进入到文本的时间线索中的，"我们已经知道了女性散文是怎样的，那么，女性散文应该是怎样的呢？"由女性散文应该是怎样的追问，她把我们带到女性散文的理想建构，她追问散文的深度空间，并阐发到："追问女性散文深度空间的建构，就是追问在一个浅薄的时代，散文所能够承担的深度价值。"接着追问散文"满篇的我"之下是什么的问题，进而分析如何通过私人性进入人性中的共通领域达成散文的深度空间建构。

正是这些追问，照亮她思想的天空。一般的著述可能以直接论述为主，虽然也有一些追问，但可能不太会像虹艳这样不停追问，"步步为营"，"锋芒毕露"。这当然和她的表述个性有关，但也能看出她对一些关于散文的偏见、女性文学的偏见的纠偏，更有对女性散文现状和未来期许的掂量。或者可以说，她的著作为女性散文正名，并证明着。她的最后一问："如果说散文始终存在着某种精魂，正是这种精魂使散文成为二十世纪末期中国文坛的热点，那么这种精魂是什么？它与我们的传统与当下有着怎样的关系？"也许会成为她未来散文研究的焦点。

追问，激起自觉的问题意识；同时，虹艳在追问中形成内在的逻辑，她的全文由文体与性别、女性知识分子的传统、主题学研究、话语方式与思维方式、理想建构以及作家论等构成。追问和逻辑性，给读者以思维空间思想深度的引领，这是虹艳论著的一个特色；而她的文本细读的功力所抵达的微妙处，更让人耳目一新。正是从这个意义上，我更愿意把虹艳和散文（女性散文）的关系称为"知音"。

虹艳对散文最精妙的概括是"茶式散文"。"在这里，我们以'茶式散文'来概括中国散文的所注重的淡泊、宁静、清心寡欲、讲究回味等气质。事实上，茶文化与文学有着千丝万缕的关系。"她谈到厨川白村关于散文的定义"啜苦茗，随随便便，和好友任心谈话，将这些话照样地移在纸上的东西就是 Essay。"联想周作人《雨天的书》中喝清茶，同友人谈闲话的氛围与境界。尤其是她从这些表述中看到"茶里面有一种时间感，这种时间感与现代时间是相反的，它是太阳照在老式建筑上投射下来的阴影——缓慢的移动，静静升腾，并不憧憬未来，而对当下总是有一种感激和审美的爱抚。""茶由味觉、意味，而上升为审美趣味，也便有了中国传统文化下的审美韵味。"读到这样的文字，不得不说，散文遇到了它的知音。虹艳读散文，读到内在肌理中去，在品味与体味中升华而成一种美学境界与人生哲学。她从传统追溯，认为"传统文化酝酿了散文的这种文体气质"。她又非常辩证，"它成就了一种古老的东方智慧与审美，但是它同样也让我们感到一种文化的匮乏。"并谈到独语体散文在现代的发展。她对"茶式散文"时间感的描述，竟让我怀疑她的年龄，她怎么会如此细腻而老到、真切而贴切，就像是她在老式建筑上看着茶中人随着时间而流逝，我们不禁要问，她那种在其中而又超然物外的感觉从何而来？

知音，不仅是指虹艳对散文的洞悉和散文对它的期待。实际上，虹艳对于每一个具体的作家和文本的解读，都是构成对话性"知音"关系。她解读女作家笔下的故乡（乡愁），触摸父权制下女性没有故乡的精神漂泊的痛感，明证女作家只能在内心深处建构诗性故乡，从而得出"精神故乡：永恒的'在路上'"的结论。她透过文本进入到作家的思想深处，揭示痛感的原点，彰示超越的起点，如此透彻，让我们感到如此悲凉，又如此温暖。她对杨绛散文"人的出场与物的退席"的抽炼，"隔世般的惆怅和荒凉，人事两忘与不能忘的心酸无奈"的概纳，以及对赵玫散文"隐含读者"的张力和"杜拉式"的表述方式的凝练，都是逼近文本的高妙解读。相信作家看到她这样分析的文字，定会有知音之感。

如果说，追问形成了虹艳严谨的逻辑思维，使她向高度追升，对话性的"知音"增加了文本解读的力度和文学表现的张力，使她向深层探入，那么，女性诗学这个大的格局等待她建构的实现，也是她一直在建构的，这需要一个宽广的视域。按照一般的逻辑，这个视域问题应该最先提到才对，但鉴于虹艳的论著把它放在后面作为一节，我们也把它放在最后来谈，更加突出她的与众不同的创新性。在虹艳的女性诗学体系中，汉语散文新思维可以说是处于核心地位。虽然在构架上似乎只是"一节"的标题，但实际上它是全文的宏观统领，开篇的引论从汉语散文开始，文中无处不在的汉语写作的开放性视野，把我国台湾、香港等地区汉语散文一并纳入自己的观照体系，作为整体来思考和探究，挖掘汉语写作传统的魅力和时代的发展。她对汉语散文新思维的"文体意识""宏观意识""文化意识"以及"性别与修辞"的分析论述，无不凸显着宏阔的气象和思想的光芒。她把汉语写作放在世界文学的格局之中，把汉语散文放在文类的发展史中，把女性散文嵌入女性知识分子的精神传统之中并放在世界散文经典视域进行审视，构建以汉语散文新思维为核心的女性诗学空间。

以汉语散文新思维建构女性诗学，是虹艳对女性散文自然的期许，也是她自己的文学理想。针对女性散文批评与研究存在的"批评的表层化倾向"，"缺乏对具体作品的关注与细读"以及"批判精神弱化造成了思想的贫困"，她融合女性文学研究、文化研究、比较文学研究、叙述学研究等，把外部研究和内部研究结合在一起，为我们呈现她建构的女性诗学。

她做到了。

其实，读虹艳的论著，我一直被带到内在的节奏中，感受着汉语写作的魅力，渴望着像她那样和文本所形成的知音，也思忖着自己的未来……

感谢虹艳对我的信任，感谢她让我分享她的文学理想！

以上是读虹艳论著的一点感受，其实不是所说的序，而是我和师妹之间的一次交流，我也希望成为她的知音。

吴玉杰

2021 年 2 月 28 日

（吴玉杰，辽宁大学文学院教授，博士研究生导师）

目 录

C o n t e n t s

引　论

　　散文大家汪曾祺先生认为："中国是个散文的大国，历史悠久。《世说新语》记人事，《水经注》写风景，精彩生动，世无其匹。"①这个散文大国在唐宋八大家、明清八股、桐城派之后，来到了"五四"的白话文时代，以周氏兄弟为代表的白话散文在开端就迎来高峰期。在经过了"十七年"散文的三大家模式、文革时期的沉寂之后，新时期散文蓄势待发，终于在上世纪九十年代后迎来中国当代散文创作的繁盛期。有人将汉语散文在二十世纪末、二十一世纪初的繁荣视为"一个未被充分注意的重大现象"。②而就汉语散文的当下发展和未来可能而言，我们也同样有理由相信它将是一种有前途的文体。在上个世纪，女性文学的逐渐成熟以及女性散文所取得的成就，都使我们不得不重新思考散文文体对于汉语写作以及女性写作的意义。因而我们有了这样的视角，那就是文体作为一种形式凝聚力，它对于女性文学有着怎样的引导？而女性文学又是怎样继承并重写了散文话语形式？将散文研究与女性诗学的理想建构相结合，这是本文的切

---

① 汪曾祺：《蒲桥集·自序》，参见《蒲桥集》，作家出版社2000年，第1页。

② 潘旭澜：《我编散文珍藏本》，参见《长河飞沫》，河北教育出版社1998年，第146页。

入点。

　　和"女性文学"一样，"女性散文"也有多种定义：一、女作家写的，表现女性意识、女性主义思想的散文；二、女作家写的，表现女性视域下的世界以及人存在状态的散文；三、无论写作主体是男是女，只要表现出女性主义思想，体现出女性写作特质，即与女性气质相应的温婉、阴柔特征，这样的散文即是女性散文。本文采用常见的第二种界定，以写作主体的性别作为界定女性散文的标志。无论她是否表现出强烈的女性主义思想，也无论她自己是否承认她是女权主义者，她自身作为一个女作家所展现出的女性视角都将天然地构成女性散文的叙述主体。当然，作为一种对照，"女性主义散文"（第一种定义）以及男作家的"拟女性散文"（第三种定义），包括其他男性作家的散文，也都将进入本文的批评视野。因为它们不仅与"女性散文"形成文本的"互文性"，他们同时也是女性散文存在的文学语境。正是在这个层面上，他们也将成为本文观照的一个方面。

　　就散文自身的范畴而言，有广义与狭义之分。广义散文指除诗歌、小说、戏剧之外的所有文体，包括抒情散文、杂文、政论、通讯、特写、报告文学、传记文学等体裁；狭义散文则较注重抒情，同时也融合叙事与议论因素，体裁主要包括抒情散文、小品、随笔、游记、日记等形式。本文主要采用"狭义散文"的概念。同时，在涉及作家的创作全貌时也会将杂文、散文诗等文体形式作为一个参照点加以分析。

　　本文以女性散文作为研究对象，但是并不是对女性散文史进行描述，而是想从女性诗学及性别诗学的角度来观照女性散文的价值。也就是说，以女性主义研究和性别研究视角来解读女性散文，看看能否给女性散文以及整个散文领域的研究带来新的可能性。另一方面，也是要从散文中来探讨女性诗学建构的新的空间，即从散文中找到透视女性诗学的一个维度。这里涉及女性诗学的概念。"女性诗学"，是建立在女性意识基础之上的关于女性文学的一种理论形态。诗学在这里既不是狭义的文学理论的概念，也不是后现代主义所标榜的理论形态意义上的"泛诗学"概念，而是指与女性文学相关的，在理论层面上对性别与文学的关系及表现形态的一种研究。早期的女性诗学，即女权主义运动之前的女性诗学，被称为"双性同体诗学"，事实上是女性文学屈从迎合父权标准的时期。进入到女性意识的觉醒与独立之后，女性诗学则是与女性学的跨学科性质息息相关。女性诗学不是一种纯粹的关于文学本体的审美研究，而是在性别理论基础之上的一种文化诗学，是把文学的内部研究与外部研究相结合的形式。著名的女性主义批评家肖瓦尔克曾提出"走向女性主义诗学"的概念，但是至今为止，关于女性主义诗学的建构仍是不系统的。虽然女性主义并不强调宏大的理论体系，但关于女性文学的全面研究，始终应该是女性诗学建立的一个前提条件。正是基于此，我们发现关于女性散文以及女性与文体的研究，是女性文学研究的一个暗角。人们往往以虚构类的文体来提炼或论证某种观点，而对于散文这种文体却缺乏关注。由此而来的女性研究的文体意识也是匮乏的。事实上，女性对文体的选择，正是对一种审美形式、生存样态的认同——文体意识直接对应的将是一种文化意识形态的表征。因而，分析女性散文的艺术特征、创作状况，透视散文这种文体对于女性写作的价值，正是女性诗学建构的一个重要方面。

本文中还将涉及的一个重要问题是关于文体的审美意识形态，即文体诗学。要说明的是此中的文体不是代指艺术形式或是话语方式这样一种叙事学概念，而是指一种文体范式，即小说、诗歌、散文、戏剧、报告文学等这样的大的文类。文体自身的演变有着它特定的历史与文化背景，不同文体的话语方式也承载了不同的情感方式与生命体验。很显然，文体并不仅仅只是一种文本形式，它背后积淀的是一个民族的艺术思维的多元表现形态。文体的兴盛与衰落背后是审美意识形态的变迁。以散文为例，从古代载道文学的正宗，到近现代的"美文"，其内在的艺术精神已经发生了微妙的转移；到上世纪九十年代，散文成为文学市场的走俏商品，被某些人视为"诗意失落"的精英时代的赝品。没有任何一种文体，经历了散文这样的大起大落，由"经国之大事"到"五四"时期最有成就的文体，到新时期初的"边缘文体"，再到上世纪九十年代的繁荣与困惑，这提醒我们关注散文文体本身的演变史——是什么力量不断地篡改散文的内在属性，附加给散文不同的话语机制？散文在已有的辉煌和矛盾之上，又会有什么新的可能性？这是我们应该探讨的问题。而文体与性别之间也会有某种联系，比如中国现当代女性文学在小说、散文方面更有建树，而在诗歌、戏剧方面则相对缺乏创造性。那么文体选择的现象所折射出的文化意义，尤其是从女性主义这个立场来透视这种现象与意义，也将是很有价值的。

提到女性散文人们往往会直接想到它的对立面男性散文。如果有女性散文，那么是不是就应该有男性散文？男性散文又是怎样的？它们难道不一样吗？首先应该说明的是，在女性文学这个层面上，女性主义文学所要对抗的不是男性文学，而是父权制下的文学书写，其中包括了男性书写和女性书写。父权制的统治对象不仅仅只是女性，还有男性。也就是说，父权至少是在两个层面上成立，一是相对于女性，一是相对于更年轻的男性，即年长者对男性年幼者的管制，并最终以这种思想来异化男性本身，使他们成为父权思想的认同者与立法者。就广义而言，"父"本身也是这种父权制度的受害者，因而理性的女性主义者将男性视为自身解放道路上的同盟者，而不是对立面。在解构父权这一性别文化的传统方面，两性的利益是一致的。所以颠覆父权针对的并不是男性以及以男性为代表的一系列范畴，而是要颠覆父权统治以及与此相关的种种扭曲异化的性别与生存的现实制度。就这一意义而言，不能简单地将女性文学理解为是与男性文学对立的一种范畴，女性文学或女性散文的对立面并不是男性文学或男性散文，后者作为一种范畴在女性文学的批评中具有参照性，甚至于构成女性文学中父权制下的语义背景，但是没必要将它作为独立的概念而展开，多数情况下，它就等同于传统文学或者正统文学。如果说在一种话语权威下，我们的文学曾经做过了艰难的突围，那么我们关注女性文学事实上是要考察它是怎样对已有的话语机制及象征体系进行反叛与消解，只不过和以往父权体制下的文学形式不同的是，女性主义文学开始主动地反思与性别相关的压迫与霸权。

就事实上而言，女性文学与男性文学确实有着很大的差异，虽然这并不是女性文学成立的前提（成立的理论前提是女性主义理论、女性学的成熟；现实前提是女性的声音是被埋没的，它并没有被重视，因为文学的很多价值标准是男性化的，而在女性主义理论下女性文学的价值是不一样的，因而女性的声音需要被关注、被探讨），但是客观上这种差别是不可避免的。因为女性写作依据的是女性体验，在这个层面上女性文学必然要被打上性别的烙印，无论是显性的还是隐性的，无论是有意为之还是刻意回避，这些都无法抹杀性别身份的特征。但是，女性散文研究并不是仅仅关注女性散文相对于男性散文不同的地方，而是将女性散文作为对象，以女性主义理论与文体理论为视角，来透视女性散文的特征——不论是与男性相同的还是不同的，都应该进入到我们的视野。当然，对于女性散文的分析必然融合对男作家散文的分析。

另外，提到女性文学的概念，它在性别诗学的层面上是有一定的自足性的。这里所提到的性别诗学，是以性别意识为基础的文学理论研究。正如女性诗学必然是建立女性学研究的成果之上，同时女性诗学本身就是女性学的一个重要分支。性别诗学所依据的正是性别学研究，而它本身也是性别学在文学艺术领域的运用。性别学研究主要包括了女性学研究、男性学研究以及性少数群体研究。也就是说，它在生理性别之上承认社会性别和文化性别的存在，并认为在男性和女性之外存在更加复杂的性别群体，甚至于，男性和女性本身的性别概念也只是父权制下的规范而已。在新的性别意识下，性别应该是一种多元化的表达，非男非女、不男不女在非生理性别层面是正常的存在。这种打破了疆界、拒绝硬性定义的对于性别的认知，便是性别学研究中最具后现代主义颠覆意识的方面。在这种反传统的认知方式下，传统的文学研究方式也被打破，女性文学开始在性别学研究视野下寻找自身的传统——那些被历史淹没的女性的声音，那些存在于正史之中，但只是以父权标准来衡定其价值的女性文学，都是女性文学研究所要涉及的范畴。寻找女性传统，重写女性文学史，这是很有价值的女性文学研究课题。

当然，在当下的研究状况下没有任何一种批评领域是可以完全自足的。也就是说，如果我们研究女性文学，那么就可以完全用女性文学的理论，或者说可以完全在女性文学内部寻找文本的支持而不进行跨性别、跨文体、跨学科的比较与研究，这些都是不现实的。毕竟从根本上来说，我们评价一部文学作品的好坏，依据的是文学的标准，而不是性别的标准。性别意识的强弱，或者说一部作品多大程度上体现了女权意识，是一种社会文化层面的文本分析，而不是文学性评价。文学的标准来自于语言、结构、意象等一系列文学性范畴，这些范畴经营出文学的独特属性——以文字塑造具象以传达感染力和思想力。女性文学研究不可能脱离文学性研究，相反它是在此框架基础之上，来具体分析文学评价体系中哪些是常识，哪些是偏见，哪些是披上常识性外衣的偏见。而一旦这些事情被辨明后，新的有价值的女性叙述文本自然会"浮出历史地表"。因而，女性文学批评并非只是局限在女性文学史内部进行自圆其说的理论建构。

本书以性别文体诗学将散文研究与女性研究相结合。就理论视角而言，则是以性别诗学所包容的文化审美的多维层面作为依照，其中涉及文化研究、比较文学研究、女性文学研究、叙述学研究等方面。同时也希望做一些文本细读的尝试，对散文，尤其是单篇散文，进行细致的分析，这对于散文研究而言，也是十分有益的。

当代女性文学研究，从本质上讲就是一种文化研究。早期的女性文学研究和早期的女权运动一样，是基于政治之上的。女权主义者为了得到普选权、经济权、受教育权而开展运动，而在文学批评领域，人们更强调的是妇女创作的经济基础和社会环境，即她要有"一间自己的屋子"，还有整个社会要有足够的自由度，使女性的创造能力得以实现。而当女性拥有了相应的经济和政治权利之后，女性并没有得到精神上的自由。人们开始反思除了生理性别、社会性别之外，两性还在哪些方面形成了不平等的机制，于是这便涉及精神性别的问题，也便有了对性别文化的重新审视，这大约开始于上个世纪六七十年代的欧美女性研究。显而易见，它是与"少数派"运动及后现代主义思潮紧密相关的。事实上这个时期的女性主义研究大量借鉴了后现代主义的研究方法及思维方式，它融合了政治、性别、历史、审美等多种因素，以解构主义的视角，来重新衡定两性文化的特质以及其相应的价值。显然，这个时期女性研究已经上升到文化层面，来颠覆已有的话语秩序和象征系统，因而这便要求女性研究要有跨学科的研究视野，在更广阔的学术空间、更细致的文本分析中寻找并建构女性自己的文化传统与话语体系，当然它们同时也应该具有人类整体的意义。所以女性文学研究的方法也是多元化的，它必然涉及心理学、哲学、美学、政治等多个层面，而不可能只是某种单一的文学研究机制。也正是在性别与文化研究的这个层面上，女性文学有了浮出历史地表、被重新解读的可能性。

还需要说明的是，从时间跨度上，本书关注的散文作品主要集中在1949年到二十一世纪初期，即2010年之前。古代以及近现代的文学作品也有论及，但相对较少。本书关于创作主体的代际现象以及相关作品的例证，都是以这个时间线索作为依据。

就散文的研究现状而言，尽管"散文热"已经持续了很长时间，但是散文批评、研究本身却是寂寞的。一方面，从散文研究传统看，它本身就缺乏理论性，再加上又无法借鉴西方的文学理论，因而，散文研究更多的只是对散文历史的一种梳理，以及对作家作品印象式的点评。新时期以来，尽管对散文研究的大的理论框架已经相对成熟，但是在很多专题方面的研究仍不充分，其中就包括女性散文研究。而对于女性文学而言，女性散文在内容上过于琐碎，形式方面也过于实在，从而缺乏象喻性与多元解读的可能性，因而也往往被女性文学研究者们所忽视。正因为如此，女性散文虽然形成了热潮，而且女性作者投入散文创作的也越来越多，但是评论界对女性散文的研究并不多。本书也正是在此基础上展开。

第一章　文体与性别诗学

　　文体，在这里不是指文学的叙事和修辞意义上的表达方式，而是特指文类，即文学体裁或体式。文体的划分方法依据传统分类法，可分为四大文体，即诗歌、小说、散文、戏剧。文体研究将历史形态与话语形式相结合，是文学研究中的一个重要的方面。每一种文体的发展史都联系着历史文化的各个方面，它反照出一个民族的精神气质和审美趣味的变化。亨利·詹姆斯认为："体裁（文体）是文学生命本身；完全地辨识诸体裁，洞彻各体裁之固有意义，深入其密实的内部，这将产生真理和力量。"[①]文体的重要性，使我们认识到创作主体对于文体的选择本身就有着深刻的意味。选择文体就是在选择一种看待世界的方法，每一个时代关于文体的选择是不同的，比如中国古代的大部分时间拒绝了小说，认为它是一种不入流的形式，而明清时期却是小说的辉煌期。我们常说的汉赋、唐诗、宋词、元

---

① 亨利·詹姆斯：参见《巴赫金、对话理论及其他》（题记），［法］托多罗夫著，百花文艺出版社 2001 年，第 3 页。

曲、明清小说，不仅仅是对于某一时期某种文体的创作成就的指认，也是对一个民族的审美形式和文化精神的概括。巴赫金认为，文体乃是作家截取和剪裁外部无尽世界的模式，它是一个封闭式的框架，它将把作家的经验和意识以及时空的感觉统一在这个框架里面，因而诗学应该从文体开始。①正是从这个意义上，我们将文体研究与性别诗学相结合，以新的视角来关注女性文学和文体形式。

如果对每一种文体加以研究，探讨其历史发展的来龙去脉，以及内在的各种微妙的变化，那么便会形成一部文体演变史，对于文学研究来说，这也是很有价值的。但是本文并不想介入文体自身的历时态研究中，而是想跨出文体学的历史与纯文体研究，以文体与文化思潮、意识形态，尤其是文体与性别诗学为切入点，通过多文体的比较、文体的审美与性别文化的联系来透视散文之于女性写作的价值，包括散文文体本身所承载的文化内涵与艺术精神的嬗变、女性主体对于文体选择的倾向性，散文的文体特征与女性体验、性别形态的同构性以及文体对女性写作的暗示及引导作用。

第一节　散文文体的意识形态

每一个时代都有属于自己常见或流行的文体，这些文体与政治文化领域内主导的意识形态密切相关。文体并不仅仅只是一种文本形式，它还要

---

① 巴赫金:《The dialogical principle》(Todorov)，参见《文学的维度》，南帆著，上海三联书店 1998 年，第 274 — 275 页。

为一个时代的主流话语的传播而服务。另一方面，文体又与民族思维方式在特定时代的体现形式相关。巴赫金认为"文类可以理解为一种看待事物的方法"，是一种"塑造形式的意识形态"，"它是包含独特的经验感觉的一种特殊创作活动类别"。^①文类的多样性印证了一个民族的艺术思维的多元形态，它昭示出一种关于审美的意识形态。就散文而言，从古代载道文学的正宗，到近现代的"美文"，其内在的艺术精神已经发生了微妙的转移——韩愈的道统天下，公安的性灵与冲淡，周作人、林语堂等人的唯美与幽默，鲁迅的战斗的投枪与匕首，散文在这里勾画了从中国传统的儒道文化到西方近现代启蒙文化的发展轨迹。当散文不再是大一统的王权专制中的载道文学，而是回到人与日常生活本身时，它也难免会出现某种分流，成为与生活的休闲相关的趣味文学。

"十七年"的散文在"轻骑兵""诗化"抒情、"形散而神不散""海阔天空"论等一系列的理论指引下曾经有过辉煌的时刻，但是和那时候的很多文学形式的轰动效应一样，政治因素既是催化剂也是一种裹挟力量，它参与了散文文体的再塑过程，使散文成为反映时代政治政策的最迅捷、最方便的文体。而散文在"五四"时期由周氏兄弟所开创的两个传统——隐逸与批判，则被中断。取而代之的则是主题的单一性，文体规范的多重性。这使人们又一次看到，散文这种文体一旦与某种具体的政治策略结合，尤其是当它以一种谦卑的礼赞态度走进政治时，它自身将发生怎样深刻的变化——作为一种文体，散文的政治功利性与规范性成正比，散文越俯就于政治就越使自己处于一种受限的状态。它本身的质的规定性，即文

---

① 巴赫金：《Mikhail Bakhtin——Creation of a Prosaics》，参见《中国当代文学的叙事与性别》，陈顺馨著，北京大学出版社 1999 年，第 187 页。

体的真实性与自由性，将被最大限度地遮蔽。

上世纪八十年代的散文处于一种观望状态。千年来的历史积淀与负荷，西方话语在散文领域的空白（与小说、戏剧、诗歌相比），使散文的实验与革新显得举步维艰。如果说"五四"时期，在由文言文到白话文的转变中，散文接受了白话文所代表的意识形态，即民间性、平易性、否定性，从而对自身的贵族式的话语形式进行革新，那么到上世纪八十年代，当其他文体都在经历思想意识形态中的又一次革命时，散文的园地却一直静悄悄。也正因为如此，有人认为散文终结的时代已经到来——散文这种文体已经完成了它的历史使命，可以寿终正寝了。[①]与此同时，也有一些不甚响亮的声音在呼吁散文的变革。赵玫说："有新诗的崛起新小说的崛起，为什么不能有新散文的崛起！"[②]佘树森认为散文应该改变传统的审美趣味，多一些新异，多一些怪味。[③]韩小蕙则认为革新意识应当成为散文创作的一股潮流，她引用青年作家的话说："新时期以来，小说、诗歌、电影、音乐、绘画……差不多的艺术品种都已大踏步地走入现代，唯有散文还停留在唐文宋韵的小桥流水边止步不前，这实在是散文界的耻辱。"[④]在创作领域，当时也有一些作家开始了散文文体实验，即将先锋文学的写作技巧融入到散文中。但是，很显然，此时的散文需要的并不是与过去断裂，相反它需要首先寻找失落的传统，尤其是"五四"时期的散文

---

① 王干、费振钟：《对散文命运的思考》，载于《文论报》，1986.7.1；黄浩：《当代中国散文：从中兴走向末路》，载于《文艺评论》，1988年第1期。两篇文章都表现了对散文前途的悲观看法。

② 赵玫：《我的当代散文观》，载于《天津文学》，1986年第5期。

③ 佘树森：《散文不妨野一点》，载于《天津文学》，1987年第6期。

④ 韩小蕙：《太阳对着散文微笑》，载于《文学报》，1991.12.28。

传统。也正是在这一意义上，我们可以理解为什么上世纪八十年代中后期大批现代作家的散文畅销，为什么一直到上世纪九十年代，当代散文界与"五四"散文传统衔接最密切的"老生代"作家，仍然倍受欢迎。当然对于多数作家来说，"十七年"的诸种模式的影响是巨大的，即使像斯妤、叶梦这样的作家，虽然在上世纪八十年代中后期就已经开始了散文创作的实验，但是她们早期的散文仍然是"十七年"三大家模式的延续。文体形式的陈旧影响了散文进一步超越自身，但是就思想意识来说，散文天然的求真意志，使它勇于说真话；它的"属我性"又使个我内心的真实情感难以逃遁，因而散文天然地具有反权威、反中心的边缘性质。新时期，巴金、杨绛、张洁的散文都具有这种来自边缘的视角和冲击力。

到上世纪九十年代，散文成为文学市场的走俏商品，这种走俏有点类似于某位明星一夜间蹿红，带着一种新贵的矜持与浅薄。散文因为迎合大众而被人瞧不起，被某些人视为"诗意失落"的精英时代的赝品。[①] 某种程度上，散文确实与后现代社会的娱乐性、碎片式、表层性、"怎么都行"的自在性相得益彰，大量的休闲性散文的出现验证了这一点。但是另一方面，一些作家开始走离散文的传统形式，探索新生之路，因而出现了所谓的"新潮散文""新散文"，再加上老生代散文、女性散文、学者散文，这些成为上世纪九十年代散文中既具有创新意识又逐渐形成规模的创作潮流。

历史至少是在当下这一刻依然难以做出成败的评价——我们难以用是

---

① 王岳川：《中国先锋艺术的当下困境》，载于《南方周末》，1997.3.28。王岳川认为上世纪九十年代是诗性世界沦为"散文世界"的年代。文中说："诗意失落于散文之中，然而散文真的能够符合这个时代的文化精神吗？真的能够成为这个文化匮乏时代的精英吗？"

或否的字样来判断散文有史以来的诸种变革。事实上散文对于中国文化与审美而言，是一种具有意味的现象——没有任何一种文体，经历了散文这样的大起大落——由古代的"经国之大业，不朽之盛事"（曹丕：《典论·论文》）到"五四"时期最有成就的文体，再到新时期初的"边缘文体"，上世纪九十年代的繁荣与困惑，这提醒我们关注散文文体的内在结构与外在权力机制之间的关系，也使我们展望散文在新世纪里可能有的作为。

那么散文这种文体到底是以一种什么样的方法看待这个世界？散文以怎样的意识形态塑造了在散文名义下存在的文学形式？散文作为一种创作活动类别又包含了什么样的经验感觉？

一、真实与自由——在规范与反规范之间的文体空间

文体是一种规范，而作家往往在突破中寻找创作的成就感，这样也使文体的外延不断扩大，许多新的质素充实到文体中。但是突破必须是在文体规范的基础之上，而散文作为最具有亲和力与普及性的文体，它的文体本身的规范性一直以来被模糊化。人们经常是以一种排除法的方式来为散文命名——除了小说、戏剧、诗歌之外的散体文字是散文。这种大而无当的定义使散文文体的特征隐化，它成为一种难以界定、难以言说的文体，它无所不包，但是却没有自己的独特性。对于散文创作来说，因为没有鲜明的文体规范作为参照点，文体本身作为一种"形式凝聚力"的作用便被淡化，因而散文成为一种没有历史根基只能游移在当下状态中的文体形式。也正因为如此，新时期后，一些散文研究者如刘锡庆先生便摒弃了传统的排除法——散文不是什么，开始寻找某种建构性的界定——散文是什

么，并一再强调散文本身的文体规范，提倡散文文体的净化。[①]

在散文的文体规范中，我们首先无法逃避的就是散文的真情实感的问题。在散文研究领域，如果说已经有什么规范是被广泛认同的，那么就是散文的真情实感。在多数研究者看来，真情实感是散文的灵魂。散文的真情实感表面看是对创作主体情感的真实与真诚的界定，但是其核心是散文文体的真实性问题，也就是人们一直讨论的散文能否虚构的问题。当然，每一种文体都会强调生活真实与艺术真实。但是，散文的真实，首先是散文在基本情节上的真实，即生活事实层面的真实，这种真实与小说的虚构性正好相反，也不同于艺术真实。散文在记叙事件时，首先应该强调的是事件本身的真实性。但是另一方面，这种真实性又是无法验证的。往往素材的真实与否，只有作者本人才会知道。这里便存在着在事实层面的真实之外的又一个问题，那就是主体的真诚。这也是一个散文作家应具备的文体意识——作为一个有起码文体意识的作者，他需要明白真实性与真诚度对于散文写作来说意味着什么。

非虚构性成为散文文体的叙述道德，漠视这种道德律令也就是漠视了散文存在的根本。换言之，散文的自由其实是建立在虚构的不自由之上的。面对散文，你首先面对的是真实的人生，而不是想象域的传奇。你要承认琐碎生活中的艺术性，要能够间离出平淡生活中的诗性，这是对散文规范的理想化超越。但是，这种规范本身往往也会陷入某种悖论。

事实上，真情实感是一种比较精神化的规范，而精神化本身就意味着

---

① 刘锡庆：《散文新思维》，河北教育出版社 1998 年。刘先生在《当代散文：更新观念，净化文体》《散文"母体"在当代的"净化"趋势》《弃"类"成"体"是散文发展的当务之急》等文章中，提倡散文文体的净化，认为抒情类的艺术散文区别于随笔、特写等文体，是散文的正宗。

模糊性。相对来说，事件的真实性则更清晰明白。但随之还将涉及这样一个问题：如果一个作家认同了这种真实性，并力图贯彻它，那么这种真实性会不会从完全的意义上得以实现呢？或者说真实是不是我们想象中的完全的真实？这便涉及人达到真实的可能性。或者说，人是否有能力还原时空中流动的行为的原貌，即一种历史真实——无论是个人历史还是公共历史的真实。人的记忆以及叙述能力最终指向的到底是一种什么样的实在？他到底能够在多大程度上具有反映真实的能力？这显然是我们应该考虑到的问题。

散文往往是对印象中的事件或人的书写，它是关于往事的回忆。散文的时间向度：即面向过去，也面向当下与未来，但是我们接触到的更多的散文更关注过去，尤其是涉及个人的叙事更是如此。于是散文难免变成一种回忆性文体，它一方面要最大限度地还原已发生过的事实，另一方面又要表现出主观化的在场经验。很显然人们在不同的心境下看到的是不同的景致，而某种特定的心情也会影响回忆机制按照自身的逻辑进行拣选——人们记住的是他们想要记住的，他们希望记住的，或者别人允许他们记住的。记忆本身就是不确定的，是已经被篡改过的，与原生事件有着微妙的差异。

这里还存在着叙述本身的局限性。叙述面对非本真的记忆，还会有主观性的删改。就像记忆的删改是因为人心理深层结构本身的无意识性，叙述的删改是因为叙述这一行为本身的再经验性、想象性。当然叙述的局限说到底还是人的局限，是人掌控语言的局限。原生事实永远是难以还原的，任何叙述都不可能还事实以本来面目，或者说任何事情只要经过讲述都往往要走样。因而原生事实是一种永难达到的原点，人总是在不断趋近的过程中，以自己独有的方式，在一个时代特定的话语语境，在一种特有的权力干预下，力图回到某种过去经验中。

我们可以把文本真实与主体真诚都纳入到"真实性"的概念——当然这里的真实性与小说通过虚构而最终达到的艺术真实是不同的，我们强调的只是最简单的生活事实层面与主体道德层面的真实，并由这种最基本的"真"而达到散文应有的艺术真实。这里便涉及真实的两种含义，即表层的真实与深层的真实。如何将生活的原生事实转换为艺术真实，这便需要一个作家的思想深度。有的人将心灵世界完全敞开，但是结果却是走进了暴露隐私、故意卖弄的死胡同；有的人遮遮掩掩，有所保留，又被批评戴上了人格面具。如何把握这种"度"显然与一个作家的修养素质有关。在由生活事实上升至艺术真实的过程中，主体人格往往陷入在两难的境地中，成为自身的尴尬的叙述者。文本作者与实际作者之间并不能等同，多数情况下，文本作者可能是作者本人意识形态化（规范下的自我）或完全无意识（潜意识中的本我）的一部分，因而它往往是一个典型化、集中化了的"我"。

如果就从这一点来看，我们是在用韦恩·布思的《小说修辞学》的基本观点来看待散文。那么，就散文的隐含作家、叙述者、作家等角色之间的关系，与小说的叙事又有什么区别呢？一个应该充分注意的文本规律是，尽管叙述所呈现的隐含作家与作家本人不同，但是作为散文而言，这种不同并不是因为虚构引起的，它是叙述本身的非原生性以及记忆的不确定性决定的。换言之，尽管我们强调散文作者不应该进行伪饰，而是应该使作家、隐含作家、叙述者最大限度地合而为一，但是在具体的文本操作中这往往是不可能的。

散文在物质层面——事件完全真实——难以还原，而精神层面——主体态度的真诚——又是难以规范的，但是这却是散文自由生命的根基。

对于作者而言，散文是一种难以逃遁的文体，一种很容易使作家捉襟见肘的文体。思想的深厚，灵魂的裸露，使一个作家只能立足于自身。在散文的园地里，长久的创作生命来自于才华与人格的并重。一种强调真实的文体不可能允许作家戴上面具，无论是政治的面具还是大师的面具，都会引来质疑和争议。文体的裸露即是灵魂的裸露，矫饰、欺瞒的作品难以经受时间的考验。因而，文本的非虚构性与主体的真情实感与其说是对散文文体的规范，还不如说都是针对于写作主体而言的——真实与真诚不仅界定了文本内容，更重要的是它也为主体匡正了一种叙述道德。也正因为如此，它们是对散文写作最基本的要求，而不能成为对散文艺术价值的最终判断及本质性认定。这就像女性文学一样，不能说越是具有女性意识的作品艺术价值就越高，同样对于散文而言，也不能说一个作家越是真实、越是勇于暴露自己，其作品也就越具有艺术水准。这是两个层面上的问题——伦理的和艺术的，不应该混淆。

如果说真实是散文文体存在的基础，那么散文的巨大生命力则是来自于自由。散文的"散"，从本质上而言，不是指行文的无韵散行，也不是指写作者的散漫闲适的态度，"散"就是自由——不仅是形式与内容的自由，也是回到生命本体的自由歌奏。有人认为："散文的精魂是自由，散文的天敌却是规范。""在文学这个领域，自由对散文的恩惠比任何文体都多。"[①] 自由表达，不受限于形式，不受困于内容上的禁忌，这正是散文的魅力所在。当然，从散文的实际创作中可以发现，真正优秀的散文家无不是在自由的空间中找到规范的人。谁如果真的相信散文是无规矩可言的，是百无禁忌的，那么谁就将被这种自由所累。

---

① 秦晋：《<新散文十二家>序》，南野选编，湖南文艺出版社 1994 年，第 2 页。

文类作为一种规范，它既是形式凝聚力，又是意义的组合部分。"如果使用一个比喻加以形容，那么，文类的功能与语法相似。语法的管辖范围到句子为止，而文类的管辖范围则是从句子开始——文类提供了文本组织句子的秩序。"[①] 如果人们说某篇文章不像散文，这是对于文本形式作为一种文体存在的否定，而如果文本自身难以从实验的角度开掘出更具有意义的话语形式，那么这种文本只能成为"四不像"。但是，另一方面，如果人们说这篇文章也就是一篇散文，那么他可能在说文章本身没有任何与已有的散文模式相异的东西，它没有带来新的阅读体验，这也是文体形式层面的失败。所以真正意义上的文体实验总是在某种规范中寻找超越，而不是单纯的舍弃规范或沿袭传统。

因而，散文的自由并不是来自于文体的非界定性，而是来自于散文给予主体的发现界定性的自由，也就是你可以依据自己的文学梦想在一个自由的创作空间中找到你对于散文的定义，并将它落实到创作实践中。正如老生代作家发现散文如行云流水，行于所当行，止于所当止。而"新散文"的女性作家们却认为散文应该表达个体的心灵疼痛，她们以强烈的情绪驾驭文字。鲁迅的自由是因为他选择了一种独特的话语方式——讽喻性杂文，并在此间冷对"千夫指"，甘为"孺子牛"。周作人以冲淡与自由精神使现代散文进入到新的天地，他选择的形式是文白相间的小品文。由此可见，文体的自由始于创作理念的凝成，而不是舍弃理念本身。这就像你走进一个空空的大房子中，如果你想得到休息，那么你就必须选择一个角落；如果你认为每一个角落都是你的，你可以四处飘荡，虽然表面上看，你占有了房子，但是你并没有得到休憩。散文也是这样。你必然要以某种

---

① 南帆：《文学的维度》，上海三联书店 1998 年，第 273 页。

话语方式介入散文，只有这样你才能够以一种主体姿态拥抱散文的自由，否则你只能成为自由的漂泊者。这里存在着某种悖论——文体的自由事实上意味着写作的不自由。在无规矩中找到重心，在散漫与放达中找到某种凝聚的力量，这需要作者自身的文本尝试。散文诠释了自由与规范之间的冲突与和解，其启示意义不仅仅是散文文体的，也是人本身的。或者正因为人本身是这样，才会有了这样随意而又苛刻的文体形式。

二、乐感文化

如果说真实与自由是散文文体外在层面的特征，那么就中国散文的内在特征而言，我们首先关注的是它与中国传统文化之间的关系。也正是在这里，我们发现中国散文——从古代的广义上的散文一直到现代以来的抒情散文与随笔——是怎样深深根植在中国传统文化之中，以至于多少年来散文的变革始终举步维艰。

关于散文文体的诗学，很大程度上就是关于中国文化的诗学。散文是无所不在的，它与每个人的生活息息相关，从而也和民族、时代的境遇相关。而在中国这个诗与文并重的文学国度里，散文记载着中华民族的文化与思维的历史，从诸子百家到阳明学派、"公安""竟陵"，中国哲学的形式与内容都在散文文体的包容之下，或者说中国人是以散文这种文体书写了自己的哲学艺术思想。黑格尔说过："这里，在中国，在中国的宗教和哲学里，我们遇见一种十分特别的完全散文式的智慧。"① 那么这种散文

---

① 黑格尔：《哲学史讲演录·东方哲学》，参见《中国散文美学》，万陆著，中州古籍出版社 1989 年，第 1 页。

式的智慧是什么呢？它是一种贯穿中国散文以及中国哲学的思维方式，那就是化解痛苦，使文本成为一种心灵静观、复原的载体，在具体形态上则是一种乐感文化的体现。"对现世生命的执意追求，是儒道两家的共同愿望。就精神意象而言，这种愿望体现为把现世生命的快乐感受作为精神在世的基础。"[1] 无论是孟子所追求的伦常秩序中的充盈大和之乐，还是道家的超道德、超历史，与自然宇宙相契合的清徐恬然之乐，抑或是《论语》中著名的"一箪食，一瓢饮"的"颜回之乐"以及"咏而归"的"曾皙之气"——孔子描绘的都是以苦为乐、以素朴为美的思想，而这些都是中国传统文化中乐感文化的具体特征。这同样也构成了中国散文的重要的精神气质与审美追求。

在这里，我们以"茶式散文"来概括中国散文注重淡泊、宁静、清心寡欲、讲究回味等气质。事实上，茶文化与文学有着千丝万缕的关系。中国古人说："诗清只为饮茶多"，西方也有作家说："文艺女神带着酒味"，而"茶只能产生散文"。[2] 乍一听很有贬低散文的意思，但是中国茶文化与中国散文的韵味确实十分相似。我们不妨回到现代散文之初来看散文的茶意味，在厨川白村的关于散文的定义中便有这样的话："啜苦茗，随随便便，和好友任心谈话，将这些话照样地移在纸上的东西就是 Essay。"[3] 而中国作家的散文观念也往往与茶的意境分不开，就像胡梦华所说："举一个例子罢。就好像你看了报纸，或在外面听了什么新闻回来，围着桌子低声细语地讲给你的慈母爱妻或密友听。——就好像你们常经历过的茶余饭后

---

① 刘小枫：《拯救与逍遥》，上海三联书店 2001 年，第 141 页。

② 杨绛：《喝茶》，参见《杨绛散文》，浙江文艺出版社 1994 年。

③ 厨川白村：《苦闷的象征出了象牙之塔》，人民文学出版社 1988 年，第 113 页。

的闲谈……"[1]周作人在《雨天的书·自序一》有这样的描写："雨虽然细得望去都看不见，天色却非常阴沉，使人十分气闷。在这样的时候，常引起一种空想，觉得如在江村小屋里，靠玻璃窗烘着白炭火钵，喝清茶，同友人谈闲话，那是颇愉快的事。"[2]这是茶的氛围，也是散文的语境和气质，更是一种人生境界。

茶里面有一种时间感，这种时间感与现代时间是相反的，它是太阳照在老式建筑上投射下来的阴影——缓慢地移动，静静升腾，并不憧憬未来，而对当下总是有一种感激和审美的爱抚。正是在这种茶的意境里，散文成为一种谈话，一种絮语。周作人就称自己的散文是"写在纸上的谈话"。胡梦华说散文"不是长篇阔论的逻辑的或理解的文章，乃如家常絮语，用清逸冷隽的笔法所写出来的零碎感想文章"。[3]尽管在现代散文中独语式的散文也不少，但是从"五四"时期更能代表散文随笔正宗，以及中国文人精神的还是这种闲谈式的散文。这种散文在新时期又重新被关注，大量"五四"及上世纪三四十年代散文的畅销，以及老生代散文的备受关注、喜爱都证明了这种传统的根深蒂固。

事实上，茶也并不只是中和、冲淡，把茶演义成一种极端方式的也有，比如日本的"茶道"。所谓茶道已经完全放弃了茶的实用性，而将它上升为一种审美表演，但是中国的茶经、茶艺却是实用与审美的结合。对于中国文人来说，茶的实在功能并不重要，中国茶的真正用途并不是解

---

[1] 胡梦华：《絮语散文》，参见《中国现代散文理论》，俞元桂等选编，广西人民出版社1984年，第16页。

[2] 周作人：《周作人自编集：雨天的书》，北京十月文艺出版社2011年，第1页。

[3] 胡梦华：《絮语散文》，参见《中国现代散文理论》，俞元桂等选编，广西人民出版社1984年，第15页。

渴，也不在于暖胃、清神、健脑，或"征服人类的大敌——睡魔"（东印度公司的茶广告），中国文士们往往喜欢品茶，一个"品"字，既有实在味觉又有精神意味的含义。正是在这一基础上，茶由味觉、意味，而上升为审美趣味，也便有了中国传统文化下的审美韵味。文士们淡茶一杯，彻夜清谈，所言往往是散文，而把酒临风却常是诗的意境。

中国文人喜欢茶是因为它在苦与淡之中渗透的甜与香，茶香缭绕，回味悠长，恰似文章言有尽意无穷。苦尽甘来，或者说苦中作乐，最终将苦幻化为甜，这种复原机制看似味觉的，但实际上则是心灵的。就像散文中的主体情绪变化往往是一种自给自足的过程，透着禅意哲理一样。程鹜眉在《我见今天多妩媚》中，起首便写："我见春天多妩媚，可春天见我却不然。"文章从个人的烦忧苦闷开始，而在精神游历了一番后，又回到了人格与情感的完整状态："我见今天多妩媚，料今天见我应如是。"在这种情绪变化中，我们看到主体的一种应世态度：生活中没有什么应对不了的大苦难。这并不是说这种苦难不存在，而是一个散文家总是能够把苦难转化为平和，正如《我见今天多妩媚》中对于似水年华与灿烂阳光的哀悼，在经过一番文本叙述之后，便可以找到疏通的方式，从而完成心灵的自我弥合。这是由苦到甜的过程，是一个消化痛苦、自我排解的过程，也是很多散文的情感输导机制——将一种复杂的感觉单纯化，从而使灵魂减少负累，更加自由。是的，中国文人们更加追求这种情绪上的自由，也就是想通了后的自由。总之，到最后生活还是美好的，大家还是快乐的，痛苦只是暂时的。顿悟成为主体的一种顽强的自我安慰能力，或者说是自我复原能力。

"茶式散文"最终成为作者的一种内力，一种境界。张中行在《我的随笔观》中说："为文，执笔之时要心如止水，写要不用力，并不求不同凡响，……心如止水，不用力，不求不同凡响，可以说是一种认识，也可以说是一种境界。如何能达到？这需要三方面的条件。一方面是学识，要多些，以便流露一点就够用。另一方面是修养，要不沾染各种气，不止霸气，流氓气、讲章气、刺绣气不可有，就是山林气也不可有。还有一方面，也许更重要，是觉得并确信自然比造作好。"① 这种散文观念是老生代散文的代表，他们依此行文，也确实创作出了很多优秀的散文。但是如果将之作为一种模式进行推广，显然会给散文带来太多的暮气。

也许我们应该问一下：为什么散文中很少有极端的情绪？为什么散文很少有与苦难抗争的意念与勇气，而常见适应和不争？为什么散文仅仅只是止于道的逍遥无待、儒的"我与典也""浮桴于海""哀而不伤"？

中国传统文化酝酿了散文的这种文体气质。如果说在小说中一个作家可以天马行空，使想象力抵达虚构世界中，那么在散文中只有一个世界，只有一个人物，那就是现实与他自己。而当这一切被真实呈现时，传统也被呈现出来，汪曾祺曾经说过："看来所有的人写散文，都不得不接受中国的传统。事情很糟糕，不接受民族传统，简直就写不好一篇散文。不过话说回来，既然我们自己的散文传统这样深厚，为什么一定要拒绝接受呢？我认为二三十年来，散文不发达，原因之一，可能是对传统重视不够。"② 从这角度来说，周作人、林语堂等"五四"作家的散文以及老生代散文在新时期的走红，其实是中国传统文化重新有了热度。而超越传统的文化资源，将自身奉祭为一种文化涅槃的载体，便意味着要走离多数人的

---

① 张中行：《我的随笔观》，参见《八十名家谈散文创作》，文畅、孙武臣主编，作家出版社 2002 年，第 23 页。

② 汪曾祺：《蒲桥集·自序》，作家出版社 2000 年，第 2 页。

生活场域，成为难以被理解的少数派，显然这是一种艰难的选择。因而多数人仍然遵循"乐感文化"的感召而去淡忘苦难记忆，因为回忆苦难，叙述苦难，反思苦难，有时候甚至于比经历苦难本身更加痛苦。人在苦难中依据求生本能行事，道德良知层面上的自我检视或者"他者"凝视，都在其次；而在回忆苦难时，依据内心的求真意志行事，这时向内的忏悔、向外的批判，都是不可回避的，而这更需要创作主体直面痛苦的勇气和能力。但是，依据乐感文化的思维方式，躲避或者模糊化这些记忆，将"大事化小"，回到适性得意的"逍遥"之中，是更明哲保身的主体姿态。

经历苦难是生命的沉痛遭遇，而将这种苦难转化成文本的对象，则往往意味着主体心灵要再次面对这种苦难的经验，要以更大的勇气反观过去的痛感体验，显然这是以传统文化为精神皈依的散文所难以承担的"重"。也正因为如此，有人提出："痛苦向文字转换为何失重？"[①] 既然这是一个苦难深重的民族，那么为什么我们的文学形式中少有悲剧？为什么"只有当悲剧转换成喜剧的时候，审美才是可能的？"[②] 中庸、逍遥、顿悟是怎样导致了一种世俗层面的团圆主义？而正是这种团圆主义成为"中国人思想薄弱的铁证"，也是中国人消闲审美意识的铁证。对于团圆主义的热衷最终消解了本应有的悲剧性与苦难记忆，从这一视角我们也可以理解为什么文学关于苦难的叙述总是不关痛痒，难以企及本应有的深度。

浸淫在传统文化的中和与适意之中，听凭记忆机制的自然拣选，善于忘记和领悟，永恒的现世的视角与期待，对此岸日常生活怀抱诗意的梦

---

① 张志扬：《小扎：汉语言的能说与应说》，此文为提交给"语言学转向与文学批评"学术研讨会的论文。转引自《中国文论与西方诗学》，余虹著，生活・读书・新知 三联书店 1998 年，第 251 页。

② 余虹：《中国文论与西方诗学》，生活・读书・新知 三联书店 1998 年，第 253 页。

想，所有这些都是中国传统散文的内在精神。它成就了一种古老的东方智慧与审美，但是它同样也让我们感到一种文化的匮乏。有人将此归结为宗教精神的缺失，但是在我看来，无论把现世的悲观主义建立在对彼岸的乐观主义之上，还是为自己断绝返乡之路，这都不应该影响到人面对苦难的表述。每一种信仰都应该有它迎击苦难的方式，即使是在中国传统文化之下也是这样，只不过散文没有追踪到这一过程，或者在某种审美规范下，它将这一过程弱化、简化、轻松化了。表达的勇气与存在的勇气并不同步，以文字检视灵魂需要大气魄。另一方面，苦难或痛苦总是要连带着施者与受者，那么这种施与受的地位是怎样形成的？是什么机制使苦难出场？这里便涉及对权力意识、权力话语的反思。而大部分时候，散文并不碰触公众记忆，只是由自我经历回到自我超脱，最终完成一种心理复原过程。这种个体自足性的追求，并不能导致集体创伤的弥合。也正是从这个角度，我们可以理解为什么很多批评者对于"散文热"感到担心，因为这意味着一种"轻性文学"正在肆意侵占中国文坛，意味着真正的苦难的诗性与痛感已经被漠视。

如果散文不进入到痛感表述的层面，那么散文之轻将使它成为一种"亚文学"。我们永远也不能忽视苦痛之于生命的意义，同样我们也不能遮蔽苦痛在文学中的出场。"假如没有苦痛的产生，生命将仍然停留于睡眠状态，有所谓优雅、冲淡、超然，或曰纯艺术的笔墨，其实是王权时代山林文学的孑遗。"① 事实上，散文在二十世纪的文体演变过程中，始终要确认的一个核心问题便是它在纯文学中的合法性问题——如何将看似小气又

① 林贤治：《论散文精神》，参见《散文研究》，贾平凹主编，河北大学出版社 2001 年，第 61 页。

似小摆设的散文上升至纯文学的领域，这一直都是散文研究者们孜孜以求的事情。散文的大气与它的题材或篇幅长短没有关系，它首先是作者面向生命与历史的承担意识。从本质上说，文体的"小"不应该引申出思想的"轻"，散文应该表现人类心灵的重大情节。

第二节　文体与女性写作

一、女性对于文体的选择性

女性文学的研究者们注意到了这样一个问题，那就是女性对于文体是有选择性的。在不同的历史时期，有一些文体似乎是女性不愿碰触的，有一些则是女性经常使用的文体。选择某一种文体作为言说方式，表面上看来仅仅只是形式问题，但实际上却包含着大量的文化信息。这不仅体现在社会文化语境对于女性选择的影响，也包括文体自身所承载的审美意识形态的不同，以及性别秩序等因素在女性写作中的干预作用。另外，即使是在一种文体内部也往往会交杂着不同文体的声音，从而暗示出主体选择的隐匿性，这为我们读解女性文学史提供了新的视角。比如中国古代女性的诗词往往并不严格地遵循韵脚、格律的要求，她们的诗词大多通俗易懂，具有鲜明的口语特点与叙事性，这是某种意义上的"以诗为文"的例证。

在不同文化语境下，女性对于文体的选择并不相同。在西方文学史上，女作家们从事小说写作的要远远多于诗歌与戏剧的写作，英国的简·奥斯丁、勃朗特三姐妹、维吉尼亚·沃尔夫，美国的斯托夫人、伊迪丝·华顿，法国的斯塔儿夫人、乔治·桑等等。大批优秀的女性小说家的出现使人们不禁置疑，女性与小说文体难道有着天然的关系？"小说是一种女性化的文类抑或女性的语言是小说化的？对这些问题做出回答会让我们对文学史与女性主义做出截然不同的理解。"[①] 还有为什么女性对于诗歌尤其是史诗缺乏参与的热情？为什么戏剧领域成就也不大？对于西方文学史来说，这些确实都是值得探讨、又可以使文学研究别开生面的问题。

小说的被青睐毫无疑问与压抑生活下的梦想有关，勃朗特姐妹以虚构故事来度过苍白、粗糙、贫穷的少女时代。但是，又有哪一个少女没有靠想象力来使自己飞离禁锢的天地？女人是天生的梦想家，她们通过想象超越现实的平庸，缓解自身与现实之间的紧张关系。小说的虚构性使它成为女性的隐身之所。相比之下，散文则是踏踏实实的生活，而生活对于多数妇女来说没有历险和奇迹，因而离想象的世界也很遥远。女性的想象力一旦与小说结合便会衍生出文体本身所需要的虚构能力，那么为什么这种想象力回避了戏剧呢？西方古典戏剧理论强调简洁而又凝练的文体节奏，尖锐的矛盾冲突，作者最大程度减少叙述干预。而对于女性来说，她更容易沉溺于某种琐碎、散漫同时又富有浪漫气息的思维方式中，她更愿意表述自己的主观愿望，而不是隐藏在人物身后。小说（尤其是浪漫主义小说）恰好可以容纳这种相对自由的散体文字。

中国女性与文体之间的关系与西方并不相同。应该说明的是进入到"中国女性与文体"关系这一论题时，我们必须考虑到中国文体发展的特征。我们知道每一种文体的发展都有它自身的规律，由荣至衰而消失，或

---

① 戴安·亨德尔：参见《中国当代文学的叙事与性别》，陈顺馨著，北京大学出版社1999年，第189页。

者从无到有到繁荣，文体的演变往往折射着社会经济状况与文化思维的变化。我们关于女性与文体的关系正是在这一大的范畴之内展开的。中国文体中，小说一直是属于"街谈巷议""引车卖浆者"的不入流的形式。直到明清时代，才有了小说文体的相对成熟与发达，但是传统的权力机制尤其是性别秩序的牢固使得女性几乎不可能拥有受教育权，因而女性也不可能形成文学的自觉意识，很多女性作品往往只是有感而发的自发的产物，加上她自身阅读面与生活空间的狭窄，女性有意为小说的可能性是没有的。诗与文是古代文学中的主流文体，在传统社会的大部分时间它们都是承担知识分子话语的重要载体。也正因为如此，我们有了切入问题的视角，在如此发达的文学文体中，女性的选择或者沉默必然是有意味的。

中国古代女性选择较多的文体是诗词。"文"除了李清照的《金石录后续》，都没有给人留下深刻印象。这一方面是因为女性本身触及这方面的作品就少，另外，在文学的保存与流传过程中，女性文学作品在父权制的审美度量下，往往都是难以进入编辑出版的书籍中的，这必然会带来女性作品的佚失，也使我们无法全面了解女性作家的创作风貌。比如南宋黄昇编纂的《唐宋诸贤绝妙词选》中说吴淑姬的词"佳处不减李易安"，但从她仅存的三首词来看，却难以与李清照相比。词评家们还拿魏夫人与李清照相比，宋胡宗汲在《诗说隽永》说："今代妇人能诗者，前有曾夫人魏，后有易安李。"明代杨慎说："李易安魏夫人，使在衣冠之列，当与秦七（观）、黄九（庭坚）争雄，不徒擅名于闺阁也。"但是就魏夫人所留下的诗词而言，很难将她与李清照相提并论。关于女性文学的佚失，以女性创作较为发达的宋代为例：《全宋词》女词人 90 人，词 300 首；《全宋诗》女诗人 200 余，其别集，包括诗词、经书、笔记原油 40 余种，今仅存四种。"①这种佚失固然是文学流传中的常见现象，但是对于女性来说，不仅会有文学流传中的自然佚失，权力机制的干预，还会有性别因素的介入——女子弄文历来不被赞同，这导致了性别秩序对于女性文学的主观压制。只要看看《宋词三百首》勉为其难地将李清照的词附在最后，就知道了女性从事文学创作，在道学家那里是多么不能接受的。尽管他们也认为清照词巾帼不让须眉，但是要进入文学史的编辑中，则显然是不符合正统的。

生前写过"月上柳梢头，人约黄昏后"这等"荒淫之语"的宋女作家朱淑真死后被父母火葬，并将其诗也"一火焚之"。"火烧诗稿"作为一种象征符号是引人深思的。为了掩盖女儿生前的"不贞"，将她的全部诗稿焚毁，这显然是必要的。可能对于父母来说，唯一能够让女儿"质本洁来还洁去"的方法就是让她的"身"与"言"一起消失——女性的身体与女性的言说都构成一种权力逾越，是罪恶与不祥的征兆。当然还有一种可能是朱淑真自己在遗嘱中要求焚毁诗稿，这也可以在她的《自责二首》找到依据：

> 女子弄文诚可罪，哪堪咏月更吟风。
> 磨穿铁砚非吾事，绣折金针却有功。
> 闲来消遣只看诗，只见诗中话别离。
> 添得情怀转萧索，始知伶俐不如痴。

她既然已经明白了一个女人应该过怎样的一生，应该如何妥协从众，

---

① 苏者聪：《宋代女性文学》，武汉大学出版社 1997 年。

那么她自然看透世事，也看透自己在强大的权力规诫下的无能为力，因而，焚诗的决定也在情理之中。需要说明的是，《生查子·元夕》:"去年元夜时，花市灯如昼，月上柳梢头，人约黄昏后。今年元夜时，月与灯依旧。不见去年人，泪满春衫袖。"这首词也有人说是欧阳修所写，他们认为朱淑真作为出身官宦之家的女子，不可能做出"人约黄昏后"的荒淫事情。当然，如果作者是欧阳修的话，便是一段惆怅美好的爱情佳话。但是，从朱淑真的创作来看，她既然能写出《圈儿词》这样直白的相思之作，也敢写"娇痴不怕人猜，和衣睡倒人怀"这样大胆的诗句，那么能写出"人约黄昏后"也并不出人意料。更何况，朱淑真曾写过七言律诗《元夜》，其意蕴和《生查子·元夕》有明显的互文性。退一步说，这首词即使不是朱淑真所做，但是人们关于作者的争论本身，也形成了饶有意味的语义场。文学史上，张冠李戴的事情不少，但类似于欧阳修和朱淑真这样的作者之争，已经不仅仅是考据的问题，还有性别政治的出场。正是因为父权制下权力话语的介入，女性文学史相较于正统的文学史有了更多的不确定性。

我们可以从多个角度来思考传统社会中女性创作力的被压制，以及女性作品的佚失现象。我们有必要明白为什么我们今天所见到的女性诗词会有那么多的残章断简。父权社会对于女性诗词的冷漠、讥讽或者猎奇心理，使得女性文学的整理出版工作变得艰难。女性作品佚失现象的普遍性，决定了我们关于文体的分析针对的只能是"残缺的"女性文学史。

除了文体在民族文学与文化中的特征，以及女性作品的不完整性外，关于女性与文体的讨论还应该建立在这样一个大前提下，那就是古代女性从总体看始终处于一种"言说禁忌"中——她们并没有面向文学领域的话语权，甚至于一个写作的女性往往意味着妇德的沦丧。儒家文化倡导的健全的人生追求是立德、立功、立言,《左传·襄公二十四年》中说:"太上有立德,其次有立功,其次有立言,虽久不废,此之谓不朽。"但是对女性而言,立德多是"后妃之德",立功自不可能,但凡进入到史书记载中的女性大多是两种极端形象,一种是贞妇烈女、贤妻良母,是不折不扣的"好女人"形象;而另一种则刚好相反,她们不是作为母亲或妻子的形象存在,而只是妖媚国家、祸乱朝纲的典型,她们是"坏女人"形象。"好女人"所要立的"德",只是男性社会所界定的贞洁、忍耐、牺牲的美德,这种"德"的最大受益者是父权社会。就女性而言,她们必须要带着朝圣者的随时祭献自己的心态来接受这种"德"。如果说"立功"是女性所无法企及的巨型话语,那么"立德"却是女性价值界定的一种虚妄形态,它最终只是使女性走离自己的"本真意志"而已。

立功不成,立德是一种异己力量,那么"立言"呢?对于女性来说,这看起来更容易实现,但其实也是她们望尘莫及的。立德和立功是经天纬地、治国平天下的巨型话语,立言则是以著书立说来表述自我意愿、理想,是对现实中未竟的事业的一种补偿。因而,很多立德、立功不成的古代知识分子们,最终回到立言的层面来。但是对于女性而言,她并不被鼓励拥有话语权。换句话说,她没有资格表达她的理想化的期望。女性只有一种生存维度,那就是现实维度,想象界的层面是不允许被表达的,尤其不允许被形成书面文字。单维度的生存层面必然会加深女性话语权的丧失,所以"立言"是不可能实现的权利。即使个别女子有了立言的机会,但是她也往往不是为自己或为女性群体的权利与自由立言,恰恰相反,她要立的是父权之言。《女诫》正是这样的文本,这是中国女性以散体文字记录自己声音的较早的文本。

被奉为"女圣人"的班昭在《女诫》中论证了女子的卑下,以及她应该恪守的各种准则。她将男性社会的"三不朽"——立德、立功、立言，置换成了女子的"四行"——妇德、妇言、妇容、妇功，"三不朽"与"四行"形成鲜明的对照，有着极强的讽喻性。男尊女卑以及夫为妇纲的观念在之前的社会便已经存在，但直到"班昭《女诫》，才系统地把压抑女性的思想编纂起来，使之成为铁索一般的牢固，套上了女性的脖子"。[①]性别奴役是一方施加、一方承受的关系，但是到《女诫》出现后，女性不再需要外在施加压力，她自己一人便可以完成施和受的关系。她是自己的看管者、承受者，她为自己画地为牢，却相信这是安全的堡垒。谭正璧认为这种"两性争斗中的降服的行为，是女性的自杀政策"。[②]尽管关于女性权力的规诫，都是来自于男性社会，但是女性的认同，尤其是从默认到赞同的过程却是让人感到悲哀的。

对女性话语权的限制使写作对于女性来说成为一件艰难的事。父权制对《女诫》这样的文字的赞赏，则使女性写作受到更大的误导。"写作之难"必然使女性文本更少，使她们难以形成"有意为文学"的自觉意识，自然也不会直接谈论文学之于自身的意义。也正因为如此，我们关于古代女性文学的论断，往往就更有了主观性。事实上如果说中国文学的自觉时代源于魏晋，那么女性文学则要远远迟于它，甚至于说自觉于"五四"时期，也并不为过。

中国古代社会，有机会读书识字的女性是两种身份截然不同的群体：妓女和淑女。她们也是古代社会拥有"话语权"的女性阶层。有意味的是虽然被共同以琴、棋、书、画等技能进行教育，但是她们承担的却是完全

---

① 谭正璧：《中国女性文学史 女性词话》，上海古籍出版社 2012 年，第 49 页。

② 谭正璧：《中国女性文学史 女性词话》，上海古籍出版社 2012 年，第 50 页。

相反的坏女人、好女人的角色。作为言说主体，她们对于已有的话语秩序，往往是持一种默认甚至迎合的姿态。名媛淑女是在家族权势与规诫下的书写，很多人直接代表的就是本阶级的意志，像班昭等就是如此。妓女则往往为满足男性的想象与趣味而写作，讨好与奉承之意显而易见。因而从根本上说，女性所谓的话语权是一种被控制状态下的声音。除了少数女作家之外，更多的女性在自己的言说中表达的恰恰是她被言说的特征。因而女性话语不可能抵达女性体验的深度空间，而只能停留在玩味和趣味的层次中。

女性书写所展现的往往是第二性别的边缘体验，她们的作品也是经常地处于文学史的边缘地位。唯一例外的大概是李清照和朱淑真。李清照的诗词成就可以进入任何一本文学正史中，她的《金石录后续》是中国古代女性散文的扛鼎之作，同时也具有开创性意义，即使放在整个古代散文史中进行衡量也不容忽略。而朱淑真则是女性作家中十分清醒自觉的一位，她充分认识到了"女子为文"的艰难，并将文学视为对抗女性被赋予的世俗生活的一种方式。

文体所承载的意识形态的不同也影响了女性的选择。小说无法构成中国古代知识分子的想象世界，自然也不可能进入女作家的视野。即使是明清时期，随着市民社会的兴起，小说这种文体形式已经有了相当的发展，但是对于女性来说，那依然是她望尘莫及的。谭正璧在《中国女性文学史》中说："女性作家所专长的是诗，是词，是曲，是弹词，她们对于散文的小说几乎绝对无缘……"[①]有历史可考的女性白话小说作者作品少之又少，汪瑞《元明佚史》、陈义臣《谪仙楼》、顾太清《红楼梦影》等六位

---

① 谭正璧：《中国女性文学史 女性词话》，上海古籍出版社 2012 年，第 26 页。

女作家作品是被记载过的，但是这些作品中前两部已经佚失，其余四部以今天的眼光看来均是《红楼梦》的同人文，并没有独立的文学价值。市民社会的相对自由与深闺中几千年如一日的生活与教化模式形成鲜明对比。说到底，在一种完全地被控制状态中，想要拿起笔来，让想象力突破现实的封闭，真正去经营一种长篇文体，而不是附庸风雅的吟诗作赋，这显然是需要反抗的勇气与对文学的自觉意识的。单就这一点，女性也只能在小说面前止步。更何况在传统社会，小说是不被士人们看重的文体形式，女性自然也不可能逾越整个民族的这种文体观念。

诗歌与散文成为中国士人们常用的文体形式，而对于女性而言，散文显然是她们话语的一座空场。我们有必要探究一下为什么在两千年的文学史中，散文在中国女性作家笔下几乎是空白的。

如果回溯中国文言散文的历史，我们会发现，散文正是中国文言文所代表的意识形态的一种钦定文体。文言文在日常话语之外又构造出另一种表达方式，这种方式是将多数人排除在受众之外的。换言之，文言文，尤其是以文言文作为"立言"方式的中国知识分子的话语体系是一种封建性的"精英"话语，它代表的是一种俯瞰的视角，是少数人向多数人的俯视。在一脉相承的历史古籍中，在中国的科举考试中，在传统文化的典籍制度中，我们都看到了散文文体的应用。散文思维最终成为一种哲学思维——一种不求实证性，而注重经验感觉的民族文化体式。对于中国文化，散文不仅仅是一种文体，它同样也是一种构成话语方式的重要因素，古代的哲学著作就是散文化的。即使在今天，散文因素也仍然成为一种叙述方式，诗歌、小说的散文化现象在新时期之后都曾经出现过。

散文是记载正史的方式，也代表了知识分子的"学""仕"一体的思维方式。文言散文的世界就是中国传统文化——尤其是儒家文化——得以权力化的世界。而在这个世界里，女性恰好处于一种边缘地位，她被告诫要远离她的话语权。很显然女性不可能真正进入到一种排斥她、塑造她的文体创作中，她已经被先验地排斥在正史之外，她的创造性是被怀疑的，尽管这种怀疑并没有原因也没有经过证明。或者说她的存在本身就是原因——她既是自身存在状态的原因也是结果，她形成了一种封闭的自我指涉，失去了通向外在意义世界的可能。而散文，恰恰是一种向外指涉的文体——它通向广大的意义世界，直接为男性的科举考试、经世治国服务。也正是在这里，散文是拒绝女性的。煌煌千言，有理有据，上启轩辕，下达黎民；或者退隐江湖，无凭无证，临风把酒，悠然适意——散文的"拯救与逍遥"（儒与道）中都容不下女性的声音。她的生活以及视域只是在闺阁之中，从父亲给的生活到丈夫给的生活到儿子给的生活——生活的真理取代了社稷的真理。而后者正是文言散文所要承载的"终极之道"，是散文的意义世界。女性只能对它敬而远之。换言之，散文在父权世界中所具有的主流性的话语功能正与女性的边缘地位、边缘体验相背，性别之"轻微"与文体之"凝重"形成鲜明对比，文言散文拒绝女性话语的介入。

　　言说媒介的变化对于文体的文化内涵的转变有很大的影响。直到新文化运动，白话文的"言文一致"使文学的大众化有了讨论的可能。白话文学要以国民意识、写实精神、社会性代替以往文学的贵族气、古典做派以及山林气。①语言与生活的同构，王纲解钮时代的混乱与缝隙间的自由，英法随笔的引介，文化先锋们的素养，使得白话散文在发轫期便迎来了创作的高峰。毫无疑问，对于现当代散文来说，"五四"的高起点一直是难以超越的。在这里我们也发现中国白话散文在其所承载的文化精神上与文

———————

① 陈独秀：《文学革命论》，《新青年》第 2 卷第 6 号。

言散文有了质的不同。鲁迅的批判精神，周作人的平民意识，林语堂的幽默冲淡——中国现代散文在一开始便被赋予了自由和"美文"的特质，这是对于散文内涵与形式的双重界定。这时的散文承载的是庶民之道，生存之道，自由之道，也是审美之道，这与古代散文常载的儒家伦理之道、庄周逍遥之道大不相同。

日常生活开始成为散文关注的对象，周作人关于故乡的回忆就是对野菜、乌篷船、初恋少年、亲情弥漫的日常生活的牵挂，这种个人化、平民化、唯美化的散文精神正是资产阶级自由知识分子的艺术理念，这与中国传统社会散文所直接承载的艺术伦理精神有着本质的不同。也正是在熟悉的日常生活中，女性找到了自己的话语场域。另外，白话语体的直感性、随意性也契合了女性生存的日常状态，这使得汉语白话散文成为可以与女性情感一同爆发的文体形式，因而也更容易成为她们言由心生的倾诉载体。尽管散文依然"载道"，但是革命精神、自由主义、人的文学等等与女性主义精神有着特定历史阶段的一致性，它催生出了女性对于父文化的反叛意识。此时女性已经大规模进入到散文领域，散文成为她们随手拾起的文体——白话散文的自由性、日常性使它天然地承载起女性意识与女性话语。

我们已经发现，女性散文传统的匮乏是因为散文文体与父权文化的意识形态过于紧密，这与女性在性别秩序中被赋予的角色相矛盾，因而散文之于女性是一种主流意识形态的象征，她难以进入其中。如果说这种传统文化中的"散文之重"使女性不敢碰触它，那么白话文时代的到来则为女性散文的发展提供了新的契机。它首先为日常生活正名，传统散文中日常生活并不是以生活的本来面目出现的，而往往是一种政治或哲理寓言，或者是一种经过高度净化，去除了琐碎杂念的审美生活。换言之，日常生活在文学表达中是被抽象化的，与之相连的情感欲望也成为隐秘。但是"五四"文学中我们看到的却是极富个人化与私人性的作品。对于日常生活的表现就是对于复杂人性的认同，在这里日常生活本身成为一种反叛策略。它在文学领域的合法性也使女性最擅长的表达场域浮出水面，并有了文学的深度意义和价值。正是基于此，女性散文在"五四"时期也迎来了创作的繁荣期。

那么中国古代是缺乏女性散文的写作传统吗？我们也许有必要回头看看中国女性最擅长的诗词领域，也许会从中找到中国现代女性散文的精神资源。

女性先天较好的音乐感使她对诗，尤其是词、弹词有更好的领悟力。事实上在诗演化成词的过程中，女性便起到了重要作用。当时的歌妓为求音节的和谐、多变，便在曲调上加入"泛声"，后来又在"泛声"处填上字，于是便有了词的诞生。早期的女性诗歌具有《诗经》的"风"的传统。秦相百里溪之妻被遗弃后援琴抚弦而歌："百里溪，五羊皮！忆别时，烹伏雌，饮炭廖。今日富贵忘我与？百里溪！初娶我时五羊皮，临当相别时烹乳鸡。今适富贵忘我与？"这种弃妇的幽怨之情让人想到《诗经·氓》中的女子，它们都是基于女性经验之上的"不平则鸣"。由此可见，早期的女性诗歌更多地聚焦在两性的情感上。有的诗表达不嫁之意，有的则是欲嫁不得，心中愁怨；有的写离别之忧，有的则写相聚的欢愉。如果说"诗言志"，那么女性诗歌的"志"往往是情感之"志"。但是另一方面，此时的女性诗歌也有了"文"的因素。事实上，从《诗经》中我们就可以看出中国后来各种文体的渊源。也就是说，诗经这种韵文本身就已经酝酿了诗歌、小说、散文、戏剧的文体原型。《诗经》并没有完全格律化，工整化，它相对自由的言说形式，口语化的风格，与后来的近体诗相比都有较大差别。另外，就内容而言，诗经也同样有叙事文学的特征，它开始完整地表达一件事情的始末，一种情感的变化过程，这些对于中国散体文学来说，都是开创性的。同一时期的中国女性诗歌之于后来的女性文学也有着同样的价值。事实上，如果翻开中国女性文学史，我们会发现这样一种现象，那就是虽然自古以来，女性都在以短小的诗词（明清后，有了少量的长篇弹词与白话小说）作为文学表达方式，但是，更多的时候，她们的诗词更接近一种情感叙述，是贴近自身生活的个体写照。传统诗歌的开阔视域，词的豪放的一脉传统，在女性诗词中都难以找到。她们的诗词往往通俗易懂，很少使用典故，也不求蕴藉深厚的回味，很多诗词更像是大白话，情辞恳切，脱口而出，不计后果，一吐为快，类似于民间小调，是与实在生活痛痒与共的一种表述。当然也有一些女作家开始讲究诗工词韵，比如，李清照、朱淑真等人，但是即使是讲究，她们也决不会达到男作家的那种程度。

以诗词为主流的中国女性文学史就像一部女性的"私语"史——女作家们追求一种天然的个性化、私人化、情感化的表述，很多话语即使在今天看来也是隐秘的，也容易引起人们的非议。在古代女性文学中，你很难看到国家、民族或者政治权力这样的话语出场。再严肃的女性文学史也往往会成为一部文学的边缘史，民间史。作为女性文学史主体的女性诗词的风格也必然难以与"正统"诗词相比。蔡文姬的《胡笳十八拍》是女性家国一体的伤怀诗，但是更让人感动的还是她作为一个母亲的哀思："十六拍兮思茫茫，我与儿兮各一方，日东月西兮徒相望，不得相随兮空断肠！"从一拍到十八拍，蔡文姬反复咏叹的都是女性情感世界的长天大漠，是女性在一个身不由己的时代的清醒与孤独。也正是因为这样，《胡笳十八拍》是一曲女性的"悲愤诗"，审美传统中的"哀而不伤""中和之美"难以遏制女性情感的爆发，传统的审美规范只能在生命的激情面前妥协。当然，在女性文学中，也有不少附庸风雅的模仿之作，而这样的作品是最缺乏生命力与感染力的。相反，很多看似没有构思和运筹、脱口而出的诗歌倒往往让人难以忘怀。比如：

"妾乘油壁车，朗骑青骢马。何处结同心？西泠松柏下。"——《苏小小歌》

"不是爱风尘，似被前缘误。花落花开自有时，总赖东君主。去也终须去，住也如何住！若得山花插满头，莫问侬归处。"——严蕊《卜算子》

"莫攀我，攀我太心偏，我是曲江临池柳，这人折了那人攀，恩爱一时间。"——无名女子《忆江南》

"芙蓉花发满江红，尽道芙蓉胜妾容。昨日妾从堤上过，如何人不看芙蓉。"——浣纱女《谭畔芙蓉》

"为人莫作妇人身，百年苦乐由他人。今日始知人贱畜，此身苟活愿谁嗔。"——春娘

"相思欲寄无从寄，画个圈儿替。话在圈儿外，心在圈儿里。单圈儿是我，双圈儿是你。你心中有我，我心中有你。月缺了会圆，月圆了会缺，我密密加圈，你密密知我意。还有那说不尽的相思情，一路圈儿圈到底。"——朱淑真《圈儿词》

花蕊夫人是后蜀君王孟昶的妃子，蜀被宋灭后，宋太祖赵匡胤质问她为何不殉节？她当即赋诗答道："君王城上竖降旗，妾在深宫哪得知。十四万人齐解甲，宁无一人是男儿。"

包括李清照的"别是一家"的词也多清新婉约，通俗易懂。那首著名的《夏日绝句》更是铿锵上口："生当作人杰，死亦为鬼雄。至今思项羽，不肯过江东。"

　　很多女性诗歌，无论采用古体还是近体诗的形式，都往往少酝酿，少斟酌，更像是某种情势下脱口而出的白话。当时代的人曾经评朱淑真的词"清新婉丽，蓄思含情，能道人意中事，岂泛泛者所能及？未尝不一唱而三叹也！"[①]这样的评价对于女性诗词的总体风格也是适用的。

　　女性诗词尽管采用韵文形式，但是从精神上来说，它与后来的白话散文是相通的。也就是说，尽管古代女子很少写散文，但是散文这种文体的内在精神并不是不可找寻。首先，女性诗词有了散体文字的叙事性。很多诗词表面是抒情言志，但是实际上，已经有了很强的叙事风格，比如上文提到的《苏小小歌》《生查子·元夕》中已经有了简单的情节线索。尽管诗歌本身就有叙事传统，但是唐以降的中国近体诗，叙事成分已经越来越少，它更注重的是意境、工整、修辞、典故。而这些对于女性诗词来说，显然不是最重要的。其次，女性诗词更注重日常经验与细节表述，注重情感与情绪的传达。女性诗词往往不是有意的"为艺术谋"，当然也不是"为稻粱谋"，更多的时候，只是为了表达和倾诉本身，是一种日常话语形态，与女性的生活经历、生命体验直接相关，而少了宏大叙述中对于价值观念的探讨。再次，女性诗词超越了诗歌的文体限制，以更接近口语和白话的语体形式来表情达意。女性诗词正是"以文为诗"的典范，当然这里的"文"不是指文言散文以及相关的文化传统，而是更接近口语、白话散文的精神内涵。正因为如此，我们读古代女性诗歌往往很容易理解，也会有

---

① 谭正璧：《中国女性文学史 女性词话》，上海古籍出版社 2012 年，第 254 页。

休戚与共的亲切感。女性将"诗语"与"心语"结合，对于她来说，语言只有回到生活本身才可能对人的生存具有意义，才可能真正宣泄情绪，表达自我。所以，她们选择了一种直白的言说方式，她们写诗，但实际上只是在说话。她们回避了诗歌中绚丽的意象与技巧，从而也超越了文体本身的限制。

古代的诗论中有"诗庄词媚"的说法，但是对于女性来说，文体只是一种外在形式，它难以形成对个人情感的限制。女性的很多诗词都让我们感到了一种情感的裸露性，而这种坦白直率不仅是一种主体姿态，也是因为选择了一种更少对仗、考究的表述方式。对于女性来说，所谓"经国大事"、所谓"文化天下"，这种凝重而又宏大的主题并不能成为她们现实生活的精神旨向。因而，对于主流传统而言，女性是被放逐的。她没有传统，但是她有几千年如一日的生活常态，以及建立在这种生活经验之上的情感承继。就这一意义而言，女性在主流传统之外，又建立了另一种传统——女性自身经验的传统。正因为如此，千年之下，我们读她们的文字还会心领神会，我们能够辨认出那种爱而不得的失望和悲伤。

综上所述，女性诗词在叙事性、对日常经验的把握、以口语入诗的直白简单、情感表述的大胆率真等等方面，都表现出了"以诗为文"的传统，也让我们为中国现代散文乃至于整个文学中的女性话语找到了渊源。正是女性诗词，而不是更有散文性质的《女诫》《女则》，成为中国现当代女性散文的精神传统的重要部分。

文言文写作语境下的女性与文体的关系，尤其是散文文体之于女性书写的影响，这是我们上文着重探讨的问题。在一个文体并不平等的时代（因为文体所代表的意识形态是有高下之分的），女性回避了散文这种文体，而更多地运用了"散文化""散文因素"。而在白话文到来的时代，旧的文化观念被颠覆，一切文体重新回到了新的文化语境面前，很多女作家不约而同地选择了散文这种亲近而又自由的文体。

二、散文与女性写作的契合

文本形式是文体规范下的演绎，而文体又反过来被这种演绎所创造。那么在各种文体的相对发达、女性有了选择的自由的时刻，散文对于女性来说究竟意味着什么？或者说现当代女性作者为什么如此大规模地选择了散文？作为一种文体，以及一种叙事类别，散文之于女性写作、女性主体人格的构成，到底有着怎样的引导与契合？女性写作对于散文这种文体又有着怎样的反哺？

就客观条件来说，首先，现代文体革命为女性散文写作提供了有利条件。"五四"是一个"文体变革"的时代。近代黄遵宪、梁启超等人提出的"文界革命""小说界革命""诗界革命"，酝酿了文体意义上的"维新运动"。经过"五四"时期文体革命的深化，以及随之而来的可观的创作实绩，各种文体都面临着从观念到形式上的一次解放。文体解放首先是思想的解放，是自由平等意识在文学领域的体现。小说开始成为艺术家们严肃经营的文体，而不再是只能"街谈巷议"、不登大雅之堂的文学的末流了。文明戏舶入中国，话剧成为文体中的新兴样式。白话诗迎来了它的"处子秀"，中国两千多年的诗歌传统，面临着有史以来最深刻的一次转变。散文也在这场革命中开辟出了新的生命空间。刘半农首先提出了"文学散文"，之后"美文"（周作人）、"小品文"（胡适）的概念也出现了。"概念"的多样性并不仅仅只是一种名称的区别，它对应的是观念（生活观念以及文体观念）的不同与转变。鲁迅的杂文与周作人的小品文（后来胡适的

"小品文"的说法流行开来）成为散文领域最重要的两种"子文体"。但是在此之外，我们看到了还有一种较为独特的形式，那就是女性散文。冰心的"冰心体"，陈衡哲、陈学昭的"多文体杂糅"的散文，庐隐、石评梅的"纯抒情体"等等。这些散文没有周作人式的隐锋芒于冲淡中的悠闲与平和，也没有鲁迅《朝花夕拾》的战斗间隙的休憩从容和文体上的叙事性，更没有鲁迅杂文的尖锐和深入社会的庞大的触角。可以说从"五四"时期起，女性散文就已经展现出一种独特的话语形态与意义世界。在这里，最重要的是母爱、童真、情爱。女性的视域聚焦在此岸此生的日常生活与情感中，她们开始编织属于自己的爱与美的神话——这是女性性别意识苏醒后灵魂面向自由的一次沉重的飞翔。

应该指出的是，"五四"伊始，现代女性对于散文并没有形成完全自觉的认识。陈衡哲写于1917年被视为中国最早的白话小说的《一日》，记录的是一群少女在女子学院一天的生活。它有点类似于速写散文，有着较强的客观报道的意味，同时也有一定的自序传的色彩。也正因如此，新时期后一些出版社编辑出版的陈衡哲的散文集将《一日》收选进来。陈衡哲的《运河与扬子江》是短剧的对话形式，而像《孟哥哥》这样的文章则是包含很强的小说因素，是属于那种既可以作为小说也可以作为散文来读的文章。在早期的创作中，陈衡哲的散文多使用第三人称，但所写的事情大多是自己的经历，或者是自己的所闻所见。二十世纪三十年代后，陈衡哲的散文中更多地出现了第一人称，此时，她个人的生活经历、情感、思想也经常出现在自己的笔端，这与散文文体意识、文体观念的变化有关。事实上"五四"早期，散文仍然是包罗万象的文体总类，直到鲁迅、周作人等人在散文创作中地位的确立，才使得散文文体本身的特征突现出来——散文文体的净化使散文更加具有独立性和文学性，也使散文创作更加自觉，但早期的女性散文并不具备这种自觉意识。陈学昭的很多散文，如散文集《野花与蔓草》中收录的一些文章，情节性很强，看起来更像"小小说"，不过细究起来，也未尝不是听到的真人真事。但是，就叙述方式而言，叙述者的干预性较强，让人感到事件似乎是有多种可能性的。对于戏剧性的生活态势的强调，也给人一种虚构的感觉，这与后来散文的朴实求真的特征不同。早期的这种多文体并融的散文形式，或者也可以说是具有散文性质的多文体形式，都反馈给我们这样一种信息，就是女性散文的文体意识并没有完全成熟。几乎每一个作家都在凭借自己天生的艺术敏感来选择一种与自己气质接近的文体形式，而女性天然的抒情与倾诉的愿望，则使她们很容易就选择了散文，或者"类散文"。

其次，大量报刊杂志尤其是女性媒体的出现刺激了女性散文的写作。梁遇春在《<小品文选>序》说："小品文同定期出版物几乎是相依为命的。"[①] 近代以来，随着启蒙主义文化的引介与传播，中国出现了大量的报刊杂志。这些报刊杂志大多提倡男女平等，并愿意向社会传达女性的声音，这便为女作家的登场提供了条件。二十世纪初，中国最早的女性报刊《女学报》创办，之后相继创办了《女子世界》（1904 年）《天足会报》《神州女报》（1907 年）等等，这便促成了更多的女性撰稿人的出现。另外，女性不仅作为作者同时也以创办者的身份参与到了出版业中，中国近代的第一份女报便是由出身报业世家的陈撷芬创办的。之后秋瑾创办了《中国女报》，1912 年，伍廷芳夫人、张静江夫人创办了《女子共和日报》。上世纪四十年代还有女作家苏青主编的《天地》，这些都是女性话语得以表

---

① 梁遇春：《<小品文选>序》，参见《小品文艺术谈》，李宁编选，中国广播电视出版社 1990 年，第 42 页。

达的重要阵地。从最早的《女学报》的主笔人李惠仙（梁启超妻），康同壁（薇）（康有为长女），到孤岛时期《天地》的重要撰稿人张爱玲、苏青等，中国女性写作由业余走向专业，由妇女解放运动等社会问题向更宽广的女性诗学领域拓展，这也是中国近现代女性散文发展的一条线索。

出版业尤其是诸多女性媒体的出现和发展，不仅使女性微弱的声音逐渐明晰，某种程度上，它也促成了更多职业女作家的出现。中国女性开始以群体姿态发出声音，两千年来的飘忽散在的低吟浅唱变成了强烈而集中的众声喧哗，女性文学也由此"浮出历史地表"，引起关注。自"五四"时期，便有很多女作家开始为报刊写散文、随笔或杂文，尤其像冰心、陈衡哲、陈学昭、庐隐等作家，她们都曾经留学国外，有着较为丰富的见识和开阔的文学视野。但是这一时期的专业女作家并不是很多，她们大都在高校或其他部门有正职。到上世纪三四十年代，我们看到了更多专业女作家的出现，女性写作的职业化是女性的自主意识以及文学自身发展的必然结果。很多女性作家都是带着一种天然的热情从事于写作，但是选择以写作为生的女作家们往往也就选择了一种不安定的生活。生活的压力使专业女作家必须定期为报刊杂志供稿，这样才会有较为固定的收入，这也刺激了散文的创作。"孤岛时期"张爱玲的散文，苏青的杂文随笔等等，数量都较大，多发在当时较有影响的《天地》《杂志》《古今》《万象》等杂志上，也都有着很强的时代感与性别意识。

文学传播媒介的相对发达不仅为女性散文创作开辟了重要的话语阵地，也使女性写作的职业化程度加深，这反过来更加促进了女性散文的创作。上世纪九十年代更是如此，大量的都市女性散文，尤其是出现在经济相对发达的大城市上海、广州等地的"小女人散文"，大多是以《新民晚报》等报纸专栏为媒介发表的。报纸作为一种媒体所需要的特殊的表达方式也造就了女性散文的"晚报文体"。由此可见，创作主体的专业化以及与文学相关的物质媒介的发展变化，对于更加敏感的散文来说，往往会有着直接而深刻的影响。随着社会经济的转型引起的文化以及文化媒介的转型，女性作为有着巨大文化消费能力的潜在群体，她的市场价值被不断开发出来，更多的女性网站、女性期刊出现了。这使我们相信女性散文在一个更富有弹性与自由度的文化重塑时期必然会有新的作为。

另一方面，新时期以后，散文本身成为一种"泛文体"。当人们习惯于随手记下自己的情感与经历时，也就随手选择了散文。对于阅读来说也是如此。散文的篇幅短小，容纳的情感和思想较之于其他的休闲娱乐方式也较为深厚，它在一定程度上可以满足现代人的阅读需求。散文文体的特性与报刊文化相适应，成为现代报刊的宠儿，它本身的特征也受到这种都市休闲文化的影响。随着"五四"时期以及上世纪九十年代更多报刊的出版发行，各种文化副刊也纷纷创办，这时候，需要大量的散文性文章填充，于是一大批散文与"伪散文"铺天盖地地出现。直到现在，散文还是最容易泛滥和被人采用的表述方式，它自身无法拒绝这种命运。几乎每一种报刊杂志上都有散文登场，几乎每一个想要写作的人都写过散文。随着小说散文化，诗歌口语化所带来的文体散文化的倾向，散文因素也开始渗透于多种文体之中。很多女作家正是在这样一种潮流的裹挟下，进入了散文创作的园地。我们在这里看到了散文文体的基础性与卑微性，这与古代散文文体的精英化完全不同——传统社会，散文只能是少数知识分子采用的文体形式。现在散文成为一种最具有包容性的容器，各种形式的难以用小说、诗歌、戏剧等文体来概括的文章都以散文的名义命名。"泛散文"使很多人认为散文正在解体，散文寿终正寝了，但是正是在这种杂乱而广泛的散文写作中，散文悄悄酝酿了自己的变革与重生。这也为上世纪九十年代以后散文热的形成创造了条件。

就主观而言，女性本身就有着天生的抒情与倾诉愿望，这正与散文注重情感表达的特征相一致。散文的话语空间构成了她们自身的生活空间——如果你将一个女作家一生的散文连缀起来，那么你看到的必然是她生命过程的呈现。冰心的散文便是她从孩童、少女、少妇、中年直至老年的情感记叙。女性选择散文事实上首先就是选择了一种倾诉载体，至于思想性、哲理观照倒在其次。情感的真实成为这世间最大的真实，情感世界的点点滴滴就是宇宙间的惊涛骇浪，是文学精神的最大奥秘，也是生命的奥秘。正因为如此，女性说自己是"以血为墨"，她们认同于"散文是血"的说法，认为好的散文不是创作出来的，而是"等"出来的。"小说是可以天天写的，但散文不，往往好几年才能'等'来一篇好的。"[①] 因为情感本身有它自身的发展变化，你不可能每时每刻都有着那么多的情感需要表达，所以你只有等待。情感的变化首先是生活与思想的变化引发的，这是为什么我们说一篇优秀的抒情散文本身就是具有思想性的，它直接呈现出个体与天地与世界相关联的精神状态。正如林贤治所说："散文是人类精神生命的最直接的语言文字形式。散文形式与我们生命的感觉，理智和情感生活所具有的动态形式处于同构状态。"[②] 也正是以情感作为契机，女性散文才有可能进入到人类精神的表述中。

相比较而言，女性散文更偏重于抒情。对于女性来说，意境或者境界并不是文本的终极目的，她们更注重的是现实生活以及由此牵发的情感世

---

① 张洁：参见《二十世纪九十年代散文选》，韩小蕙编，上海文艺出版社 2000 年，第 9 页。

② 林贤治：《论散文精神》，参见《散文研究》，贾平凹主编，河北大学出版社 2001 年，第 58 页。

界。"五四"女性散文的如山洪般的情感力量，是女性几千年来情感压抑后的决堤。新时期女性散文或激进或成熟或做秀，凡此种种，也是女性个体意识与情感变化的表现。当然这并不是说女性散文只涉及情感这一种主题，而是说女性散文往往以情为重。

情感的表达使女性散文形成了一种倾诉性的文体形式。情感是女性散文的起点也是终点，从个人情感开始，到人类情感结束，女性选择了一种对于情感表述来说是最直接而又就近的文体形式。但是需要说明的是，这种情感表达并不是单向的，而是有着"显在"或"潜在"的对话者与倾听者的。也就是说，当女性散文在进行主体言说的时候，已经规定了"理想读者"的存在，而这理想读者往往是直接出现在文本中的。很显然，对于一种倾诉来说，没有人倾听是孤独的，这也就形成了女性散文的"倾诉"体。就文本叙述形式来说，这构成了女性散文最常见的"对话形态"。以韩春旭的《少了什么，这个世界——与苏格拉底和自己对话》为例，苏格拉底在这篇散文中是一个显在倾听者，他直接在文本中出现，他左右倾诉主体的情感指向，同时也被这种情感塑造。他是作者的精神之父，是男性智慧、力量、爱的象征。在文本中假设一种精神主体的存在，并由此展开自己对于宇宙人生的追问，这种对话形态是女性散文常见的一种形式。

散文是一种温和的梦想方式。如果说小说是彼岸生活，散文则被视为此岸生活。[①] 但是对于女性来说散文又是对于此岸生活的一种超越。女性散文并没有小说的那么强的颠覆性，而是在顺从生活的基础上的一种温和的想象，是对于平庸生活的一次审美巡阅。在女作家笔下，散文是直接说

---

① 刘谦：《此岸彼岸》，参见《散文研究》，贾平凹主编，河北大学出版社 2001 年，第 70 页。

出梦想的方式，也是说服自己与生活和解的方式。女性在这里遵循的是散文的节奏和方式——在审美视域下重新打量生活，重新寻找生存下去的证明。舒婷说："如果诗歌是向高山雪冠的攀登，散文就是草原上的驰骋和漫步，看上去宽阔平坦，个中的陷阱与颠簸，唯有马蹄和骑手明白。"[①]散文是温和的，但同时也是艰难的。它的艰难在于你必须在一种简单而又温和的文体中表现出心灵世界的惊涛骇浪、生命中的苦难和安宁。文体本身与作家人格修养的直接连靠，也使散文成为一面照耀灵魂的镜子——创作主体的自由精神能够走多远，散文就会走多远；谁明晰了人生的信念和梦想，谁就把握住了散文的想象空间。

　　无论是"五四"时期的唯美的情感，还是上世纪三四十年代的对于世俗生活的理性观照，或者新时期的潜意识探索以及九十年代的都市散文与"新散文"实验，散文始终都承载着女性关于爱与美的想象。尽管这种想象并不激烈，有时甚至有一些虚无与妥协。但是很显然，散文是女性进入日常生活的一种方式，哪怕是再平庸的生活，女性也要从中发现生的乐趣，发现某种忧伤与浪漫的氛围。这种温和的梦想方式在女性都市散文中有很深刻的体现。所谓"女性都市散文"是指女性描绘都市生活、表现都市感觉的散文，是与自身的城市经验相关的表述。很多女作家都写过这样的散文。上世纪九十年代曾经风靡一时又备受争议的"小女人散文"也属于都市散文，它是都市文学专栏化、通俗化、休闲化的结果。

　　从都市散文中，我们可以看到女性的存在状态与写作状态，她写的就是她经验的，就是没有经过典型、变形、超越等艺术处理的"准原生"文

---

① 舒婷：《露珠里的"诗想"》，参见《舒婷文集》第三卷《凸凹手记》，江苏文艺出版社 1998 年，第 204 页。

字。这种状态更接近多数女性生活的日常语境，也更细致地勾画了女性世俗生活的图景。但是也正是在这种平庸的生活经验中，我们看到了一种企图超越平庸的愿望——在柴米油盐的琐碎生活中，在斤斤计较的现实牵绊下，梦想着"别处的生活"。始终保有对世界的好奇，这好奇是一种新鲜的目光，寓含着女性主体对世界的热爱，也是力图将一切简化、美化的另一种视角——这是女性看待世界的一种方式，它看似平庸，但又始终紧握住生命中的精致而又脆弱的美。另一方面，这种近于神经质般的伤感哀怨，对于某种超越现实的情调生活的向往与追求，以及过度热衷于对生活中琐碎事物的描述，使得女性都市散文呈现出某种极端形而下的审美取向。关于生命的庄严的深度思考被规避，梦想虽然还在，但是却难以逃脱物质时代的喧哗、功利和媚俗。从这一点上，我们可以把女性都市散文中的梦想形态视为一种世俗化的梦想，它续接了女性几千年来始终沿袭不变的闺愁离怨、触景伤情，以及对于现实人生的微薄的憧憬与期寄。

二十世纪九十年代以冯秋子、黑孩、胡晓梦等人为代表的女性"新散文"则让我们看到了散文已经成为女性自我拯救、回归灵魂故乡的一种文本形式。冯秋子说："散文于我，便是望见衰弱，抗拒衰弱，自我解救的一件事情。也是无始无终。"[1] 在关于散文文体的反思中很多女作家将散文视为一种"切肤之痛"。赵玫说："我只是在痛的时刻得不到慰藉的时刻，才写那些短歌。散文之于我，是有着切肤的疼痛，是有着诗的灵魂在其中挣扎的一种文体。"[2] 毕淑敏在散文集《素面朝天》后记中说："散文就是蕴

---

① 冯秋子：《一件事有始无终》，参见《寸断柔肠》，太白文艺出版社2001年，第317页。

② 赵玫：《我的散文》，参见《一本打开的书》，春风文艺出版社1994年，第1页。

涵切肤之痛的标本。心的运行是透明的。它的脚印被语言固定下来，就成了散文。"①心灵之痛就是梦想的失落，是一种想象力的折损。在这里，我们看到了散文与女性生存的唇齿相依，它成为她们心里最真实的声音，是一种清醒时的梦想的述说。只追随心灵的感受，永远在此岸眺望梦想中的风景，这使得女性散文的梦想形态呈现出另一种样貌，那就是先锋性与创造性——她们往往能够与时代的狂躁、盲目、极端相间离，并从主流意识形态的审美局限中跳出，只关注个我的心灵。

女性散文是女性存在的审美见证，是关于女性生存的诗意言说。审美化生活本身就是一种梦想中的生活。不论是"小女人"的表层化的审美，还是冯秋子、斯妤、筱敏等人的深层审美理想，女性总是力图在"此生活"之上建构一种超越现实的生存形态，这种思维方式构成了散文审美空间的一种维度，也使得女性散文承担起更加生命化、本体化的精神旨向。而这本身就形成了对于假大空、模式化的一种反驳。也就是说，女性散文听从生命本身的声音，而这种真诚和真实本身就是一种勇气，在很多时候，对于散文甚至整个文学来说都具有了革新意识与先锋价值。

新时期初张洁的"大雁系列"引起关注。《拣麦穗》《挖荠菜》等散文在一个刚刚恢复正常秩序的国度里，给人的心灵的滋润、抚慰是深刻的。在简单而朴实的叙述中，在成人世界的纷繁困扰中，张洁凝望童年的目光显得失落而忧伤。这不是一个英雄的激情澎湃的成长故事，也不是当时流行的"伤痕"或"反思"，而仅仅只是恒常的生活和生活中的许多夭折了的故事和梦想，而这又恰恰是当时中国文学最匮乏的质素。即使是在文体形式上，这样的散文也跨越了文体的限制给人以启示。王安忆回忆说：

---

① 毕淑敏：《素面朝天·后记》，参见《倾诉》，群众出版社 1997 年，第 43 页。

"我们很难忘记新时期之初的张洁的散文《拣麦穗》。她只是写一个卖灶糖的老头和一个馋嘴小丫头的关系，这种关系我们无法命名，不知该往哪一类情感里归宿。它带给了我们多么大的喜悦啊！我们发现：文章竟是可以这样写的。我们发现：原来是有着许多不可命名的东西。"[①] 这种不可命名的东西，脱离了新时期之前的文学中最为注重的阶级意识与革命性，令人耳目一新。张洁通过还原某种具体的日常生活，而不是崇高化的革命生活，展现了一个女孩从无性别意识到有了最初的性别体认，从缺失父爱的潜意识到对于爱情的朦胧的渴望的过程，这其中的复杂而又隐晦的心理变化给人以强烈的情感与思想的冲击力。很显然，《拣麦穗》对于时代文学的超前性，首先是来自情感的真实性和唯美倾向。这种真实与唯美最终超越了意识形态——女性的生命体验超越了宏大政治，散文也回到了它最擅长的领域。

评论界将上世纪八十年代中期到上世纪九十年代初斯妤、赵玫、叶梦等人的散文称为"新潮散文"。新潮散文在文体形式和主题层面上都有了试验的性质。斯妤很多散文开始表现女性的潜意识结构。事实上人类心灵的深度空间以前一直是小说的领域，散文表现的更多的是人的显意识，而不是难以捉摸的潜意识。但是斯妤却进入到一种迷狂般的叙述状态，将散文带到女性精神的寓言性的昭示中。这种集荒诞、象喻、执迷于一体的表述方式，使得散文彻底离开了它延续了几千年的"中庸"和节制，开始出现了某种疯狂般的喊叫和痛到极处的沉默。这是散文精神与文体发展的一种"新状态"。

---

① 王安忆：《情感的生命——我看散文（序）》，参见《王安忆选今人散文》，上海文艺出版社 1997 年，第 9 页。

叶梦、筱敏两位作家则是分别进入到女性生理与女性精神的深度空间中。没有人像叶梦那样如此颠覆性地将女性的生理快感与痛感表现得那么大胆而深刻。而在对于女性精神传统的寻找中，筱敏则进入到了人类自由精神的境界中。这种不加掩饰地对于已有的话语秩序的反叛姿态，也是以往散文所没有涉及的。另一位女作家赵玫则创造了一种"情感流"的叙述方式，她在意识流与生活流之间开掘出了魂牵梦绕的情感场域，并以此将事件与思想融化其中。可以说赵玫已经将散文的抒情性发挥到了极致。

二十世纪九十年代中后期一直到后来的"新散文"则展现了一种"戏剧化的自我"。如果说以往的散文更注重"我在说"，那么"新散文"则是"在说我"。"我"是被表述的对象，是具有戏剧化特征的被塑造的自我。散文在此又进入到了一种语言的狂欢状态。女性在语言的极度膨胀中拒绝生活本身的苍白和无望，缓解想象世界与现实世界的紧张关系。于是一种有着世纪末的精神特征的女性抒情主体出现了，这与散文以往最擅长表现的传统文人气质大不相同。世纪末的迷茫和慌乱取代了细若游丝般的精致和优雅，在绝望边缘挣扎的灵魂一路徘徊，再也没有了以往散文气定神闲的"心灵踱步"。到这里女性散文已经彻底走离了传统文化的审美意境，它开拓出来的是更广阔的文本空间和艺术场域。

当然我们还应该提及的是"五四"伊始，女性散文之于白话文发展的推动意义。还有文革后杨绛的散文所承载的巨大的反思力量。凡此种种，当散文成为女性凝视人生世界的一种方式，当散文承载女性对于一种理想世界、理想生活的期盼时，我们发现文体的这种强大的引导力与女性自身的敏感与唯美气质结合，女性回到自身，回到世俗生活的平凡琐碎之中，也回到心灵世界的伟大的戏剧性中。正是在这里，她听到了生命中最真实的声音，这种真实性使她回避主流话语的扭曲与堂皇，从而使她的散文写作具有了先锋意义。散文本身的边缘性，女性的边缘地位，共同融合成一种非主流的声音，而这声音又往往是一种新的文学精神的先导。从中我们看到了散文文体对于女性真实声音的呼唤以及女性对于散文发展与创新的实验功绩。这是性别与文体间的双向的引导与肯定——散文的真实性、自由性、情感表达的真诚，这些最基本的质素引导女性散文自然地走进了一种倾诉、先锋和超越意识之中；而反过来，女性也正是以自身的全部感知方式，以她的生命体验来赋予散文以新的内涵和精神。

第二章 历史描述：女性知识分子的精神传统

　　散文文体具有"属我性"。深受日本"私小说"影响的郁达夫认为："文学作品，都是作家的自叙传。"[①]对于散文来说，就更是如此。散文家陈慧瑛认为："散文之宽宏大量，天文地理山川家国人物无所不包，散文之独具个性，非'我'莫属，无'我'不在。"[②]也就是说，散文无论是写景、叙事还是抒情，都有很强的"属我性"。散文的叙述主体往往就是被叙述对象，作者一方面在言说，另一方面也被言说。女性叙述主体是自己文本中最常见的主人公。她们投向世界的目光最终都会反照到自己身上，她们被自己的目光塑造，成为自己的主人公。因而，梳理中国现代女性散文的历史意味着要进入到中国女性知识分子的成长的历史中。由此，我们发现，一部散文史事实上就是一部女性知识分子的精神史。女性知识分子与

---

① 郁达夫：《五六年来创作生活的回顾》，参见《郁达夫文集》第7卷，花城出版社1983年，第180页。

② 陈慧瑛：《陈慧瑛散文自选集》（自序），百花文艺出版社1995年，第1页

历史语境之间的关系，历史场景与她们内心的潜意识之流是怎样融合在一起，她们的创作对于散文文体特征的影响，以及在女性文学和整个文学中的意义，凡此种种，都是我们要关注的问题。

第一节　现代女性散文：从自发到自觉

　　散文作为一种文体在古代女性的文学创作中是缺乏传统的，尽管散文因素可以在很多女性作品中找到原型。女性写作的非自觉化的历史过程，就是女性意识的沉睡期。在这种状态中，她不具有与父权平等对话的资格。同样，她也无法进入到被父权载道传统浸淫的散文中。但是近代以来，随着西方诸种文化思潮传入中国，年轻一代的反叛意识形成了"子文化"的坚实基础。"父权"的规诫和惩罚主要是作用于子辈男性和所有的女性，中国近代社会随着人的意识与女性意识的同步觉醒，"人之子"与"人子女"形成了一种强大的"反父权"同盟。几千年来，逐渐演化为中国父权哲学基础的儒家文化受到了颠覆性的冲击，以父权机制为支撑的中国传统社会难以强化自己的统治。当专制力量走到极限时，也是它暴露自己底牌的时刻——强健的"父亲"走向暮年，新的大时代的洪流滚滚而来，政治与文化的革命运动势不可挡。

　　与"人之子"并肩奋战的女性们此时正处在她几千年生存境遇的转折点上。以往的历史中，从来没有一个时期像近代直至"五四"时期的女性们那样，拥有那样宽阔的视野以及言说的权力。尽管高门深院的封闭生活依然无法从女性的生存记忆中抹掉，但是时代本身的强大的导引力已经使女性同化在子文化的"弑父"情结中。她并没有来得及深思离开子文化的庇佑后自身的命运会怎样，暂时的和谐掩盖了日后的诸多问题。直至几十年的喧嚣沉寂后，共同的敌人消失了，女性才发现她们颠覆的父性权威仅仅只是子文化意义上的父亲，在性别层面上的父亲始终屹立不倒。如果说"五四"时期女性意识的觉醒主要隶属于人的意识之内，那么从上世纪三四十年代直到文革结束，中国女性的性别意识更多地被革命意识同化。从国民革命，到十年内战，再到抗日战争，解放战争，"十七年"的社会主义改造与建设，十年"文化大革命"，谢冰莹、丁玲、冯铿、葛琴、草明、白朗、韦君宜、茹志鹃等等，她们的女性声音被时代的大合唱淹没，这是女性意识自"五四"时期便已经被从属化后的更加极致的边缘化。革命可以提升女性地位以及女性权益，但无法从根本上改变女性文化以及女性意识中根深蒂固的性别认知。尽管这已经是二十世纪后期的事情，但是在世纪初便开始的认同使女性问题成为一种附属性问题，性别的政治在很长时间内被革命的政治取代。

　　传统的载道文学难以容纳女性书写，但是近代以来随着文体的现代革命，以及性别平等意识的不断强化，女性文学展现出一种强大的反冲力，大规模的女性写作时代即将来临。尽管中国古代历史上出现两千多位女性作家，但是散乱零碎的声音，始终难以给文坛带来群体性的影响力，也难以引起人们的注意。再加上文学传承过程中的佚失，几千年的女性文学史到二十世纪三四十年代的整理书写时，也仅仅只能汇编成二十几万字，这与动辄几百万字的中国文学通史形成鲜明对比，也难以企及二十世纪仅仅一百年的女性文学史的厚度。古代女性的"散在书写"与二十世纪初期的群体性的写作，形成巨大反差。"五四"时期女性写作的集体登场，正是我们研究中国现代女性文学包括现代散文之发端的历史语境。

一、与生俱来的抒情艺术

散文记录了最初获得自由的新女性们如何本能地表述自己的情感，这种情感总是比现实中的更加强烈、更加唯美。她们是最早的以身试（父）法者，她们记住了母亲的血泪经验："一个没有知识的女人，她的一生就等于下跪。"（关露：《新旧时代》）于是她们走出家门寻找知识，但是却遭遇到醒来后无路可走的悲哀，梦想中的生活迟迟没有到来——世界并不是她们最初的想象。女性开始反思她与想象中的自己的关系，以及想象中的社会与经验中的社会之间的关系，这种与想象世界的交锋直接导致的便是对现实世界的失望、不满。因而她们的作品共同地呈现出某种忧郁哀伤的气质。这种忧郁并不是来自于现实，也不是来自于彼岸，而是在现实与彼岸之间的对照中，才令人刻骨铭心地体验到了个我力不从心的无奈。对于"五四"新女性，来自本土的可供借鉴的经验话语——无论是创作上的还是生存上的——少之又少。某种意义上，她们站立在女性写作与生存的原点上，除了对于自由与梦想的期寄外，她们两手空空。作为第一代进入到男性社会的女性知识分子，她们必然要为此付出沉重的代价。而散文正见证了女性成长的心理蜕变过程。

"五四"时期的女性散文大体可以分为三种风格特征，一种是冰心、苏雪林、冯沅君这样的闺秀派；一种是以陈学昭、陈衡哲为代表的学者派；还有一种则是以石评梅、庐隐为代表的边缘派。闺秀派的女作家温和纯美，懂得克制，往往以一种纯净的审美眼光来凝视世界，因而文章中少了世俗的纷扰，多了精神的唯美化。她们的生活相对来说较为安逸，没有那种孤女般的漂泊和绝望。她们的散文也更具有中国传统女性的中和之美以及温柔敦厚的气质。文体注重修辞，给人以优美的阅读感受。著名作家王蒙曾经评价冰心的散文，说那是"一种优雅的自制，一种文体的洁癖，一种美感心绪的自由，一种形式的优美轻灵"。[①]这些话语也同样适用于概括闺秀派散文的特征。

而陈学昭、陈衡哲的散文则多了一份学者般的冷静与责任感，对诸多社会现象尤其是妇女解放问题十分关注。多数文章都注重写实，也有的采用象喻手法，注重寓意，陈衡哲的《扬子江》便是这样的作品。陈衡哲在"五四"早期便已经开始做白话文，她的白描性质的散文《一日》写于1917年，比《狂人日记》等作品都要早，被视为"文学革命讨论初期中的最早作品"。[②]从陈衡哲的作品中，你可以看出中国白话文学的发展轨迹。《一日》尽管已经具有了现代观念和现代语言的雏形，但总体上，《一日》仍然是那种并不流畅的白话文，给人一种较为生硬的阅读感受。而到了后来的《小雨点》《孟哥哥》等许多作品，则已经是成熟而优美的白话文了。作为最早的女性作家，陈衡哲的创作一改以往女性文学局限于闺阁离怨的题材，视野较为开阔，很多社会问题都在她的表述中。这对于女性文学而言，是一大进步。当然这种进步首先是源于女性生活的变化，正是因为她们的生活走出了闺阁，她们的创作领域也才开阔起来了。作为最早留美的中国学生，陈衡哲的许多作品都与留学生活相关，同时作为早期的女性学者，她的创作也与自己的历史学专业相结合，创作题材更加丰富，也更加理性化。陈学昭的散文也经历了这样的过程。

---

① 王蒙：《光明澄静，如归故乡》，参见《当代作家评论》1992年第1期。

② 胡适：《＜小雨点＞序》，参见《胡适文集》第二集，人民文学出版社1998年，第125页。

石评梅、庐隐的散文则是一种激情的沉醉和宣泄——无节制的抒情，疯狂边缘的脆弱与决绝，对于苦难人生的过度敏感，这使她们的散文呈现出一种人生如梦的虚无感。石评梅的"人生如寄"，庐隐的"游戏人生"都是这种虚无感的具体表现。她们的情感境遇正是鲁迅所说的醒来后无路可走的悲哀。也正是在这种心理体验中，女性作家们得出了及时行乐的生活哲学。但是知识分子的责任感与拯救意识，却使她们很难真正的及时行乐，因而她们总是陷入无希望的挣扎之中。这是"五四"女作家所面临的另一种心态，与冰心或者陈衡哲等人的心态是成鲜明对比的。她们的散文总是贯穿着某种浓得化不开的情绪，体现出凄艳悲凉的美感。

　　"五四"时期，许多女性作家都是第一批"出走的娜拉"，比如陈衡哲，庐隐，陈学昭等。她们要么为了求学而离开家庭，要么因为反抗封建婚姻而忤逆"父母之命"。总之，她们是第一代的女性梦想家，是新女性自由生活的追求者，是女性解放的先驱。她们都经历了走出去的娜拉的命运，所不同的是一些人带着知识女性的平等的意识又回归到了贤妻良母的传统生活中，而一些人却再也没有回来。

　　延续了几千年的女性生存方式终结了，知识女性将要面临一种特殊年代的生活。在这里，我们发现新女性们几乎无一例外地共同关注着妇女解放问题。陈学昭长期为周建人编辑的《妇女杂志》供稿，她的第一篇文章是发表在上海《时报》上的《我所希望的新妇女》，可见当时知识妇女对于自身社会地位以及女权运动的关注。陈衡哲面对命运的安排没有屈服，而是逆天改命，她书写了"五四"之后新女性的传奇，她一直牢记舅舅的话，"世上的人对于命运有三种态度，其一是安命，其二是怨命。他希望我造命，他也相信能造命……"①"造命"成为陈衡哲的人生座右铭，而这也正是很多新女性面对命运的共同态度。

相比较而言，冰心关于女性问题的提出则是基于女性气质之上的，她认为如果这世间没有女人，那么将少了十分之五的真，十分之六的善，十分之七的美。女性的这种真善美的本质便是女性获取自由和平等的理由。应该说，冰心的女性意识是温和而唯美的。

对于人生的虚无态度也影响了庐隐和石评梅的性别立场。庐隐在《东京小品·樱花街头》中说："女权的学说尽管像海潮般涌了起来，其实只是为人类的历史装着好看的幌子，谁曾受到实惠？"个人境遇的这种悲剧性使得庐隐对于很多外表看来冠冕堂皇的东西有了透析本质的深刻认识。很多年后，女权运动的命运被庐隐言中，在全世界的范围内，女权运动所面临的危机都显而易见。很多女权主义者开始反省，为什么女性对诸多权力的争取最终并没有使女性的境遇得到根本改善？权力掩盖下的文化性别的巨大沟壑绝不是喧嚣一时的女权革命能够填补的。在绝望的宿命论下，庐隐是一个清醒而激进的女权主义者。正是因为如此，我们才能够理解她在妇女的出路问题上的态度："不过在事实上，娜拉究竟是太少数，而大多数的妇女呢，仍然做着傀儡家庭中的主角。而且有一些懒散惯的妇女，她们拿拥护母权作挡箭牌，暗地里过着寄生的享乐生活。"（《今后妇女的出路》）庐隐在上个世纪初期的关于女权运动的理解与上个世纪中后期西方女权运动的观点有着惊人的相似之处，庐隐在个人命运的悲剧之上所体验到的性别的悲剧，所认识到的性别的本质，毫无疑问具有着时代的超前性，也使我们对于中国女性主义的讨论有了更多的历史依据。

---

① 陈衡哲：《我幼时求学的经过》，参见《陈衡哲散文选集》，百花文艺出版社 1991 年。

同样对人生抱着悲观主义态度的石评梅在涉及妇女问题时，经常会让人吃惊地表现出某种积极乐观的态度。在《露沙》中她说："一想到中国妇女界的消沉，我们懦弱的肩上，不得不负一种先觉觉人的精神，指导奋斗的责任，那么，露沙呀！我愿你为了大多数的同胞努力创造未来的光荣，不要为了私情而抛弃一切。"石评梅的身上具有那个时代的知识女性的启蒙意识与理想主义精神，这种责任感、担当意识、对妇女解放的自觉认知，是今天的妇女界中所不具备的，或者说是羞于言说的。

　　没有哪个时期像"五四"女性文学这样，妇女问题成为女性表达中的一个重要问题。上个世纪四十年代到新时期文学，女作家们也写了很多"谈女性"的散文，但是她们多是从性别属性、女性文化等方面来谈，而对于女性社会政治地位、女性生活中的实际问题往往并不热衷，这与"五四"时期的女性文学恰恰相反。直到今天，当我们回顾上个世纪初的新女性们对于两性问题的思考时，不得不为中国知识女性对于自身命运的透彻的认知而感到震惊。她们基于个人体验之上、基于社会责任之上的女性意识，对于当下的女性主义者来说，依然有着巨大的启示意义。

二、一种文体的双向分流

　　二十世纪三四十年代，报告文学，通讯、速写开始成为散文创作中重要的方向，这是由这一时期中国社会的现实情况决定的。尽管依然有人在为艺术和永恒的人性寻找表述空间，但是在一个动荡的时代，很多艺术形式都不再谋求经典性，相反怎样更好地报道意识形态以及迫在眉睫的时代巨变成为最重要的事情。也正因为如此，更具有新闻性的通讯、速写等散文体式成为热点。而对于女性作家来说，散文的抒情性与个性化并没有被时代的革命叙事所淹没。相对于"五四"女性来说，此时的女性主体意识与性别意识已经相对成熟。如果说"五四"时期是樊笼乍开的激情表白，那么上世纪三四十年代的女性文学则有了沉淀。同样，如果说"五四"时期步入社会的女性们基本上扮演了娜拉的形象，那么此时的女性作为新一代的知识分子，原本基于性别意义上的同一状态已经开始发生了分化，不同社会话语对她们产生了不同的导向——一方面是革命话语导引下的家国意识，一方面则是职业女性的生存意识，前者以谢冰莹、丁玲、萧红、草明等人为代表，而后者则是以张爱玲、苏青、杨绛等人为代表。最贴近生活事实的散文正与时代的生活方式相应和，开始了一种文体的双向分流。

1. 革命话语与失去真相的女性世界

"五四"时期的女性文学是"听将令"的文学——在文化先锋指引下的听命文学。这个时期，无论是向外看还是凝视自我内心世界，女性文学都是在先锋们思想启蒙下的产物。而上世纪三四十年代，这种文化意义上的父亲变成了革命意义上的父亲，但是从本质上来说，女性文学的听命性并没有发生根本的变化。在革命的名义下，女性再一次与时代的声音共鸣。她们在"五四"新女性们犹疑停滞的地方继续前进，寻找进入时代巨型话语的可能性，并实践某种更加主流化的生活方式。

较早对于革命中的女性处境进行书写的是谢冰莹。在《一个女兵的自传》中，她回忆了自己从军的经历。她的散文的风格更接近一种"本色写作"，实录性很强，拙朴的风格是个性的自然流露，表现了一个女兵的干练直率、激昂正直，以及一个女人在大时代的革命浪潮中的果敢与反叛。虽然对于时代女性的境遇有着真实生动的描述，但是谢冰莹的散文缺少更深入的内心世界的呈示。女性意识与社会意识最大程度的融合，或者说女性身上社会意识的完全释放，使谢冰莹发现，在那样的一个时代，性别角色是一种累赘。尽管如此，谢冰莹的散文中依然有着女性特有的细腻与敏感以及对于周边环境的独特的感受力。《一个女兵的自传》在上个世纪二十年代末三十年初引起广泛关注，这不是来自于文体或修辞意义上的轰动，而是因为它呈现出了中国最早的女兵形象——一个不需要"易装"的花木兰必然会激起读者的好奇心。

丁玲从孤独女性的心灵世界走出，她最终选择了大众革命的圣地延安。但是丁玲写得最好的散文却不是那些人物速写，或者关于延安生活的文章，而是几篇怀人散文：《风雨中忆萧红》《我所认识的瞿秋白同志——回忆与随想》《向警予同志留给我的影响》。这几篇散文都是在对别人的回忆中大量地融入了个人生存体验以及个性化的语言，这与文革后丁玲的很多政治化的散文表述大不一样。但是革命意识确实拓展了丁玲的视野，让她走出了小我的狭窄空间，关注丰富的社会生活，诸如《三八节有感》这样的散文便有着很强的社会意义。丁玲的很多散文中都有某种英雄主义情结，这也是她不断走出庸常生活，追踪轰轰烈烈的革命力量的源泉。而正是这种力量感与很多女性面对生活的无力感形成鲜明的对照，其中就包括萧红。

萧红的革命立场体现在她对封建礼教与传统生活的彻底决裂上，她是"五四"思想的文化产儿，一个真正意义上的"出走的娜拉"。她在短暂的一生中一次次从既定的生活秩序中出走，从东北小城到大上海，从日本到香港，从一个怀抱到另一个怀抱，漂泊的生涯里唯有写作是不变的坚持。在她的作品中，家与国是二位一体的观念，也就是说，萧红的"国"的意识就是她的"家"的意识。从逃离了父亲的家，到怀念祖父的家，到梦想中的自己的家，一直到沦陷的东北老家，所有这些都是萧红散文中不断惦念与追忆的。正是因为这种家国意识，使得萧红的目光始终停留在具体的日常生活中。她关注社会底层人的生活——因为她始终就在这里挣扎着，她为东北同胞的命运担忧——因为她自己就是一个流亡者。《商业街》（1935年5月完成于上海，1936年8月出版）是同一主题下的长篇散文，整篇文章没有激动人心的情节，没有哗众取宠的语言，完全是琐碎的生活，和生活中的平常的情感。但是如果你把张爱玲的上海往事称为一种传奇，那么在北方寒天雪地中忍受饥饿、寒冷，等待爱人归来的萧红毫无疑问也是一种平凡生活的传奇。萧红对生活细枝末节的体味敏锐细腻，但是又有着北地才女特有的豪放旷达。她的记忆穿越平庸生活的点滴细节，最终凝住在情感世界的大开大阖中。风花雪月中的卑微无奈，日常生活中潜隐的福祸与杀戮始终是她文本的"潜场景"。

萧红的很多小说都有散文化倾向，而她的散文中也出现了小说化的笔致，尤其是讲究细节描写，对于人物复杂的心境有着深入的表现。《提篮者》中对于饥饿的描写堪称经典。因饥饿萌生了"偷"的想法，但是羞耻心又提醒她灵魂的尊严，于是反反复复放不下的尊严，令她迈不出通向罪恶的一步，这种建立在亲身体验之上的饥饿，被萧红以一种哀伤而又悲悯的笔调描绘出来。很少有人能像萧红那样将饥饿的生理和心理写得那样惊心动魄：从个人的贫困到对于苍生苦难的悲悯，从纯生理的饿到心理的"恶"，饥饿最终带来的是内心的无边的恐惧与绝望。萧红揭示了女人是怎样由单纯的情爱向往过渡到悲剧性的宿命认同的过程。这种面对人生苦难的散文是女性散文通向生命本质的必经之路，它超越了时代话语的局限，成为个体的人记忆时代的重要方式。

《回忆鲁迅先生》更是萧红的一篇很有代表性的散文。和很多人对于鲁迅的文化身份的追述不同，萧红还原的是日常生活中的鲁迅。她以一个女作家的细致敏感，透视鲁迅生活中的点点滴滴，揭示出了某种朴素的生活真理：在伟大和平凡之间只是世俗生活堆积出的喜怒哀乐、生死病痛——看到坚强的背后只是一个在生死边缘挣扎的老人，看到笃定与成熟的言谈中隐藏着的年少的激情，大概只有一个女性的目光才会那么琐碎而又悲悯的击中灵魂深处的脆弱，狭窄处的广阔辽远，平淡生活里的险象环生，不动声色的搏斗与挣扎，而这些也正是萧红视域中的鲁迅。也是多年后，我们基于此所理解到的萧红的精神状态，那些她始终没有放弃的：在苦难的深渊中寻求做人的尊严，还有一个女人所梦寐的浪漫故事。

鲁迅在《娜拉走后怎样》中说："娜拉或者也实在只有两条路，不是堕落，就是回来。"①但是对于上个世纪三四十年代的女性来说，她们有了另一种选择就是走向革命，走向时代的风云。这种选择让更多女性实现自身的社会价值以及政治权益，但人的身份认同并不是单一维度的，政治身份并不能等同于性别身份，革命意识也并不能与性别意识完全同构。女性能否在她所坚守的革命获得胜利的时候，最终也解放了自己？还是只是同化在政治的风暴中，最终异化了自己？这些都是值得我们深思的问题。新中国成立后，当代散文受这一时期的散文思想的影响很大，女性散文也不例外。

2. 世俗人生的理性观照

"孤岛时期"的上海成就了很多人的传奇，但是这传奇是世俗人生的故事，而不是飞扬的革命叙事。它不断回旋在某种苍凉的意味里，回避着任何极端的情绪。悲壮的英雄豪气和史诗化的正义感是人类童年时期的梦

---

① 鲁迅：《娜拉走后怎样》，参见《鲁迅全集》（第一卷），人民文学出版社 2005 年，第 166 页。

想，而在一个文明已经崩坏的时代，在等待着更大的破坏到来的时候，这些都变得渺茫。于是在一种封锁状态里求安稳，在乱世中做一个盛世的人，在岌岌而危的悬崖边寻找平凡人的神话，这成为孤岛时期很多女作家的应世态度，也是这一时期女性散文中经常会流露出的思想情绪。

张爱玲的很多散文远比她的小说精彩。因为不必再拘泥于情节的完整性与叙事结构的运筹，她的散文更加放肆地表现出个体独特的经验与感觉。散文在她那里成为一种"通感"的盛筵，无论是颜色、声音还是气味都有了具体的形象。这种不断地比拟衍化将文章逐渐推向某种不可预测的结局，但是张爱玲却善于在最出其不意处结束。传统散文所追求的"载道"思想被完全回避，她的散文与政治或道德判断无关。对于张爱玲来说，最重要的只是身边的琐碎的小世界，而不是时代正在进行中的宏大政治。尽管个人始终不能完全规避历史话语的裹挟，但是在一种既无法掌控又难以逃离的边缘状态中，个人能够拥有的就只有关于生活的琐碎政治。即使是在谈女性解放的问题，张爱玲的视角也是基于世俗人生之上的世事练达、了然于心，她领悟到所谓女权并不是空喊口号或者向男人宣战。永远以一种"因为懂得，所以原谅"的心态来面对世俗世界，这是张爱玲散文常见的主体姿态。同样，张爱玲也回避了中国文化中与载道传统相对应的适性得意、冲淡平和，她始终还是要融入社会之中，始终要与繁华的大千世界相勾连。作为一个职业女性，最重要的生计问题已经左右了她的选择，因而她的散文人间烟火气十足。她渴望成名，享受物质世界的充裕，在无用的事物中发现惊喜和快乐。这便决定了她的散文没有闲适或者逍遥，现代人蠢蠢欲动的内心世界、此岸的世俗生活而不是田园或对于彼岸的想象成为张爱玲散文中的"亚历史"场景。

在修辞方式上，张爱玲强调一种"葱绿配桃红"的参差对照的写法。

而所谓的"参差对照"就是躲避任何极端形式，尤其是与革命话语相关的悲壮、崇高等等；反对文章在立意方面的透明单一，而强调多重视角、多个层面的相互映照。正如在《我看苏青》中，她不断加入自己的经历以及中国女性的一些历史掌故，这些看似与苏青无关，但是却形成了关于苏青叙述的"潜叙述"——苏青的魂灵、性格、风格都在这种比照之中变得鲜明。《更衣记》中整篇都是以中国服装演变的历史为轴线，但是在结尾处却突兀地写到一个男孩骑自行车时松开了手，最后一句"人生最可爱的当儿便在那一撒手吧？"表面上看是说骑车少年的，但是实际上也正与中国服饰的审美风格以及中国人的生活哲学相映照——几千年的服饰总是小心翼翼地包裹起国人的放肆飞扬的一面，总是在边边角角处做足了无用的文章，繁复的图案只是一种无意义的形式，每个人都躲在自己的衣服里沉默不语冷冷对峙，而忽略了心性的健康和快乐。这种"参差对照"从事件角度看似乎全没有联系，但是就文章情绪以及主题层面看却是息息相关的。

参差对照的技巧最后形成了张爱玲散文的苍凉的审美意蕴。"时代正在破坏之中，还有更大的破坏要来。"（张爱玲《余烬录》）因而一切的浮华和苦痛都是值得记忆的。郁郁苍苍的身世之感弥漫在张爱玲散文的每一个细节之中，形成了一种面对现实人生的既迷恋又伤感，既热爱又逃避，既张扬又沉默的处世姿态，这是张爱玲始终让人难忘的魅力所在。

孤岛时期与张爱玲同样有名的是苏青，苏青的自传性小说《结婚十年》曾经引起很大的反响。苏青的胆识、勇气、奋斗心在女作家中是无人能及的。她是典型的早期职业女性，既渴望一往无前地奔向自由和独立，又在挫折时难以遏制地怀念高宅深院中的衣食无忧。她曾经义无反顾的放弃的生活，总是一再地提醒她作为一个新女性她所付出的代价——既要"谋生"又要"谋爱"，这是走出家门的职业女性要面临的生存现实。相对于张爱玲，苏青较为激进，她的很多文章更接近于杂文，而不是记事或抒情性质的散文。她在自己主编的《天地》以及当时很多杂志上发表的大量散文，往往都是与时代生活息息相关的一些话题。其中最为突出的也是经常引起卫道士们争议的则是与女性生活、女性权益相关的文章。苏青十分经典的关于中国女性生存惰性的阐述是她对于孔子的"饮食男女，人之大欲存焉"的重新标注："饮食男，女人之大欲存焉。"（苏青《女人谈》）这种置换并不只是一种文字游戏式的卖弄，而是对于女性的生存境遇的深刻认识。如果说张爱玲总有不断突袭而来的意象令人惊喜，那么苏青则是以快人快语的机智灵活而让人印象深刻。但是就散文表述方式来看，苏青的写作更像是在一种言说欲望下的自发的写作。她的文章对于结构、语言等都没有精心的运筹。也因为生存的需要而必须为很多杂志写稿，因而她的散文形式和话题经常雷同。想要说（为精神）的急迫和不得不说（为生存）的被迫，使她的散文呈现出某种仓促和不修边幅的感觉。

张爱玲和苏青对于二十世纪六七十年代香港、台湾等地区的女性散文有着很大的影响。上世纪八十年代后，在大陆我们也能够看到她们散文创作的衣钵。无论是亦舒、李碧华，以及上世纪九十年代十分走红的"小女人散文"等等，都在文体形式和精神取向上承继了她们的传统。对于世俗人生的关注，对于职业女性的人生智慧的宣扬，对于生活中无所不在的小情调的捕捉，对适合于报纸与流行杂志的"晚报体""专栏体"的发扬，凡此种种，都与张、苏的散文一脉相承。

二十世纪三四十年代还有一个女作家是我们应该关注的，那就是杨绛。尽管要到近半个世纪以后我们才知道她对于中国散文意味着什么，但是即使在早期，杨绛的几篇看似习作的文章也让人印象深刻。而这里我们要关注的是杨绛在那一时期留给我们的成长的线索——她个人以及她的文章在过渡到后来的淡然睿智之前是一种什么样的状态。这一时期的杨绛多写一些描写式的散文，兴奋点在于自然景象中的人生常态，"物"始终是人的某一方面的象喻体。例如《窗帘》借窗帘谈隐私，《风》以风来暗喻人的感情，"风一辈子不能平静，和人的感情一样。"而上世纪八十年代的杨绛则是完全进入到对于世态人情的回忆中，那是人的出场与物的退席。早期的《收脚印》是一篇极富有想象力的文章，写人死去后又回来收自己的脚印，也是要将自己一生走过的路再走一遍，是一篇很有魔幻色彩的文章。隔世般的惆怅和荒凉，人事两忘与不能忘的心酸无奈，诡异的情感描摹："这小径曾与谁谈笑着并肩来往过？草还是一样的软。树荫还是幽深地遮蔽着，也许树根小砖下，还压着往日襟边的残花。轻笑低语，难道还在草间回绕着么？"——年轻的杨绛的才华可见一斑。

第二节　当代女性散文：从沉默到喧哗

当代女性散文经历了一个从沉默到喧哗的过程。二十世纪五六十年代及至文革时期是女性散文的沉默期，但是新时期之后，尤其是上世纪九十年代中国女性散文出现了多种声音的合唱——新潮散文、老生代，新生代，小女人等等，这使女性散文一时间众声喧哗，从而也进入到了女性散文创作的高峰期。

一、禁声

新中国成立后一直到上世纪六十年代初期，中国散文总体上来说依然有所成就。新中国成立初期，延安散文的模式被继承了下来，通讯、特写成为主要的文体形式，其内容多是表现革命时期的艰苦奋斗的传统，著名人物的丰功伟绩，以及新中国成立后的社会主义改造与建设时期的新人、新事、新思想。作为一种与现实生活紧密相连的文体，散文往往更容易被现实中的各种政策方针所左右，这在"十七年"时期得到了印证。1956年双百方针之后，散文领域出现了一次创作的小高潮。1960年，在"反右""大跃进"之后，党中央提出了"调整、巩固、充实、提高"的八字方针，并开始调整文艺方针，这直接带来了1961、1962年的散文的创作高潮。这一时期的代表人物除了一些老作家冰心、巴金等，还有著名的散文三大家杨朔、刘白羽、秦牧，他们的创作在这一时期开始走向成熟。另外，邓拓、吴南星等人的杂文也很有代表性。

但是这一时期的散文成就难与"五四"相比，尽管就表述空间上来说它更加宏大，更有社会意识、集体观念，但个体面向自我的坦诚剖析、面向社会的深度批判的声音都非常微弱。更多的时候，盲目认同多于客观判断，功利观念多于审美观念，以单纯的"诗化"取代多重性的审美维度，以纵向的继承取代横向借鉴，所有这些都使散文领域呈现出某种单一化的创作趋向。而在散文结构上，杨朔的三段式、秦牧的串珠式、刘白羽的历史与现实的宏大图景的交错式等等，都形成了独特的个人风格，而当这种风格被固定化之后，不仅作家本人的写作受到限制，也使后来的中国散文写作出现模式化的倾向。更重要的是散文赖以生存的个性情感也被搁置，个人的真实的内心世界变得不可言说。杨朔曾在《〈三千里江山〉写作漫谈》一文中说："我在作品里，有意不写感情。我怕一写情感就把非无产阶级的感情流露出来，就不妙了。"①之所以回避个人情感是担心出现政治错误，非无产阶级情感的流露会使自己处于政治上的被动局面。正是在这种心态下，多数作家只能回避自我。个人情感的公共化与政治化成为整个"十七年"的话语倾向。

"十七年"的女性散文除了一些老作家冰心、陈学昭、丁玲外，也有一些从革命烽火中走出的年轻作家，像菡子、茹志鹃、草明等。但是这一时期，她们并没有像"五四"或者上世纪三四十年代那样形成某种引人注目的群体创作现象。和时代的主旋律一样，女作家们也沉浸在"颂歌"的集体礼赞中。个人理想与社会理想最大限度地合而为一，文本中的个人记忆也与时代历史的记忆吻合。她们摒弃了内心世界的幽暗，任何与个人私欲相关的话题都成为写作者自觉排斥的对象。属于公共的显意识对个我的潜意识形成某种压制力，长久以来的外在"凝视"逐渐演化成一种自我凝视、自我规诫。散文如果离开了向内的观照，那么它也就失去了赖以存在的重要支撑力，而仅仅成为对客观世界的一种摹写。"十七年"的女性散文是二十世纪三四十年代革命散文发展的一种极致，如果说那一时期，在革命叙事与个人话语之间依然有矛盾和抵触的话，那么在"十七年"间已经不存在了。她们的生活开始被社会的广阔图景填充，在"时代不同了，男女都一样"的无性别差异的平等中，女性撑起了自己的"半边天"。在性别文化研究中，女性主义者提倡差异性，即在确认"男女不一样"的基础之上，争取两性的平等权利。对女性来说，去差异性意味着她基于性别之上的体验是无法言说的，她在性别层面失去为自己发声的可能性，而这些几乎就是女性最直接最天然的写作题材。在新的历史形势下，女作家们

---

① 杨朔：《〈三千里江山〉写作漫谈》，《东北文学》1954 年第 1 期。

需要抛弃自己熟悉的领域，开始寻找新的身份认同以及新的写作尝试。

就创作来说，这一时期冰心、陈学昭、丁玲都有新作。冰心的散文依然坚持美与真，但是很显然这与时代主题格格不入，因而冰心在多数时间里的沉默倒是比她的言说更有意味。陈学昭在这一时期写的多为杂文，作为上世纪三十年代末期就投奔延安的作家，新中国成立后陈学昭的大部分作品都是对一些革命人物、革命岁月的回忆，另外还有知识分子的改造问题。和当时的文学主潮一样，她更关注的是社会现状而不是个体的情感与内心世界。菡子的作品同样具有鲜明的时代特色，虽然同为颂歌作品，但是菡子的视角更加细腻、生活化，因而与当时的多数作品相比也更加具有真情实感。

二、反思与悼念（新时期初期）

"五四"时期，周作人便已有断言："小品文是文学发达的极致，他的兴盛必须在王纲解钮的时代。"[①] 如果说"五四"时期是一个王纲解钮的时代，那么文革十年就是一个上纲上线的时代，除了样板戏式的文艺作品以及将个人淹没在群体中的大型歌舞外，它无法容纳个性化的表达。当日常生活与个人的内心世界变得难以启齿，散文创作也必然迎来自己的荒年。

文革后的散文界，作为一种精神领域的拨乱反正，人们开始重视写真实、说真话。政治层面的谎言已经被揭穿，但是人们心里的谎话，甚至于在无意识中对自己说的谎话却没有消失。正因为如此，巴金这样的作家才

---

① 周作人：《＜中国新文学大系·散文一集＞导言》，《中国新文学大系》，赵家璧主编，上海良友图书印刷公司1981年，第6页。

显得弥足珍贵。正是以巴金为代表的老一代散文家开始将中国散文引领回"五四"散文的传统，巴金本人更是带着一种自我涅槃式的决绝态度来重新塑造新生的自己。在巴金笔下，不幸离世的亲友是幸存者的愧疚和疼痛，即使是那些不相关的人和事也同样昭示着他本人的某种缺失。他记叙了在一场大的灾难中，他怎样和所有人一起随着每一种风潮漂移，不害人已经成为最高的伦理要求，遑论正义感或者人道精神。这一时期的散文与个体的情感、历史批判精神相结合，回忆悼念散文作为"伤痕文学"的一种特定形式大量出现。这种忆悼性的散文无一例外地烙印上了幸存者的忏悔和无奈——在一场生者对死者的追忆中让离去的灵魂安息，让不安的灵魂平息，让肮脏和污浊的记忆被清洗，让真正属于生命的东西被礼赞，这是忆悼散文的灵魂。

这一时期的女性散文也同样涉及写真实与忆悼主题。经历了由龙旗——五色旗——青天白日旗到五星红旗，由皇帝——军阀——太君——委员长到主席的漫长的世纪历史的冰心，在新时期开始了她的呼告和呼请，社会责任感与批判意识成为冰心老年时期散文的精魂。《我请求》《我呜咽着重新看完＜国殇＞》《谈孟子与民主》等等都是这方面的代表作，这时候经典的"冰心体"已经被杂文风格取代。但是在后来的《我梦中的小翠鸟》《我的家在哪里》这样的散文中，那个"满蕴着温柔，微带着忧愁"的冰心依然如故。半个多世纪不息的爱与美最后锤炼成某种圣境，老年的冰心已经达到了随心所欲不逾矩的境界。

"把散文当作我的遗嘱写"[1]是文革后许多散文家的写作心态，经历了

---

[1]　巴金：《把心交给读者》，参见《随想录》，生活·读书·新知 三联书店1987年，第50页。

浩劫的陈学昭也不例外。《天涯归客》写于文革之中，是为了向女儿和党交上自己的完整的档案。它记叙了陈学昭从1919年到1949年的生活历程，包括她的恋爱和婚姻。文革时期揪斗她的人说："今后要另立档案，""今后一个人的历史是可以创造的"。（陈学昭：《我怎样想写＜天涯归客＞和＜浮沉杂忆＞》）正是为了保全自己的真实的档案，陈学昭开始了《天涯归客》的创作。这是一个人为自己立的档案，一个自己为自己写档案的人。和巴金的《随想录》一样，《天》也是一本说真话的书。而且它的写作是在文革当中，而不是以后。尽管她并没有直接批判那场浩劫，但是陈学昭的写作本身就已经成为一种反驳的力量，正是这种力量将被迫害的灵魂引领向真理与信仰的光辉之中。但是与这种价值立场同样鲜明的是，作家们适可而止、中庸平和的美学追求。陈学昭在自传中也写了很多个人的感情生活，她的爱与悔恨，愧疚与苦痛，但大多一带而过。而且基于写作年代以及历史遗留下来的教训，她不愿意去谴责别人，因为考虑到人是可以改造的，无权给人过早下结论。另一方面，怕牵累别人，她也不敢过多去表扬一个人，很多叙述只能是浅尝辄止，难以深入。所以《天涯归客》尽管是一本讲真话、充满了无畏精神的作品，但是还是留下了许多的遗憾。也许它本可以像《忏悔录》那样，开辟出更加广阔的心灵世界，进入到自我灵魂的深处，展现出人类命运的共同之处，但可惜的是作者并没有进行这样的尝试。

新时期初期，很多女性散文依然受到"十七年"诗化散文的影响，表现出一种精致的诗意与宏大视野，比如赞美文革后的中国城乡的大变化，对党的政策的讴歌，对人民新的精神面貌、好人好事、真善美的捕捉，注重抒情叙事结合、兼有议论，多数散文缺乏审美上的感染力与社会批判意识。这样的文章往往注重开头的悬念，起承转合，展现出的叙述主体是一个充满童心、没有私念的人，但缺乏洞察力，是一种心志没有受到污染、也同样没有发展健全的状态。

女性散文真正的改变是从张洁开始的。1979年底，张洁的《拣麦穗》发表，它成为中国当代散文向内转的开始，强烈地冲击了中国文坛很多年以来的政治化、公共化的创作倾向。张洁首先告诉人们：不是所有的情感都可以被清清楚楚地归类，都具有阶级性或者社会性。相反，她揭示出了人类情感的某种未名状态。《拣麦穗》分为两部分，第一部分是由拣麦穗而哀叹少女由憧憬美好的爱情到幻想破灭的宿命，这是在为女性群体的命运画像。第二部分则是由拣麦穗写到与卖灶糖老人之间的真挚的感情，这里更多的是为一个穷苦的老人画像，连接这两部分线索的表面看是拣麦穗，但就其内在而言则是同情与悲悯，是没有经过政治话语规范过的关于爱与美的表达。这些对于当时的散文乃至整个文学来说，都是一种启蒙式的情感审美教育。

三、走向多元（上世纪八十年代中期至今）

二十世纪八十年代中期，中国文学进入到了前所未有的实验与先锋阶段，文学形式与思想理念的瞬息万变成为一种常见现象，但是即使是在这样的冲击下，散文的园地也始终静悄悄。散文的苏醒更多的是在纵的意义上回归"五四"传统，而在新时期文学的大规模的西化过程中，散文找不到自己的可兹借鉴的外来理论——西方并不存在像中国散文那样延续了两千多年的传统，因而也不可能提供给中国散文家一套时髦而现代的话语经验。散文只能继续维持着它几千年不变的审美风格——在传统的儒道释文化护佑下的悠悠不醒的大寐。正因为如此，有人提出散文已经寿终正寝了

——"散文正走向灭亡，散文本来就是多余的文体。"①散文文体的发展前景并不被看好，作为最多的沿袭了中国传统文化的文体，它是否会像很多传统艺术形式一样从此走向末路了呢？这是上世纪八十年代中期人们的质疑。

但现实却给出了一个极具反讽性的答案。刚刚被人怀疑的散文却在上世纪九十年代初期突然一下子走红，它成为市场上的畅销文体，寂寞了很久的散文文苑迎来了游客患满的春天。上世纪九十年代成为一个"泛散文"的时代，散文成为一种无所不在的文体形式，正如蒋子龙所说："……文坛上掀起一股散文化倾向，诗歌散文化，小说散文化，电视散文，电影散文，摄影散文……文学大散特散，无文不散，不散不文。因之，散文就变成了一种并不时髦却普及率极高、从未大红大紫却又最具大众人缘儿的一种文体。"②

那么，突然的"散文热"又是如何形成的呢？首先，这是散文自身发展的结果。上世纪八十年代初，《文艺报》便提出了"复兴散文"的主张。散文领域的研究与批评工作也获得了实质性的进展，这不仅体现在对于散文本体论上的一些界定，更重要的是对十七年到文革期间，散文发展过程中逐步形成的创作模式进行了批判，一些已经成为普遍认知的散文理论被颠覆，其中包括：萧云儒的"形散神不散"、秦牧的"串珠论"、杨朔的"诗化论"、柯灵的"轻骑兵论"。尽管这些理论在提出时都曾经起过积极作用，但是它们在发展过程中的逐渐经典化、教科书化，却为散文的总体

---

① 黄浩：《当代中国散文：从中兴走向末路——关于散文命运的思考》，载于《文艺评论》1988 年第 1 期。

② 蒋子龙：《泛散文时代》，参见《八十名家谈散文创作》，文畅、孙武臣主编，作家出版社 2002 年，第 255 页。

发展带来了隐患，因而消解这些理论，在散文领域便是一次思想的大解放，这为散文创作的繁盛与多元化提供了大的语境，也是"散文热"形成的必不可少的理论前提。被还原回本来面目的散文成为注重自我、形式自由、情感真挚、思想深厚的文体，因而也更能吸引读者。

其次，散文契合了时代的阅读需求。上世纪九十年代是一个文化驳杂的时代，对于更多的人来说，阅读是休闲放松的一种方式。先锋派们沉重的反叛意识与颠覆性，在经过了十多年的曲高和寡后，最终走向末路——一个大众文化勃兴的时代在本质上是拒绝先锋的，尤其是形式主义的先锋。当诗歌与小说纷纷沉寂时，更具有包容性与休闲性的散文浮现出来。它的灵活性顺应了经济时代的变通性，它的真诚朴素更给人以亲切感，更重要的是它追求生活层面的真实性。在影视网络高度发达的今天，人们已经不再凭借文学来经历某种虚构时空的想象。文学的优势不是它的虚构性，而是它切入人类心灵的深度与广度，对于最普通的日常生活的关注和反思。而散文正是契合了后者，它成为展现文学平常心态的代表性文体。曾经挥舞着拯救大旗的自上而下的启蒙者们最终被抛弃，而精神医生般愿意和读者交流、谈心的散文家们却赢得信任。说到底，在一个拒绝童话与传奇的文化氛围中，任何英雄主义式的虚构与乔装都会被漠视。作家已经失去了他的文化塑造者的身份，他的经济地位以及他自身的文化水平，都决定了他难以被信服。生活审美化的"为艺术"的梦想已经失控，这个时代是审美生活化的时代——散文的走红证明了再没有任何虚构能够与生活本身的离奇相匹敌。文学进入到了不景气的时代，但是文学性在经过了符号化的过程之后，再次进入到公众生活中，成为某种消费品。而散文正是这样一个时代的最接近艺术的流行文化消费品。

1. 代际现象

在散文回归内心、回归自我时，女性散文家们也同样开始了面向自我灵魂的书写。这一时期女性散文的代际现象较为明显，老生代如冰心、杨绛等的作品更加炉火纯青，尤其是杨绛的创作更是显出深厚的艺术修养。

某种意义上，杨绛是传统文化沐浴下的最后一位散文大家。对于这个时代而言，杨绛也许是仅存的一位旧时代的知识分子。传统文化的精髓深入到她的血脉中，而西方文化作为一种互补形态也融入到她的精神结构中。自我人格的完整性与内向性，使她不可能真正受到政治运动的改造，正如她自己在《干校六记》所说："改造十多年，再加上干校两年，且别说人人祈求的进步我没有取得，就连自己这份私心，也没有减少些。我还是依然故我。"这种执守是真正意义上的"精神胜利法"，它宣告了对她进行的思想改造运动失败，也再次张扬了自我精神意志的强悍和坚韧。

杨绛曾在《隐身衣》中期望能够有一件可以使自己隐身的衣服，"外面看不见里面，里面却看得见外面"，能够让自己在隐蔽处凝望世界。毫无疑问，"这是一种中国式的'政治智慧'"[①]与应世哲学，也是一代知识分子在多年的政治运动中积攒下来的生存智慧。也正因为如此，杨绛的代表作《干校六记》中缺失了最有价值的《运动记愧》，这不能不说是杨绛思想哲学本身的缺失。

中生代的散文家大约是在上世纪五十年代左右出生的作家，这些作家的特征比较复杂。出生较早的宗璞以及后来的苏叶等，她们的散文更具有传统文化审美的气质，注重优美、中和、雅致等审美取向。而出生较晚的

---

① 林贤治：《五十年：散文与自由的一种观察》，载于《书屋》，2000年第3期，第37页。

唐敏、舒婷的散文中则多了一种诗性的光芒，注重对心灵意象的捕捉，强调语言文字的质感，描写也非常细腻，这与她们的诗人出身有关系。斯妤、叶梦、赵玫的散文则更加深入地进入到了女性的内心世界。她们都曾经呼吁过散文创作的变革，她们的很多文章都具有文体实验的特征，对于传统散文的写法有很大冲击。荒诞、潜意识、象征手法等等，这些都是散文以前很少见到的叙述方式，而在她们的散文中，已经较好地融入到文本实践中。匡文立、筱敏、张洁、张抗抗、王英琦、韩小蕙等作家的散文更注重理性精神与深度意识。她们关注现实现状，探究女性文化的历史传统与现实境遇。她们的散文是女性散文中更具有力度与深度的一种。具体而言，宗璞的"燕园系列"，叶梦的《羞女山》以及"创造系列"，斯妤的"心灵系列"，苏叶的秦淮旧事，张洁由早期的"大雁系列"的审美开始转向审丑，笔力变得硬朗坦率，王英琦的文化反思系列，如《大师的弱点》《守望灵魂》《求道者的悲歌》《背负自己的十字架》等等，张抗抗的散文《牡丹的拒绝》《仰不愧于天》、匡文立的《历史与女人》，筱敏的"女神系列"等，都是女性散文在这一时期的重要收获。

在《上升——当代中国大陆新生代散文选》（北方文艺出版社1991年出版）中，"新生代"散文首次以一种群体姿态出现，成为让人难以忽视的创作现象。新生代散文作家大约都是出生于二十世纪六十年代，其中女性作家则占有很大比例，她们成为中国散文创作的重要的新生力量。首先应该提到的是二十世纪八十年代中期在年轻人中十分受欢迎的曹明华，她的《一个女大学生的手记》以及后来的《一个现代女性的独白》等等，是新生代散文与校园散文的最早的融合。在整个散文领域的萧条的状态下，《一个女大学生的手记》自1986年出版后，总销售量达到了130万册。曹明华被称为"大陆三毛""校园散文家"。这是新时期后散文的第一次轰动，也是上世纪九十年代女性散文热潮的先声。也正因为如此，我们有必要看看曹明华给我们带来了哪些重要的启示。

曹明华认为散文应该表现现代人的现代意识，说："当小说、电影等文学样式在表现'现代人意识'的'探索'热潮中正时髦的'散文化'的当口，散文自身却在不争气地重复弹拨它那日益显得苍白乏味的老调，岂不令人遗憾？"又说："散文看来不必再大写风景、大写花鸟丛草，或者'真实地'回顾一段往事、一段颇为激动人心的故事！"① 她的散文是日记式的内心告白，是一些比较私人性的喃喃自语，但是在那个时代的洪亮的公共话语中，她的文章是另类的。

二十世纪八十年代早期，当人们还沉浸在回忆伤痕与反思历史的时候，曹明华给人们提供了一种关于"现在"的叙述。"十七年"的"革命叙事"，文革后的"伤痕叙事"，在她这里都被"个人叙事"取代。"个体"作为一种日常情境下而不是特殊使命下的生存状态被呈现出来，理想与现实之间的战争结束了，剩下的便是现实生活中的精神游历。尽管过于鲜明的时代感与特定群体的代表性，使曹明华的散文成于上世纪八十年代也亡于上世纪八十年代，但是对于整个散文界来说，毫无疑问，曹明华已经提示了一条重要的创作信息，那就是应该让散文回到真正与个体经验相关的叙事空间中。时代的轰鸣声无论多么响亮，个人的声音也决不能被淹没，因为它是散文的精魂。

新生代的作家既有力图突破以往散文模式的"新散文"作家，也有一些都市休闲散文的写作者。这是新时期尤其是二十世纪九十年代后女性散

---

① 曹明华：《散文的"现代意识"》，参见《一位现代女性的灵魂独白》，工人出版社 1988 年，第 179 页

文领域的两种创作潮流。

散文在冯秋子、胡晓梦、杜丽、黑孩、素素（东北）等一些新生代的作家这里，开始了更大意义上的变革。这种变革首先是对于散文理念的认识上的变化："一、玩赏自慰和虚浮相矜的散文时期已经过去，新散文所关注的是一般人的日常生活和普通人的情感情绪，它强调对社会和人生的哲学思考以及文化探究，开始真正面对这个正在改变我们生活和思维方式的大变革大发展的历史时代。二、表演型和单向度的散文时期已经过去，新散文将趋向大众化和多样性，将具有更强的深度意识和批判精神。三、散文变革是新时期文学变革的最后一个节目，在有了许多借鉴之后，它应该而且能够比其他文学样式更成熟更精彩更有成就。"① 这是"新散文"作家们的宣言。他们强调散文的艺术性与文化意义，同时追求散文的深度意识与批判精神。

相较于斯妤、叶梦等人的"新潮散文"创作来看，新生代的"新散文"更加贴近生活，也更通俗易懂。但是在精神层面，她们却是一脉相承的，那就是表现个人与外在世界之间的紧张关系，以往散文常见的主客体之间的那种和谐与适意关系被打破。在这里，我们看到了两种文化传统、两种生命形式的接近于断裂般的差异。对于老生代散文家来说，他们受到中国传统文化以及"五四"文学的影响更多，在文学信仰上更多的是鲁迅、周作人的延续。而传统文化，无论是传统的叙事方式还是精神气质对他们的影响也都是巨大的，因而在老生代作家那里，人们能够非常强烈地感到东方文化的生命观、人格精神与智慧理念。但是新生代的散文作家则不同，

---

① 秦晋：《＜新散文十二家代表作＞序》，南野选编，湖南文艺出版社1994年，第10页。

散文在他们那里不是一种达观或者超脱的文体形式，相反他们在这种文体中寻找的是生命之重，是对自我的救赎与反思。比如同样是写文革创伤，"新散文"作家们写的是成长过程中的创伤性记忆，文革话题在新生代那里是思想的场景和驱动，而不是事件，它与个人心理情结和生命体验相关，而不仅仅只是一个时代的伤痕或反思。新生代无论是文化底蕴、文学功力上与老生代相比都只能望其项背，但是他们并不想在老生代的创作思路上延续，而是另辟蹊径，这条路又恰好弥补了他们文化修养上的不足，从而张扬了这一代人特有的生命活力与艺术想象力。

进入二十世纪九十年代，随着新生代的女性散文家的出现，再加上已有的老生代、中生代的女性散文家，女性散文真正呈现出众声喧哗的局面。以斯好、叶梦、赵玫为代表人物的"新潮散文"，以冰心、杨绛、韦君宜等为代表人物的老生代散文，以张洁、张抗抗、王英琦、韩小蕙等中生代作家为主的智慧散文，沿袭散文传统抒情风格的作家苏叶、宗璞等，以黄爱东西、黄茵、素素（上海）为代表的"晚报体""专栏体"都市散文，徐坤、王绯、荒林、戴锦华为代表的"学者散文"，陈染、冯秋子、张立勤、胡晓梦、黑孩、元元、于晓丹、桑桑、程鹥眉为代表的"新生代"的"新散文"，以及以安妮宝贝等为代表的网络散文，这些共同形成了女性散文领域的不同代际共存、不同风格并立的发展状况。

2. 女权主义带来的新话语空间

"五四"传统的复苏在女性散文这里不仅表现在对于文革期间的创伤性记忆的反思，还表现在女性意识的复苏和觉醒。革命的胜利并不意味着女性的解放，即使是女性权力的获得也不能代表女性在精神文化层面上就已经能够获得深度的自由和自主。在持续了半个多世纪的浩浩荡荡的革命图景中，女性的性别本身难以被凸现。战争年代，女性是弱者，是被救赎与解放的对象；文革时期，女性化以及与女性相关的审美趣味都是特殊化、小资产阶级的思想。而在这一切都平息了后，女性站在那些关于平等与自由的神话面前必然会遭遇她自身性别属性的某种匮乏——没有关于妇女解放问题的争论，并不意味着性别平等时代已经到来，或者妇女已经从精神上获得解放。存在了几千年的性别秩序，已经在所有人心中积蓄了强大的心理惰性，它的强悍与坚固甚至于超过阶级观念，因而很难随着阶级革命的胜利而被消除掉。

新时期后，传入中国文学中的女权主义被置换为女"性"主义，同一个英文词汇的不同翻译也正体现了女权主义在中国的发展状况，即由权力意识转换为性别意识，由争取政治经济层面的平权意识转换为精神文化层面的平等观念，这与中国妇女问题的实际情况相符。另外，将较为敏感的"权"隐去，也与中国的社会政治形态相符。一个很有意味的现象是在中国的女性文学中，几乎没有女作家承认自己是女权主义者，即使是曾经最具有女权意识的张洁也说："我不是一个女权主义者。"尽管如此，具有女性意识与女性话语特性的女性写作却不断出现，散文也是这样。

女性散文开始关注自我的灵魂，关注自身作为一个女性的存在状态，强调性别差异对于个体存在的影响，而不是一味地表现无性化或中性化的自我。应该说，这是中国女性文学的性别意识成熟的表现。像叶梦、斯妤、筱敏、匡文立、赵玫等很多女作家对于女性题材的开掘都是深入的。叶梦在《创造九章》中对于女性身体体验的描述大胆而深刻，从初潮、性爱、生育等不同角度来揭示女性独特的心理以及生理的成长与变化。斯妤进入到女性个体生命的精神空间中来开掘女性潜意识、女性情感的深度状态，并由此将更具有现代主义意识的反思维度引入女性散文中。筱敏则是从女性谱系、女性神话、女性群体经验中来寻找女性的精神传统，《女神之名》正是这样的精神化叙事的代表作品集。匡文立是以一种学者般的冷静与宏阔的视角来透视女性历史与女性生存，反思在历史边缘处的女性命运与女性文化的畸形与荒谬，从习以为常的历史经验中寻找女性存在的证据以及性别机制中的残虐。张抗抗的很多作品则是反思文学女性与女性文学的存在形态，对于文学之于女性的意义，以及女性赋予文学的价值都有自己独到的见解。凡此种种，女作家们认识到女性经验、女性话语作为一种主题场域并不与文学的深度意识发生矛盾，而女性主义作为女性的言说立场也并不意味着进入到狭隘激进的思想冲动中，从而失去了女性自身的性别气质。恰恰相反，表现女人性就是在表现人性，表现女性自我就是在透视人类自身。

在新生代女作家那里，对女性主义的反思则是更加本体化，也更具有开放意识。散文作家张念说："如果我们仅仅挑出女权主义的过激言行和行为策略，而不是从女权运动史和女人的真实处境看问题；如果仅仅是受文化惰性的左右，固守一种封建的陈旧的性别主义，而不是以诚挚、倾听的姿态，去面对女权主义的内在真相，我们就只能在一种越来越恶劣的误解中，扭曲伤害着别人，同时也扭曲伤害着自己。"[1]这种面对女性主义思潮的态度是冷静而成熟的，女性散文正是应该将这种态度转化成叙述视角，切入自身的灵魂世界和外在的意义世界。

值得注意的是，女性散文对于诸种文化现象与社会现象的自觉的关注。学者散文家王晓玉的很多散文都具有鲜明的性别立场。上世纪九十年代初，当人们以顾城杀妻自杀一事破解中国文化的各种玄机之时，王晓玉却提供了一种简单而深刻的女性视角：抛开了中国诗歌或者是文化的诸种

---

① 张念：《不咬人的女权主义》，陕西师范大学出版社 2001 年。

象征意义，抛开了所谓的奇才奇人奇事的种种猎奇心理，她看到的只是一个女人的悲剧。[①] 这个女人（谢烨）为自己编织了一个天才梦，并甘心情愿地去为天才牺牲奉献。但是当有一日，她终于从天才梦中觉醒想要过正常人的生活时，天才却杀了她。这是一个典型的女性悲剧。因为古往今来，女人们已经习惯了借助一个男性来编织自己的梦想，最终使自己永远地站成男人身后的风景。在一片寓言性的聒噪的批评中，谢烨被抽象成一个空洞的符码，她失去了自身的所指功能，而王晓玉则一针见血地指出了这一实质。她提供了这样一种深度思考：那就是一个女人如何借助男人来编织天才的神话，又如何在自己创造的幻象中毁灭。对于女性而言，是不是只有通过男性世界才能抵达意义世界？几千年来，以美德标注的忍耐与奉献，到底藏匿了多少残虐与不公？

新时期后，出现了很多思考性别属性的散文，女性散文中多的是诸如"关于女人""关于男人"之类的文章。事实上，从"五四"开始，这种命题便源源不断，到新时期它还保有新鲜的生命力。直到"小女人"成了众人耻笑的对象后，这种文章似乎才少了些。每一个时代的女性关于男女两性都会有自己的独到的论断，这与那个时代的风气、作者个人的性别理想都有关系。"五四"以前的历朝历代的女作家们不会想到要发表一些关于男人女人的文章，对于她们而言，为自身作一些规范似乎更紧迫，比如《女诫》《女则》等都是女人自我教育的文章。而与男性相关的文章则是话语禁地，她们不具有这种话语权力，无论是出于闲适之心，还是反叛之意，男人都是不可被谈论的。当然，更可怕的是她们同样没有谈论自身的

---

① 相关作品包括：《我为谢烨一哭》《一个女人的悲剧》《皇帝的新衣在文坛》，参见《晓玉随笔》，王晓玉著，江苏人民出版社1995年。

权力，她们自我认识的能力止于自我规诫。直到"五四"时期，直到冰心开始乔装成男人谈论女性："若没有女人，这世界至少要失去十分之五的'真'，十分之六的'善'、十分之七的'美'。"① 这是为女性作彻底的平反，它让我们看到了一种新的性别意指结构成为可能——作为话语主体的女性开始建构起自己的所指空间。女性不再是被对象化的"他者"，也不再是被命名的符码，她开始了"认识自己"的涅槃之旅，同时千年来被视为话语禁区的男性也进入了她的表述空间。

　　同样是女作家论述女人的话题，时间推后二十年，在上海，张爱玲的《谈女人》已经没有了赞美的热情，相反呈现出冷静的自我解剖、客观的评判，这已经成为生活在大都市女子的真实心态。她在文中说："男子偏于某一方面的发展，而女人是最普遍的，基本的，代表四季循环，土地，生老病死，饮食繁殖。女人把人类飞越太空的灵智拴在踏实的根桩上。"她还说："超人是男性的，神却带有女性的成分，超人与神不同。超人是进取的，是一种生存的目标。身是广大的同情，慈悲，了解，安息。"② 张爱玲认为女人的精神里有地母的根芽，而现代女性以思想悦人，跟传统女性以身体悦人，并没有多大分别。以上可见，张爱玲洞悉了女性身上包容宽厚的品性，同时认为女性取悦男人的思想是根深蒂固的。四十年后，同样是在上海，陆星儿开始了另一个层面的性别思索，夹杂着新经济时代的人文气息，充满着对男人的理解，对女人的同情，对父权社会的不满，凡此种种，都是既善解人义，又不失激进情绪的新女性的两性观念。铁凝的

① 冰心：《关于女人·后记》，参见《关于男人和女人》，广西师范大学出版社2002年，第201页。

② 张爱玲：《谈女人》，参见《流言》，北京十月文艺出版社2000年。

很多文章也与性别意识和属性相关，比如《男性之一种》《女性之一种》《女人的白夜》等等，其中《女人的白夜》是一篇极富有女性主义意识和浓郁诗性的散文。

为什么在二十世纪八十年代中后期会有如此多的关于性别思索的文章？是什么使这种写作有了可能性？首先，应该关注到那一时期的报纸专栏对于这种文章的需求量，许多报纸开办了副刊，并急需有号召力的作家写与百姓生活相关、同时又有一些文化品位的文章，从而实现自己被读者喜闻乐见的商业价值。和上个世纪初报刊业的发达带来的革命冲击不一样的是，在新时期，人们借由报纸找到的恰是世俗生活，而两性生活自然就是其中的重头戏了。另一方面，就是在二十世纪八十年代初期西方的女权主义传入中国后，在当时社会上形成了所谓的"妻管严""寻找男子汉"等一系列话题，女性作家们自然地关注起这些问题。在探讨这些问题的同时，也有很多女性作家开始反思这种探讨本身带来的启示。在《女人的出头之日》中，陆星儿说："谈论女人到极致，我真觉得，所以有'女权主义'，所以有'妇女观'，所以有种种关于女人的理论，都是因为，女人从来没有和男人平等地共享过这个世界。……其实，只有到了那一天，取消了'妇女观'，没有了专门的理论来说教女人，女人像男人一样不是靠理论，而是作为人，自然而然地确立于世界。只有这一天，才是女人真正的出头之日。"[1] 人们愈是关注性别话题，就愈是证明性别本身是存在问题的。什么时候人们不再关注这些问题，大概就是两性真正平等时。这也是后现代女权主义提倡"消解性别意识"的初衷。

没有哪一个时期像这一时期的女性文学一样，出现了那么多的性别话

---

① 陆星儿：《女人的出头之日》，上海人民出版社 1995 年，第 33 页。

题，无论是基于身体意义上、社会意义上还是文化意义上的性别角色与身份问题，都引起广泛的关注，这是新时期后女性散文创作中的重要现象。

3. 小资趣味与商业包装

上世纪九十年代，散文成为市场上最为走红的文体，散文形式也开始与各种时尚化的生活姿态结合，诸如"物质女人""水果女人""小资女人"这样的散文题目或主题经常出现。当图书市场开始策划一种"小资生活"或者"白领生活"的概念时，散文便是这种概念的诠释者。就这个意义上说，这一类型的散文更多的不是创作，而是一种命题作文，命题者是出版市场或各种媒体，而所谓的"小女人"们则是解题者。在专栏式的或直接面向市场的写作中，经济利益成为写作的驱动，这是在市场经济下职业化的女性写作必然要面临的一种状态——将写作与市场导引的某种女性生活的前卫姿态相联系，这是小女人散文的一种趣味。而小资生活或者说物质生活的艺术化正是上世纪九十年代各种前卫时尚的热点，这也必然会落实到女性散文的创作中。

同样是女性写作，不同年代散文的审美取向是不同的，从散文中可以看出女性的主体姿态的嬗变。"五四"时期的女性，为理想、为自由平等、为成为那片土地上第一代自力更生的女性，走出家门——"出走的娜拉"就是那个时期最为时尚也最为前卫的女性姿态。上世纪三四十年代，女性还在延续着这种姿态，更多的女性走离父亲的家庭，一部分人开始面对大时代的风雨，走向革命队伍中；另一部分人则延续生活的求安稳的惰性，她们难以割舍掉太平盛世的梦想。因而像张爱玲、苏青这样的女性，她们身上体现出一种恒常的女性姿态——眷恋浮世繁华，渴望安稳生活，与传统女性不同的是，她们通过自己的努力自食其力，是职业女性中的成功者。当然，这种成功也是由那个特定的时代背景所成就的。上世纪五六十年代的女作家的个性已经不再突出，她们幸福地陶醉在红色的海洋之中，在"男女都一样"的口号下，走进时代的神圣使命中。到了上世纪八十年代，我们看到了在西方文化影响下的前卫青年，她们的生活与摇滚乐、先锋艺术相连，她们的姿态就是反叛的非主流意识。但是随着市场经济的不断冲击，某种渴望安稳而又注重物质享受的生活愿望出现，于是小资趣味先于中国的小资阶层形成。也就是说，当我们的社会还没有制造出真正的小资产阶层时，小资趣味就已经捷足先登，深入人心了。小资在一些特定的年月，诸如在文革时期，曾经是对一个人生活态度的批判，而现在它是时尚的代表。也正是在这种观念下，散文出现了注重商业包装与轻松休闲的阅读趣味的倾向。

从晚报和杂志专栏开始的"小女人"散文，从本质上说就是一种都市休闲文化。如果往前追溯，四十年代的张爱玲、苏青等人的散文就是她们的前身，香港自上世纪六七十年代开始也出现了很多著名的专栏作家，像亦舒、李碧华、林燕妮等等，而内地则是在上世纪九十年代出现了这种阅读需要。小女人散文更多的是为适应晚报、副刊的发行而出现的一种短小而注重趣味的文体，又有人称之为"晚报体"。这些文章每篇字数大致300—1000字不等，很显然都是为适应报刊的专栏写就的文章。

小女人文章不仅篇幅短，而且主题也很鲜明，内容简单没有大道理，不说教，也不做沉重的思考与抒情。既然商业文化拒绝沉重，那么写作的关键便是怎样将"沉重"进行轻性包装，让读者既看到轻快、幽默的文字，又可以在会意一笑后，有一点感触。这种文章与后来的网络文章有些相似，内容单纯，便于浏览。而作家的写作态度往往很谦卑，这不仅是因为她们写的多是一些琐碎小事，更重要的是读者对象的"在场性"。很显然，专栏文章需要大众的积极响应，没有大众的喜爱，一个专栏想要维持下去是不可能的。这不比精英写作，即使没人看，也是具有象征意义的文化行为，也必然会得到文学性杂志和评论家的青睐。但是专栏要直接面对的便是读者，文学写作的神秘高贵矜持已经不算数，更重要的是可读性。所以谦卑的写作姿态往往成为这种都市散文显见的主体心态。当文学的崇高性与市场相连时，便会自然生成一种明确的"读者凝视"意识，因而作家必须培养自己面对大众的亲和力，只有如此，女性都市散文才有可能存活于都市。

相比较而言，网络散文与七○、八○后女性都市散文的形式往往复杂些。这些女作家大多是在中国的大都市上海、广州、北京漂泊的一群女子，她们坦然承认自己无法抵抗物质时代的种种诱惑，也承认情色是一种令人上瘾的毒药，她们享受这一切，但是也憎恶它，无法拒绝又感到悔恨。于是以往的岁月被净化为一种"纯真年代"，而爱情则成为回忆中的美好时光或者想象中的乌托邦。一面是由都市中最具有象征意味的符号构成的生活空间：酒吧、舞厅、摇滚、王朔、王家卫、周星驰等等，一面又是难以割舍的古典理想。从本质上说，她们的文字记录了声色犬马中的无常与恐惧，就像抱着毁灭的决心，去赶一场人生的狂欢晚宴，期待一种传奇。一切都是未知的，无法预测。以青春作为代价的守候变得残酷，相对于理想世界的模糊遥渺，死亡成为生命中唯一可以确定的事情——"残酷青春"的主题在七○后女性写作中登场。

这一代人继续深化了小资趣味。如果说对于上世纪六十年代的作家来说，小资生活往往更多的只是一种小资幻想，那么对于这一代人，小资生活已经有了具体的精神资源与物资支撑。看看王家卫、王菲、先锋艺术、张爱玲式的苍凉与感伤、兰蔻化妆系列、CD香水在女性散文中出现的频率，你就知道所谓的小资的"品位"或者"格调"是怎么一回事。当然，小资不仅是作为一种物质生活出现在散文作品中，更主要的是一种精神趋向。而写作本身也成为小资趣味的一部分。

对于很多二十世纪七十年代出生的作家而言，写作与文学是两个概念。她们可以将写作视为生活方式，但是，对于文学她们并无崇高感或者责任感。说到底，写作只是一种行为，而文学则意味着创造。写作某种意义上只是小资生活趣味的一部分，作为一个写作的女人，本身就意味着自由、另类，意味着不同凡响，或者说是一种精神生活的可能性。安妮宝贝在《我在上海》中说："我依然需要写作。有人对我说，写作是吃青春饭，写作不是一辈子的事情。而我的想法正好相反。我觉得工作不是一辈子的事情，而写作是血液里的呼叫，是无法停息的声音，如果停了，灵魂就死了。""所以我写作。我在深夜听自己的手指在键盘上敲出寂寞的声音，她们好像是在不断盛开和枯萎的花朵，留下凄艳的气息。在彼时，我感觉自己从未有过的贫乏和富足。我希望自己能在这一刻安静地死去。不再醒来。"[①]这一代人共同地呈现出青春期式的自恋与自闭倾向，对于她们，最绝决的反抗姿态就是自我毁灭，是享乐后的自戕，而写作正是这种生活观念的实践方式之一——它是一种能带来快感的受难。总之，越小资就越写作，越写作就越小资，你无法改变现实，但是你可以在纸上做梦，在暧昧而又物质化的屏幕上寻找光闪处的灵感。

作为一个网络作家，早期的安妮宝贝是言情故事的叙述者，那些诡异的爱情经常由网络开始，但是最终又都无疾而终，并且经常伴随着的是主人公的死亡，或是莫名其妙的失踪与自我毁灭。但是在散文中，安妮宝贝呈现出的是另一种生活，它更接近日常生活的本来状态，没有了荒诞与传奇，多了一种世纪末人生的灰色与悲凉，是一种醉生梦死的"世纪末的华

---

① 安妮宝贝：《我在上海》，参见《赤道往北21度》，南海出版社2003年，第319-320页

丽"。紧跟着而来的又是世纪初的恐慌与无奈——并不是每一个开始都会给人以机会或者希望。"城市情结"与"物质欲望"是她散文中常出现的话题。在《城市情结》中，她说："我喜欢抚摸物质，感受物质，从不厌倦。我喜欢它像水流一样占据感觉的每一条缝隙。用它的气味，色彩，触觉，抵达我的灵魂。"[①]城市在七〇后女作家那里是欲望与物质生活的代名词。女性散文从"五四"时期的审美化生活，到张爱玲的世俗生活，陈染等人的"智性生活"（内心生活），再到七〇八〇后女作家的"物质生活"，这种变化过程是一个世纪的历史记忆的折射。

综上所述，女性散文在二十世纪九十年代呈现出多种话语取向，一方面是不断地向生命的深层空间拓展，一方面则是开始与市场的快餐文化妥协。一方面女权主义思想开始冲击中国女性的写作，另一方面传统生活以及古典文化依然是中国女性散文挖掘不尽的话语储备。老生代散文续接着汉语传统中最为纯粹的语言和文化资源，而中生代与新生代的作家则开始了新潮散文与"新散文"的实验。凡此种种，女性散文呈现出多元化的创作风貌，而这也正是女性精神空间的多维性的体现。事实上，女性权力首先是选择的权力，就像小女人散文是一种选择，而女性的文化反思散文同样也是一种选择一样，无论是走向书房还是厨房，社会还是家庭，这些都是女性生活与写作的多元可能性的一种。任何权力或自由首先都应该承认这种多元性。正是在上个世纪九十年代，我们看到了女性的不同的生存经验所带来的不同的话语场，这无论是对于女性散文还是女性精神传统来说，都是一种积极的方向。

---

① 安妮宝贝：《物质情结》，参见《赤道往北 21 度》，南海出版社 2003 年，第 325 页

第三章　主题学研究

　　主题学研究最早被使用在民俗学的研究中。十九世纪德国的民俗学者从诸多主题入手，对神话故事和民间传说进行研究，将不同文化语境下的叙事样本联系起来进行比较论述，从而开拓了民俗学、人类学、社会学研究的新领域。这种研究方法跨越了不同国家、民族、种族，建立了更开阔更系统的研究视角。以主题的角度来切入文学文本，就必然会涉及与创作内容相联系的各个学科，是一种跨学科的研究方法。女性散文的主题学研究是要在女性话语中寻找到共同的意象、母题与原型，包括：女性对于琐碎日常生活的关注，日常生活被赋予的不同的表述形态，正暗示了女性对于自身与外在世界的认识的不断变化；父权制建立了古老的"母亲神话"，而女性以自身的生殖生育、成长经历，对这一神话进行了解构；情感主题是女性散文最鲜明的特征，其中最常见的爱情书写则几乎就是作为一种拯救力量存在于女性话语中，而在经历了这一乌托邦的幻灭后，女性往往会回到性别想象中——基于对现实生活的失望而建构的性别假设是女性散文中十分有意味的主题形态；乡愁，并不仅仅只是对祖籍意义（父性故乡）上的故乡的怀念，更多的是针对于精神家园以及女性回到完美的"母性花园"的向往；山水游记中所透露出的不同的文化信息，地缘山水、性别山水，寓言山水、生态山水的互相交融，也是女性散文多元思维的一种汇集。

第一节　琐碎生活的诗意言说

女性散文强调生活的审美化，人应该成为生活的诗人，生活的诗性审美者，再平庸的生活也要在一种审美注视下被赋予意义。在散文中不断出现的平淡无序的日常生活不可能与小说中的历险与奇遇相比。米歇尔·布托尔认为：在小说中，"现实代表哄小孩睡觉所讲的故事，也代表我们自身中那个无论如何不肯睡觉的小孩。"[①] 但是对于散文，现实不是故事，它首先不是一种向外的指向，而是面向自己的叙述。散文提出了这样一个问题，那就是没有经过情节化、极端化、虚构化的日常生活本身是否具有叙述价值？女性面对生活的诗意言说正是对这一问题的探讨，其中不仅包括对于生活诗性的开掘，也包括对于反诗性现实的深入，也是在这里，诗性意识与问题意识一起成为女性散文面对生活的某种主体姿态。

新中国成立后，日常生活在文学话语中有着鲜明的意识形态性。事实上，革命的惊心动魄首先就与日常生活的平淡无奇、循规蹈矩相矛盾。"十七年"间，普通生活和日常状态始终无法进入到文学叙述领域中，日

---

① 米歇尔·布托尔：《长篇小说的技巧》，参见《"冰山理论"：对话与潜对话——外国名作家论现代小说艺术》（下册），崔道怡等译，工人出版社出版1987年，第540页。

常性的存在（包括人）必须经过典型化、政治化、强烈化之后才拥有被话语表述的资格。福柯认为："长期以来，普通的个性——每个人的日常个性一直是不能进入描述领域的。被注视、被观察、被详细描述、被一种不间断的书写逐日地跟踪，是一种特权。一个人的编年史、生活报道、死后的历史研究，是他的权力的象征仪式的一部分。"[①]而这特权又恰恰是与权力话语的规诫作用相连，因而普通生活只有进入到意识形态的视野后才能进入到文学文本中。看似没有秘密的坦诚生活，其实是把人性深处的秘密完全屏蔽。在极端化的文艺理念中，对于普通人的普通生活的叙述就意味着平庸和不思进取，没有经过典型化、纯净化、升华过的生活不具有被描述的价值。但是对于散文来说，事件的真实性已经成为一种文本规范，这就决定了散文必须降低可叙述对象的标准，情节性与典型性已经不是它的追求，把日常生活还原成它的本来面目，使之成为一种主体性的存在，而不是仅仅构成小说中叙事进程得以展开的环境因素、英雄人物成长的土壤，或者离奇与浪漫故事的背景，这是散文必须面对的文体特性。

散文的生活是非戏剧性的、日常的生活。但什么是日常生活？于坚在《何谓日常生活——以昆明为例》中认为："日常生活就是人生的最基本的生活，它以常识为基础。日常生活是世界词典中最基本的词汇……毫无意义的生活，无所谓是或非的生活。"[②]日常生活是人生最基本的组成单位，它本身无意义。文学正是从这一前提开始，赋予生活以意义，而不同的进入生活叙述的角度和方式正体现了不同时代的意识形态和文化精神。大部

---

① 米歇尔·福柯：《规训与惩罚——监狱的诞生》，刘北成、杨远婴译，生活·读书·新知三联书店 1999 年，第 215 页。

② 于坚：《何为日常生活——以昆明为例》，载于《青年与社会》2010 年第 3 期。

分时候的日常生活在进入叙述领域后很容易就失去了它最本质的东西——日常性、琐碎性、安稳性。但是对于散文来说，日常生活往往会被还原成它的本来面目。文革后，汪曾祺的很多谈论吃穿住行的散文备受关注，自"五四"后就被遗忘很久的世俗生活又重新回到文本中。这是一种对以往被崇高化的日常生活的拨乱反正——生活无罪。如果人们赞同"文学是人学"，那么就应该意识到描述日常生活就是对人性的昭示，就是人存在的最有力的证明。

对于女性来说，她们本身就天然地与日常生活的琐碎、平淡牵连在一起，因而她们面对生活的视角也往往是复杂的。"五四"时期，描述生活本身就是一种策略，日常经验与情感成为与封建礼教完全背离的话语。在这一时期，女作家们强烈地呼唤一种自由生活。值得注意的是这种自由不仅仅只是政治经济权力的自由，还有女性精神的自由，这主要体现在女性知识分子所提倡的一种唯美生活，即把生活审美化、审美生活化的追求——将生活视为艺术作品或将艺术理念融入到生活中，这也是在寻求现实经验与文本经验的同构性。如果说"五四"时期是礼教生活与审美生活的矛盾，那么上世纪三四十年代，则出现了革命生活与日常生活的对立。张爱玲的参差对照的笔法针对的正是恒常的求安稳的人性，日常生活状态在危机时代成为一种奢侈的梦想，因而在张爱玲那里，生活本身而不是生活的意义成为她散文的直接对象。对于张爱玲来说，描写了某种生活场景和感受，也就是描写了人生的意义和价值。在上世纪五六十年代，我们看到了日常生活变成一种禁忌，它成为"颂歌"时的一种反面参照，普通生活以及人性的日常性都很难成为正面的有价值的叙述对象。一个崇尚英雄的时代使作家们沉浸在塑造英雄的理想主义的冲动中，无论是人还是风景都要开掘出他（它）身上的非日常性。可以说正是日常生活的消失使散文

（包括女性散文）呈现出虚假感，作者、叙述者、人物都仿佛活在舞台上，受困于观众的凝视，只能更卖力地呈现出自己的表演型人格。新时期之后尤其是二十世纪九十年代，"五四"以及张爱玲的散文传统得到了继承，再加上受到西方哲学、文学思潮的启蒙，女性都市散文和新生代散文直接指向的就是日常生活。

女性散文在面对日常生活时是有多种角度与方式的。首先，还原日常生活，即回到生活本身。女性往往更倾向于以一种日常状态来面对生活。柴米油盐的生活，饮食男女的生活，充满了"啃噬性"的烦恼的生活，就是生活本身的面目。女性表现这种生活，是基于它是她的生存经验这一事实，如果这种没有经过抽象化的日常生活是不能够进入文学视野中的，那么女性生活便是不可告人的，尤其女性文学以及女性体验将失去存在的大前提。还原日常生活还表现在女性往往以一种日常心态来面对某种特殊环境和状态。比如杨绛在关于文革的叙事中并没有表现出大灾难来临时的紧张与惶恐，留在记忆中的那一段特殊岁月还是由日常生活串联起来的。最有名的《干校六记》便是由诸多的日常生活场景组成，而对于历史与现实的"大隐喻"却正是建立在此基础之上的——是什么使生活的日常性被剥夺？什么使人想要过正常生活的愿望变得滑稽可笑？在杨绛那里，对于日常生活的关注客观上就已经形成了一种话语策略。毕淑敏对于平凡生活的打量也是通过描述一种非平常状态的生活来实现的，例如她的昆仑系列散文:《昆仑之吃》《昆仑之眠》《昆仑之喝》《昆仑山上看电影》等等。面对昆仑山，可能文化派或学者派的作家会生出很多宏论，但是对于毕淑敏来说，十多年的在昆仑山的生活，已经使昆仑成为一种生存经验，她对于昆仑很难进行那种间离性的远观。昆仑山的艰难的自然条件与日常生活的安稳性形成鲜明的对照，死亡的非常态与生活的常态相互对峙，同时它们也在完成话语意义空间的内在转换：人在一种特定的艰难状态下对于日常状态的坚守正是基于他对生命本身的热爱。人能够在多大程度上拥有维护日常生活的权力，便能在多大程度上拥有自由的权力，因为日常性是人的本性之一。认识到这一点，我们才能够明白日常生活的深度价值，也才能认识到毕淑敏"昆仑系列"的意义所在。

其次，建构一种女性的审美生活。女性面对生活的唯美态度在散文中十分突出。对于女性来说，日常生活并不构成宏大政治或历史意义，但是，感性的生活进入到人的视野之中必然要有某种意义的生成。也就是说，女性的目光在看到了生活的日常性之后，便不可避免地要对它进行意义追问。正是在这里，我们看到了女性面对生活的审美意识。中国几千年的父权社会设定的理性从根上讲是一种道德理性，无论是国家伦理还是个人伦理最终都指向一种群体关系。作为理性的创造主体和阐释主体，父亲（男性）毫无疑问更接近理性，而女性却天然地远离这种假设和前提，她按照某种难以言说的神秘的感性方式设置了自己的真理和幸福，并始终都渴望无限制地逼近这种想象中的幸福。现代以来，这种非理性的面对生活的态度恰恰构成了女性文学的审美态度。

女性文本中所展现的日常生活的各个层面都有着审美化的趋向。这种审美化就表层来说，是女性散文经常出现的所谓情调生活和物质生活。就深层来说，则是对于生活的诗性意义的审视。和张爱玲一样，安妮宝贝也写了她的充满美好的物质享受的上海，《我在上海》中："一条绣花丝绸裙子，放在木架上的宽边草编凉帽，新出的散发油墨香的杂志，店铺里刚刚做好的火腿蛋三明治，刚刚出炉的新鲜面包，水果店红得发亮的大颗樱桃，面馆伙计热气腾腾的笑脸，或者是一捧装在水桶里的马蹄莲，因为夜色已晚，被疲倦的卖花少女以低价出售。"这是以审美眼光看到的物质世界，一个充满声色喜悦的上海。裙子、帽子、杂志、面包，这些日常生活中普通的物质，经过了作者审美眼光的巡阅之后，立刻沾染上了迥然不同的文艺气息，变成加了美好滤镜的风俗画。程鹥眉的散文《物质女人》勾画的是女性的精致而优雅的生活，欧美伤感音乐、歌剧、美术馆、香烟、文学、小提琴，一个女人就游走在这样的物质审美的风景之中。

和很多文化或者学者散文相比，这些文章除了徒劳的感伤，无事的悲郁之外，似乎没有什么能够给人留下深刻的印象的。但是，在每一个时代、每一个城市、每一个黑夜都有这样患了失眠的女人，她们不思考宏大的历史图景，风云变幻的时代也无法走进她们的笔端。她们以一种纯粹阴柔的女性视角来关注身边的人生：一场大雪、一套茶具、一个男人、音乐、足球、病痛以及从儿童到少女到少妇的成长经历。她们关心自己灵魂的快乐，也同样关心物质的丰裕。更重要的是她们认为对物质的喜爱与眷恋同样可以进入到神圣的文学创作之中，因为它们共同拥有一种诗性的灵光闪现着，共同昭示着尘世的爱与感动。很显然，她们的物质是被神化、诗化的物质，而不仅仅只是物质本身了。这与以往的以革命与英雄的名义建构起的意识形态审美化，或者是冲淡中和的道德自律不同，它直接联系着对于物质的快感体验和面向自我的私感觉。

就深度审美化来说，生活的终极意义不是物质或情调，而是某种审美化的精神，是海德格尔意义上的"诗意栖居"。斯妤在《冥想黄昏》中冥想的是日常生活的终极价值。对于她来说，没有思想就意味着妥协和堕落，只有在思想指引下的生活才是审美的生活，才是值得经历和书写的生活。深度审美化尽管依然关注日常生活，但是女性叙述主体无处不在的焦虑、失望、悲恸告诉我们，日常生活只是一种通向某种超验世界的过渡场所，它是此岸的风景，而诗性最终往往与彼岸的神性相通。从根本上说，深度审美化拒绝表层的日常生活，而要在此生活之上建构一种梦想世界。在这里语言成为通达这个世界的方式。也就是说，生活本身并不诗意，诗意的只是言说，因而最终人只能在语言中诗意的生活。也正是因为这样，散文成为女性诗意栖居的审美寄托。

再次，透视审美与女性日常经验的矛盾。女性在现实中的多重身份，使写作与日常生活形成对峙，因而便出现了"执笔之手"与"执佣之手"的矛盾。苏叶在《女人的天地》中说："淹没在油盐中，忍着心把许多精神的需求与愿望掐死。"生活的审美化与原生态的生活本身出现了某种断裂，这种断裂使女性看到了诗性梦想的不堪一击。她在诗性与反诗性之中徘徊，最后陷入一种失控状态——人面对生活的无能为力感，便是一种失控。这种失控的对象不是外面的世界，也不是自己，它发生在当自我与世界接触的时刻，是一种日常状态下的恒久的消磨。正是自我与世界的这种长久的对峙和最终不得不做的妥协，使女性遭遇了她自身理想状态与现实境遇之间的尴尬。审美生活注定只能成为遥远的记忆，成为女性存在状态的一种反讽。将生活实践态度加以审美化，虽然并没有使女性散文家走向行为艺术的极端，但是她们依然面临着不能承受的诗性之重。

第二节 "母亲神话"与"母性关怀"

母亲、母性、生育等话题是女性散文经常涉及的主题。九十岁的冰心在《我的一天》中回忆的仍然是母亲以及母亲给予的教育，快一个世纪的生命的消耗最终也没有磨灭母爱的光辉。几乎每一个女作家笔下都有母亲的登场，即使是那些新生代的女性散文作者也是这样，黑孩的《一路平安》、冯秋子的《额嬷》、简媜的《母者》等等。母性／母亲成为女性文学跨越时空的经典话题。

女性一直就是父权社会的广义的女儿，她以一种精神上的未成年人身份而成为被规训的对象，而父权则建立了一种强健而长久的父亲形象。在这种父亲形象的暗示下，女性只能是被动的存在。直到"五四"时期，这种被动身份有了一次裂变。知识女性对于"父之家"的逃离，"不自由，毋宁死"的决绝姿态，都使她们能够获得一种主动的视角，从而冷静地审视高门深院中的母亲的命运。也正是在这里，母亲开始作为一种叙述对象进入到女作家的审美视域中，并承担不同的文化属性。母亲首先是一种宗教力量，冰心的"爱的哲学"事实上就是"母爱的宗教"。母亲是宗教的化身，是一种让人思悔悟的力量，也是女作家们忏悔的倾听者。母亲成为与上帝一体的爱的象征，或者说，母爱成为上帝在人间的代言。正如石评梅在《母亲》中所记叙的母亲的话一样："你是我的女儿，同时你也是上帝的女儿。"虽然离开故乡，但是母爱作为一种标尺，却时刻警戒她不要走太远，因而新女性们往往无法真正走出传统的生活惰力。以母亲为象征的宗教性的关怀和爱正是石评梅们的道德家园，它是与传统农耕社会相连的温暖记忆，但同时也带来了心灵上的种种羁绊——新女性们走出家园，却永远也走不出母亲心灵的广场，无论是冰心还是石评梅、苏雪林，母亲往往成为一种"凝视"的目光，使她们即使离开家也不会离开母性的伦理规范。这也正像宗教的惩戒力量一样。

对于女作家来说，母亲不仅仅只是一种客体对象，母亲同时还是她自己的性别角色。她的躯体和精神同时孕育于母性之中，并因为"成为母亲"而重生自己。因而女性赋予母性以神圣的意义——"世界的本质就是母性，"（李蔚红《双重的日子》）"人可以超越自我，超越爱情，甚至超越生命，但很难做到超越'母爱'。"（王英琦《被造成的女人》）在女性散文中关于母亲的书写分为两种：一种是母亲作为客体，即以一种女儿身份来叙述母亲；另一种是母亲作为主体，这是自我"成为母亲"的过程。前者表现的是母女之间的一种永恒的母爱话题，而后者则由生育问题联系到了关于身体的诗学以及女性作为母亲的心理体验。

女作家对母性主题的书写，直接而有效地消解了父权社会延续几千年的"母亲神话"——这一神话的根本在于通过将母性、母爱神圣化，而泯灭女性作为人的完整性，从而将女性抽离成母性，使之成为忍耐、奉献的代名词。事实上，母性是一个非常复杂的概念，它不仅是一种母亲性质，也是"父权制所提倡的'母性主义（motherism）'的具体对象"，[1]它包括生理范畴的母亲性质与社会范畴的母亲性质，对母性的研究表明："母性不仅仅是'天然的'母亲属性，而是包括在不同的社会、文化、历史的条件下产生的、不同性质的'社会的'母亲属性，置身社会、文化、历史环境的父权制对母性的解释以及对母性的造就，直接影响到母亲的形象和母亲的性别角色分担的逻辑理论以及母亲的价值本位的确定。"[2]女性写作要还原女性作为人的多重属性，那么就必须重新建构一种"母性关怀"，它应该是以女性自身的生命体验为根本，以自由精神与平等意识为旨向，并由此升华为对于人类的终极关爱与理性思考。

在女性散文中关于对象化母亲的描述大多是基于母爱这一主题之上，这与女性小说不同。很多女性小说尤其是到了新时期之后，残雪、铁凝等

---

① 卢升淑［韩国］：《中国现当代女性文学与母性》，参见《中国女性文化》，荒林、王红旗主编，知识出版社 2000 年，第 169 页。

② 卢升淑［韩国］：《中国现当代女性文学与母性》，参见《中国女性文化》，荒林、王红旗主编，知识出版社 2000 年，第 169 页。

人对于母亲的审视更加客观，也揭露出了母亲身上的种种盲目性——被父权秩序异化的母亲成为女儿的对立者，也成为她自身欲望的异己者。但是在散文中，因为女作家记叙的往往是自己的母亲，这使得她的视角更多地被亲情局囿，而不可能上升为对于母亲/母性的更加客观的解析，因而其批判力量并没有小说中那么深刻。但是女性散文往往群体性地反映了这样一种母性状态：母亲一生隐忍，妥协，无助，毫无保留地奉献自己，但是母亲并不幸福。或者说母亲的幸福感建立在儿女和丈夫身上，她自身无法成为自己幸福的源泉。对于母亲命运的这种描绘让人深省：为什么幸福与母亲成为陌路？为什么母性总是成为自我牺牲的代名词？母亲作为独立个体的生命价值在哪里？父权创造的关于母亲的伟大神话又在多大程度上压制了母亲作为一个人的正常欲望？尽管女性散文关于这些问题没有明确的解释，但是"以母亲的名义"对这世界的两性秩序以及女性生存状态的反映却是具有启示意义的。

对于母亲命运以及母性的人类意义的认识最终将始于女性自身"成为母亲"的那一刻。"成为母亲"是女性在精神与肉体上的一次双重的分娩，当肉体在疼痛中迎来新的生命，女性精神也在一种"类分娩"的巨变中重新发现自己——一个经过了涅槃后的自己。王英琦在《被造成的女人》中说："儿子的命是我给的，我成为一个母亲角色，却是儿子给的，儿子诞生了我。"对于女性来说，生育是一种双向的诞生——它不仅是使婴儿诞生，也是在诞生一个自己。女性充分认识到了生育正是自己的一种成长过程，通过对于生育——成为母亲的描述，女性又一次完成了性别自我的"成长主题"。藉由成为母亲，女性看到了她以往没有看到的世界，也使自己的散文创作呈现了新的样貌。

生育首先使女性认识到了某种关于身体的政治存在。身体的历史除了它的自然的历史外，还反衬出社会政治的历史。福柯说："肉体也直接卷入某种政治领域；权力关系直接控制它，干预它，给它打上标记，训练它，折磨它，强迫它完成某些任务，表现某些仪式和发出某些信号。这种对肉体的政治干预，按照一种复杂的交互关系，与对肉体的经济使用紧密相连；肉体基本上是作为一种生产力而受到权力和支配关系的干预；但是另一方面只有在它被某种征服体制所控制时，它才可能形成为一种劳动力；只有肉体既具有生产力又被驯服时，它才变成一种有用的力量。"① 由此可见，身体的政治干预与它的经济效用之间有密切关系。身体既是政治统治的对象，又是一种生产力。为了更好地控制身体，就应该借助于对它灵魂的控制。父权作为一种性别政治，它具有对女性身体的控制权，并通过思想控制来强化这种统治。它规定了女性身体的社会意义，即生育，这是女性身体的生产力与创造力的最高荣誉，除此之外，她无法创造性地实现她身体的社会价值。被驯服的肉体是一种标志，即女性已经成为肉体政治的控制对象。如果这种政治认为女性身体本身就是一种罪恶，而生育更是不可以言说的，那么女性自身关于身体的言说自然也是不被允许的。因而一个女人在成为母亲的生理过程中到底遭遇了什么？她身体的疼痛与心灵的感受是怎么样的？所有这些只能是一种秘密。这是悖谬的逻辑：尽管成为母亲是一件崇高的事，但是与此相关的身体感受却是低俗的。而在当代女性作家这里，生育不再是言说禁区，很显然，如果她想要通过散文来铭记自我的成长史和心灵史，那么她永远无法回避她身体的那场劫难，正视这一问题正是正视女性性别本身，也是正视自我的生存状态。

---

① 米歇尔·福柯：《规训与惩罚——监狱的诞生》，刘北成、杨远婴译，生活·读书·新知三联书店 1999 年，第 27 页。

女性生育被视为有着传宗接代的重大人类价值的行为，她会影响到社会的稳定和种族的繁荣，由此可见生育在这里是被崇高化与社会化的事件。但是从根本上说崇高化只是一种表层的认同和赞美，它远离女性身体与灵魂的实际感受。社会化只是使生育变成人口策略的一种解释或例证，这并没有解决女性生育过程中的从物质条件到精神安慰的许多不健全、不周到的地方。最终生育的象征化和神圣化只是使生育变得非人道化，使人们更注重生育这件事情的结果，而不是过程，更关注生育的象征意味而不是它与身体疼痛和灵魂受难相关的具体的女性经验。正是从这一意义上来看，女性散文大量涉及的生育场景与个体感受，也是对生育社会话语的一种反拨。

女性散文将生育放在社会伦理关怀的层面进行反思。身体的感受不仅仅来自于身体，它也来自于别人对自己身体的某种评断。女性散文揭示了在生育过程中，自己所受到的非人道的遭遇。她格外敏感地注意到了每一道眼神所投放出的隐喻和象征——在医生的眼中，她作为物的存在及由此而来的羞耻感，尤其是在更被歧视的流产过程中。叶梦在《追究快乐》中说道："在操作者的眼里，被操作者都是物，职业会使她们在这个狭小的空间里享有一种精神的特权。她们有权操作你的肉体，自然有权讥笑你的呼喊。"在一个生命不断被客体化的生存环境中，生育本身便是一种客体化的行为，即使面对一个女医生或者女护士，那种将心比心的感同身受的同情都少之又少。因为女性带来了原罪，制造了承受苦难的生命——这是将生育作为疾病，将产妇作为患者的必然会产生的想法。

女性全面反思了生育过程中的许多不人道的事情，包括人为的和制度上的，感情伦理上的和机制规训上的。这种通过生育来观照社会的视角是女性独有的视域，也是女性成长成熟过程中的来自身体的启示。由身体的启示而上升到对于社会人生以及生命自身的思考，这也是对身体进行反思的必然结果。冯秋子的《婴儿诞生》便是一部关于生育的史诗般的散文。与我们以往见到的史诗性作品不同的是：这是一部女性"史诗"。它以生育作为线索而串联起女性谱系，从外婆到母亲、婆婆到自己，生生不息的母性精神成为化育万物的源泉。同样是在这种母性精神的烛照下，世间一切都变得明晰起来：生命自身的偶然和脆弱，女性在生死一线间的挣扎，以及她在瞬间所顿悟的生命真谛。要经过多少血腥和苦难，人才能终于明白生命——仅仅是生命本身，便是有价值的存在。

在散文中，女作家们反复提到了"成为母亲"对于自身创作的影响。首先出现的是与身体感受一起而来的新奇与诗性。很多女性散文家都写过"育儿日志"式的散文，她们记录下了孕育生命时，一个母亲的灵感怎样使她回归古典情结，使她充满了诗情画意的美丽想象——"身体上的变化，使无穷想象和感觉蜂拥而来，这时候，她是一个最不切实际的人，她是一个古典诗人。"（周佩红《"古典诗人"》）但是古典诗人的阶段没有持续多久，她很快看到事实的真相——"那因为多了一个婴儿而更加忙乱而琐碎的生活真相，就会以其生硬和灰暗的面目，对她那不堪一击的诗情宣战。"（周佩红《"古典诗人"》）由此，写作开始与母亲身份发生冲突，女性不得不在其中做出选择。周佩红在自己的散文集《亲密关系》中书写了一个女人成为母亲的过程——从孕育生命时诗情画意的美丽想象到后来孩子诞生后生活的琐碎、灰暗。作为一个女性作家，周佩红并没有只是简单礼赞生命和母爱，她同样写了这过程中的种种艰辛，并由此过渡到对于人类关系的思考："我写了一对母子间的关系。这种关系几乎就是人类间关系的起点与基点。而它同样是复杂的，不仅仅是温情脉脉。"只有一个做了母亲并深刻反思母亲本质的人，才会洞悉母子关系和其他复杂的人类关系一样，不仅仅是单维度的爱和善，还有在此基础之上生发的诸多负面情感和情绪。

王英琦记叙了一个女性因为"成为母亲"而被塑造的过程。"打从儿子入世后，我便不是我了。"（王英琦《被造成的女人》）她的创造性、她的才华与作为一个母亲的义务是怎样冲突着，而她最终又是怎样放弃了自己的创造力，承认自己是被"造成"的女人。女性想要找回自己的愿望，天然地带有了原罪的色彩。孩子与自我的矛盾就是被世人读解为母爱与自私、家庭与事业之间的矛盾。一个写作着的女人被一种愧疚心理牵绊——她要么愧疚于自己，要么愧疚于孩子。这使女性开始反思母亲身份与女性的创造力之间的关联。为什么精神的创造力会被身体的创造压制？为什么母爱成为放弃的开始？这种置疑使母亲/母爱本身的神圣光圈被淡化，它不再是高度象征化的伟大情感，而成为女性生命中的实实在在的体验，是伴随着矛盾、厌倦、失望而来的一种责任感。天然的母性在这里受到挑战，传统社会以牺牲、奉献为名目塑造的母性神话，成为压制女性创造力的因素，这使女性写作不得不反思母性中"被赋予""被造就"的成分，母性中的社会性与自然性对于女性的不同影响，以及母性、女人性、人性之间的对立和妥协。

"成为母亲"对于女性散文的写作有着至关重要的影响，这不仅仅体现在上文所说的对于母亲身份与责任的反思，还表现在女性散文家的文体特征上。相对小说来说，散文篇幅短小，灵活自由，贴近创作主体的生活体验，因而它能够更迅疾更敏感地反映出作者思想的变化。当一个女性将"成为母亲"视为自己的一次"诞生"，那么这种重大的生活事件不可能不对她的创作产生影响，很多女性散文家的叙述方式、写作风格因为"成为母亲"而有了转变。原本经常出现在散文中的朦胧的回忆，浪漫的情调，荒诞或者焦虑的心态，晦涩的文字，关于人生终极意义的询问等等，被亲子之情特有的透明、朴实、挚诚代替，原本的饱经沧桑的成人视角，也融入了某种赤子情怀。她们的世界打开了另一扇窗——以一个儿童的视野看世界，同时又在以一个成人的目光打量塑造着自己的孩子。成人世界、儿童世界的种种形成对比，人类原始形态与文明形态的种种互相交错。"成为母亲"使女性的叙述声音变得坦率、平实、细致，许多女作家的散文都有这种特征：凡是涉及孩子，涉及作为一个母亲的爱与责任，她们的文字便会千篇一律地温馨平和起来，她们的视角也更具有包容力，更容易让人感到亲近。就这一意义来看，母亲身份造就了女性散文"母性文体"的特征。斯妤的《手房子》便是关于亲子散文的结集。在这部散文集中我们看到的是一个与创作"荒诞系列"、《心灵的形式》等散文完全不同的斯妤。母亲斯妤沉浸在生命诞生的喜悦中，她不再借助意象、梦魇等方式来表达自己，她的文字回到了简单朴实的层面，日常生活而不是心灵生活成为斯妤的表述对象。

斯妤首先揭示的是生命本身给予一个母亲的感动和希望，这种希望在文本中换化成某种明朗快乐的节奏。对于斯妤而言，儿子的出生与成长，一定程度上改变了她的人生观，她看到了原本令人窒息的生活中的希望，也看到人类童年的纯朴、美好。正因为如此，斯妤的很多"亲子散文"有着令人难忘的温馨与明快。从更宽泛的意义上来说，母性并不一定跟随母亲这个身份而来，对于很多女性来说，母性内嵌于她自己的天性之中，并因为某些特殊时刻被激发。女性通过母性的目光看到的世界耐人寻味。她更容易捕捉到成长的主题，同时将孩童的成长与自我的成长对应起来进行观照。

前文已有论及，一个女性散文家很难逃开自己的日常生活，但是对于斯好而言，日常生活是在儿子出生后才在她的写作中出场的。在这之前，她关注的始终是灵魂的深处场域，她思索的是人的终极问题。但是在《手房子》中，以前的抽象的哲学审美思考，被儿童的纯真与赤诚牵引，斯好凝视世界的目光变得温和柔美，她的叙述展示了一种新生活的可能性。但是，这种可能性最终会成为现实吗？或者"成为母亲"会使一个作家完全改变她的写作风格吗？会在最终极的意义上拯救一个受难般的灵魂吗？作为一个始终停留在自我内心战争中的作家，斯好并没有完全放弃她的形而上追问，于是我们也感到了两种声音、两种形式之间的交错和矛盾——那是在沉溺于温情脉脉的世俗生活与寻找理想超越的写作体验之间的矛盾，《冥想黄昏》《除夕》便是这样的作品。灵魂的挣扎已经预示了"母性拯救"对于写作着的女性来说是虚妄的。

在描述自己"成为母亲"的过程中，女作家也揭示了伴随而来的很多社会问题。一个母亲不仅看到爱与烦冗的日常，还看到了围绕着生育以及教育出现的重大问题。池莉的两部与女儿相关的长篇散文《怎么爱你也不够》和《来吧，孩子》，以持久的热情描述日常生活的琐碎和艰难，并对现实问题提出质疑。《怎么爱你也不够》是写自己从孕育到抚育孩子的过程，其间作为年轻的全无经验的母亲，她经历了很多难关。如为了能够改善居住环境分到房子，她去给领导送礼，却又因为不会送礼而郁闷不已。中国知识分子的性格和人格在这里都有诠释。散文揭示了日常生活中各种制度程序中的荒谬之处，以及它带来的生存的烦恼和失望。虽然是一本写给女儿的书，但散文也描写了作者本人的成长，她和女儿互为师友的人生历程。《来吧，孩子》写的是孩子受教育的过程，除了伟大的母爱，散文也提示我们，现有的教育机制中的种种问题。女性作者会因为"成为母亲"而在散文叙述中多了温柔暖爱的部分，也会因为"成为母亲"而看到生活中反常识的一面，以及人们如何在错误的认知中消耗精力。母性关怀天然地包含对常识性问题的辨析能力以及对社会人生的问题意识。

第三节　爱情乌托邦与性别想象

玛格丽特·杜拉说，没有爱情，就没有文学。在爱情存在的地方就有意义的生成，就有人的灵感与创造力。对于女性写作来说，爱情主题某种意义上就是根本的主题，它支撑起女性叙事的话语空间，如果抽离爱情主题那么也就从根本上抽离了女性生命。女性散文也是这样。在这里，本文将分析爱情对于女性以及女性写作来说到底在哪些层面上具有意义？女性散文中的爱情主题的具体功能是什么？

一、爱情主题的象喻功能

我们从女作家的爱情观中可以看到整个社会文化的具体而微的展现。"五四"时期的女作家把爱情视为生死大事。"不自由，毋宁死"，这自由便包括爱的自由。在这里爱情就等同于一场自由主义的革命。换句话说，爱情在完全私人性质这一点上，与早期的民主革命尊重个人，倡导个性解放不谋而合，因而这里便有了个人话语与政治话语的同构。对于女性来说，这甚至于就是可以置换的两组话语——"私人性"等同于"公共性"，爱情自由就是社会自由，就是生命自由。也就是说，女作家们相信在一个爱情婚姻自由的时代，必然也就是生命自由的时代。而自由的爱情就是唯美的爱情、纯粹的爱情。即使是说人生如戏，并声称自己要游戏人间的庐隐，也将爱情神圣化，她说"恋爱不是游戏"，"恋爱是人类生活的中心"。（庐隐《恋爱不是游戏》）尽管最终，唯美的爱情并没有在社会巨变中找到位置，但是将爱情作为一种追求自由的革命行为，这是"五四"女作家的爱情观。

如果说"五四"时期，对于女性来说是一个"革命爱情化"的时代，那么到了上世纪三四十年代，爱情再次与革命联系在一起，但是它的形态却是"爱情革命化"。在这里不存在所谓的置换，而是一种附加的关系。革命是那个时代最堂皇的公共话语，爱情只有融入到革命中才具有话语表述意义。对于想要进入父性象征秩序的女性来说，往往会选择放弃自我与恋爱的私人空间，投入到集体的大世界中去，早期的谢冰莹、冯铿、延安时代的丁玲、草明等等都是这样的作家。当然这一时期也有人不愿意加入到公共话语的合唱中，她们仍然企图建构一种边缘秩序，即通过极端个人性的生存空间的描述，来间接地抵达时代的共同主题。张爱玲的《烬余录》讲的是在香港被轰炸的情况下饮食男女的故事。人们在兵荒马乱中寻找食物和脆弱的爱情，寻找和这个世界正常状态的一点点的联系，而正是这种联系在张爱玲看来才是人生的常态，才是可以永恒的人间法则。爱情在张爱玲、苏青那里始终是世俗人生、饮食男女的最基本的欲求所在，无论是乱世还是盛世，无论是革命还是和平，爱情都有着它存在和被表述的合法性。

上个世纪五六十年代，已经很难看到爱情在女性散文中的出场，在这里革命话语已经完全替代个人话语，或者说革命已经成为人们的显意识中无法超越的规诫，而爱情则是这种规诫中的第一禁忌。个人生活的完全公共化的结果，就是让组织生活代替爱情生活，就是依照道德的净化和升华来对待个人的情感和欲望。尤其是在散文中，私人生活更是话语的禁区。

新时期在巨大的时代变革下，女性的爱情观念也受到冲击。在小说领域，由《爱的权利》(张抗抗)到《爱，是不能忘记的》(张洁)到"三恋"(王安忆)再到《不谈爱情》(池莉)，爱情由人性书写禁区回复到神圣的精神之爱，再到对一度荒芜了的性爱的表述，而在池莉那里，爱情不再是某一形而上的理念，或如王安忆那样让爱情承载生命本体状态的阐释，池莉在文本中庄严宣告：我一生的努力就是要揭穿爱情这一谎言(《绿水长流》)。上一个世纪末七〇八〇后女作家群的出场则预示着历史性话语的终结，性脱离了它的爱情深度的基础，一切都是现场表演——一种充斥着躁动与残酷的青春场景与一个远离中心的情色狂欢年代。在七〇后、八〇后女作家那里，爱情成为一种行为方式，是生活的酷体验，是欲望的外延，也是自己表演给自己看的人生大戏。它不再是"五四"时期女性的神圣纲领，而是人间的现实享受——是"痛并快乐着"的生活进行时。

而在散文领域，女性的爱情观念相对来说仍是比较温和的。

首先进入到我们视野的是上世纪八十年代初那些与个人成长和自我实现息息相关的爱情理想。这里既有"五四"时期对爱情的激情礼赞，也有冷静的反思，是一个矫情与真诚并融的时代。曹明华的《更为富有的一刻》就是如此，它透视出上世纪八十年代初期的理想主义，以及女性散文在理想人格下的对于爱情的精神化的呈现。

上世纪九十年代，女性散文再次进入到个人生存的维度中，被附加在生活以及爱情之上的各种光环隐退，爱情成为爱情本身。爱情就是生命的需要，是人与人的一种自然联系，而不是一种社会化的象征。女作家元元在散文中记叙了一个爱憎分明、快意恩仇的女子追求爱情时的真诚坦率。《好大的雨》以雨为线索写与男友从相爱、离别到分手的过程。散文中的"雨"跟随作者的叙述节奏与情绪时停时降、时大时小。另一篇散文《我是你爱人》，也是写当年与男友相恋与分手的故事。女主人公为了寻找理想中的爱情而放弃了就在身边的幸福，正如"青鸟"的故事一样。然而一切都无法挽回，面对生活，"我们都是失败的人"，但是却常常不知道"是谁打败了我们"？女性开始从爱情本体论的角度来讨论爱情，来反思生活。爱情理想与现实的交融，拯救与破灭的重叠，这些都是女性散文切入爱情的一种主体姿态。张晓风的《一个女人的爱情观》和斯妤的《爱情神话》，作为一种互文性的散文文本，正是就爱情的本质属性来进行讨论，它们共同揭示了爱情在女性散文中的指涉功能。

二、爱情作为一种"宗教"理想

当被问及"布恩迪亚家族的孤独感源于何处"时，马尔克斯说："是因为他们不懂爱情。"[1] 在作者本人看来，爱情成为《百年孤独》的终极解释，至于宗教、民族的巨型话语倒在其次。尽管在现实生活中，我们常常冷漠而无情，但是在内心深处，我们总是积重难返地为自己搭建梦想的舞台，在那里，唯有爱情可以肆无忌惮地上演。爱情使人产生一种超越现实的想象力量。尽管文本中的虚拟世界与现实世界的爱情往往是两回事，但是从"五四"女性开始，以爱情来承担某种世俗救赎的传统就已经开始了。白薇笔下的爱情就被赋予了一种典型的拯救功能："啊，救救我，我所爱的人！""爱情能救活女人的精神。"（白薇《昨夜》）韩春旭在《自身的奖赏》中引用雨果的话来表达爱的纯粹和博大："我爱你，就是因为我爱你。""爱

---

① 加西亚·马尔克斯：《番石榴飘香》，参见《"冰山理论"：对话与潜对话——外国名作家论现代小说艺术》（下册），崔道怡译，工人出版社出版1987年，第716页。

……它就是整个的上帝。"毕淑敏在《听从我心》中说:"爱情是一种教育,最好你去信,不要去想,一想,破绽便多了。"韩小蕙在《为你祝福》中写一个女人是怎样向心中的爱神匍匐叩拜,长跪不起。女人成为情天爱海里的"西西福斯",爱情宗教下的苦行僧。女性散文中随处可见这种对于爱情的"彼岸性"的寻觅和想象。

而以上种种,自由、纯粹、广博、救赎、不可证的玄妙……如果用一种精神现象来置换爱情,那么便只有宗教了。女性散文呈现的正是这种精神取向:爱情是女性的宗教信仰。

我们看到女性散文中建构了一种爱情精神化的理想空间,这与女性小说截然不同,小说中的爱情往往要与身体的欲望结合。一个好的小说家总是能够找到一种独特的描写性爱的话语方式。在小说中爱情的自由是与身体的自由等同的,所谓的"身体写作"是建立在这样一种性别权力机制之上:父权建立了一种关于身体的政治,通过对于精神控制从而控制人的身体,肉体被置于灵魂的监狱之中,被无所不在地监视着。对于女性身体的控制就是对她精神的控制,因而解放身体就是解放过去一直压制身体的灵魂,就是颠覆统治身体的意识形态,就是在重新认识身体的过程中,消解操控身体的权力,找到回归自由的可能。基于此,女性小说中出现了大量的身体叙事,甚至于出现了性话语泛滥的趋向。相比之下,散文则是"净土"。

与小说的性爱主题相比,散文的爱情主题是纯之又纯的。性话语的缺席本身是由散文文体的自传性、亲历性决定的。性爱的隐秘性与散文的真实性有着很大的抵触,在小说中出现的即使是作者本人的隐私也往往会有文体本身的虚构性作为掩护,但是散文是无遮掩的,少有人敢在这种话语场域中公布个人隐私。正是基于此,身体叙事在女性散文中主要转化成身体的生育问题，在修辞上则转换成一种隐语。叶梦的"创造系列"便是这样的文本，大量的象征、比喻手法正是为了表达身体快感经验。铁凝的《河之女》中说："一河石头，一河女人。"以石头来象喻女人，象征着某种曾经鲜活而今却已经凝固的自由生命。"河里没规矩"，没规矩的是女人的青春和躯体在河中的绽放，是她们年轻时的"疯"。女性的躯体的禁忌在一个特定时空被解除，但无论是青春还是河流最终都会干涸，身体的快乐自由只是一场回忆。韩小蕙的《欢喜佛境界》也涉及性别与身体的问题，但是最终仍然是回到了女性情爱追求的精神化的层面上来——欢喜佛的境界就是爱的大美的境界，是灵与欲的完美结合。事实上，在很多女性作品中，真善美已经被置换为"真爱美"，爱情作为一种判断人情事态的标准，取代了道德判断，爱的可能决定了道德选择的取向，爱的境界取代了善的境界。但是身体的极致的欢喜里总是有着极致的悲哀，欢喜佛的境界里就有一种因人类现实的难以企及而显现的忧伤。

爱情还是精神本身，性话语没有在散文中泛滥，这是散文的幸。但是作为现代文学主题中的一种具有辐射性的意义生成空间，性话语提供的更富有深度和广度的社会文化价值的启示，在散文中是看不见的，这是散文的"不幸"。消解了父性权威之后，女性知识分子们渴望建立多元化认知与非道德性判断，因为两性问题不能只是"解构"，还要有基于现实生活和认知之上的新的"建构"。

女性散文建构了一种神圣爱情，但同时又不得不面对现实经验中的悖论。女性的爱情假设是一种唯美的推理：如此广阔的世界总是引人遐想，让人认为在遥远的某个地方有某一个人存在，他支撑起彼岸世界的爱和真理。这种假设毫无疑问经不起实践的检验，也正因为如此，爱情的纯粹精神性必然要在现实面前被击碎。黑孩在《流自谁流向哪里的第一滴血》中说："爱情与活生生的具体的人原来竟是一个悖论。"爱情这个概念的理想形态与现实并不相符。女性散文的情爱主题在这里出现了自我消解的现象。爱情作为一种宗教与现实的冲突成为女性文本理想主义滑落的开始。白薇的"喜"和"狂"最后变成一种惨烈——宗教般的热情给白薇带来的只是忏悔与悲凉。女性主体细腻的情感在一种粗糙而又严苛的世界里，注定要夭折。结论是爱情只是一种关于遭遇的想象，是历史赋予人类的最伟大的幻觉之一。而女性不得不在低矮的天空下，思考"飞翔"的可能性。正是在这种思考中，她们的性别观念又有了新的取向。

三、性别置换与想象

二十世纪，西学东渐，民智觉醒。中国社会的伦理价值观念有了很大的转变，尤其是在八十年代后的几十年中，文学以及文学外的社会语境都不断地被新的价值判断冲击着，但是在对待女性问题上，保守与传统的态度依然是被认同的。贤妻良母，永远是女人的"理想样板"——女人世袭的最高境界。女性身份与性别角色的这种被动性，使很多女性知识分子认识到："女人命定地只能居家过日子，"于是便有了对于女性身份的否定："我真渴望像男人那样潇洒地活一回。真渴望活得没有家累没有牵挂，灵肉并重，家庭事业两不误。"（王英琦《家累》）在关于性别的这种假设中，很多女性都表达了想要做男人的愿望。很多女人都想象过来生是做男人还是女人，或者说如果有机会选择，是选择做男人或女人。这是一种关于性别可能的提问。很奇怪，这样一个问题更经常地被提问给女性，即使没有人提问，女性自己也会给自己一个假设。事实上，就被提问的对象来看，问题本身并不具有普遍性，也就是说这是一个具有性别属性的"伪命题"。

女人会因为对自己的家庭角色或社会角色不满而羡慕男人，渴望性别置换。但是关于性别的问题，几乎在每一个女孩的成长过程中，都曾经假设过如果自己是男孩多好。程翳眉在《快乐年代》中回忆一个女孩的成长过程，从无性别意识的童年，到性别意识开始萌发知道了"我是女的"，然后开始羡慕男孩，为自己是一个女孩而难过。可是"后来我发现不仅仅是我一个人，许多女孩子都曾经为自己不是男孩子而感到难过——在我们还不知道男人与女人为何物的时候"！也就是说，几乎在性别意识萌发之初，女孩们就开始希望进行性别的置换，虽然她们还没有开始承担妻子、母亲这样的性别角色。再后来，当女孩长大，性器官发育成熟，而疾病也随之出现。程翳眉在《女人的旗帜》中写一群患了妇科病的女人：她们的抱怨，委屈，对丈夫的歉意。于是她们开始在想象域中进行性别选择：如果有来世，做男人还是做女人？在散文中，女性在进行选择时心态是复杂的，她们不想做女人，因为害怕妇科的病痛，害怕生育以及生理周期的折磨，但是她们也并不想做男人，因为仍然眷恋着女性生命独有的美。女性在疾病中开始了性别的想象，但是很显然救赎的方式其实并不是成为男性，而是一种充分考虑到性别差异的富有人道关怀的社会伦理。在这种新的社会风气下，女性生殖生育系统的疾病不是无法言说的羞耻之事，生了妇科病也不是犯错，不必对别人愧疚。妇女解放，更难的是文化心理层面的解放；不做性别的奴隶，更重要的是要敢于面对不做奴隶的自己，并寻找一切契机让自己变得独立而强大。

人们通常是在对于现实经验不满时才会激发出想象经验，而女性对现实的不满，往往不是直接指向社会的本质性问题，而是转向对自己性别身份的不满。也就是说，这个社会并不是不自由，并不是不平等，它的自由和平等是有选择性地给了某一部分人，而女性不在其中。那么由此而来的直接的诉求便是让自己成为这一部分人。女性关于性别归属的想象透露出她对现存性别秩序的反思。韩小蕙在《不喜欢做女人》讲到女性在成长过程中，是怎样被规诫与塑造成两性秩序中的弱者，并在为人母后，又怎样把这种性别观念传输给自己的女儿。与大多数母亲不同的是，韩小蕙始终以审视的目光来反思自己的行为，并忠实地表述了自己在被规诫过程中的愤怒与反叛，以及在规诫女儿过程中的不忍与自责。基于平等和自由的人性自觉，韩小蕙希望女人更像女人，男人更像男人，唯其如此才有真诚与自尊，才有更合理的两性社会与人类未来。

除了在主题层面的对于性别置换的假想之外，我们也在散文的叙述方式中发现了性别在文本中的置换。冰心以"男士"为笔名写女人，这是一种性别身份的置换、乔装，符合现代社会两性相"看"，即"凝视"的性别转化原理。看与被看之间存在着某种性别机制，事实上，只要甲乙形成对应关系，他们就会有凝视关系。这种注视不是单方面的，而是互相的，即使在双方有着悬殊的权力身份差异的时候，凝视机制也是存在的。但是无可否认，强势一方的凝视更有塑造功能，更具有主动性，相对来说，对方的遮掩更少，而权威者则往往能够通过机制的掩护来保持自己的神秘感。弱势一方的"反注视"因为没有某种实施机制作为保障，因而也就没有那么强大的力量。所以当冰心以男性身份看女性，必然会使自己的文章更有权威性，更容易被关注。铁凝的《河里的石头》的叙述者也是男性，和冰心的"男士"一样，男性视角的设立都是为了在两性的互看中突出女性的美，并使这种美在性别对视中得以展现，从而也增强了女性美的说服力。

第三节　一种乡愁的多维空间

乡愁是散文的常见主题。所谓乡愁，是指人们思念故乡的忧愁的心绪。它是人类普遍而永恒的情感。在某些特定氛围下，乡愁会演化成一种思乡病，类同于相思病，人会沉浸在这种情绪中不能自拔，从而引发心理和生理的病态反应。既然乡愁是人类情感中如此广泛而强烈的存在，那么关于故乡、怀乡、寻找家园的主题在散文中自然便有鲜明和直接的体现。唐敏在《不留情》中说："散文不同于其他的文体，它是生养人的土地在文学上的延续。它的核心是作者心中的故乡。散文几乎不能虚构，是表现作者情感中最真切动情的经历。习惯上讲，散文不是编选的。散文是故乡的山水、母亲的白发、亲朋的聚散，是爱人和小孩的身影。"[1]散文中的乡愁并非只是局限于籍贯或者出生地意义上的故乡，它同时也是灵魂的漂泊和皈依。一个作家的乡愁所在，便构成了他文本的文化场景和语境。乡愁既是自我向外的凝视，又是理性的自我审视。散文中不断出现的故乡的意象并不完全是实在意义上的故乡，周作人的故乡是他的文化乡愁的缩影，冲淡、平和、隐遁的思想与他书写故乡的视角重合，我们看到的江南水乡也是周作人的心灵的故乡。乡愁往往构成与城市对应的乡村的文化形态——田园诗，风俗景物记，中国人延续了几千年的落叶归根的思想，"月是故乡明"的依恋和赞美，道家文化张扬的"天地精神"，所有这些都是

---

[1]　唐敏：《不留情》，参见《青春缘》，群众出版社 1994 年，第 177 页。

乡愁散文的流行基调。正如董桥所说："'乡愁'是对精致文化传统的留恋，虽有新意，读来总嫌似曾相识，可见此情此思代代都有，好比影印机印出的副本，直说是'乡愁影印'。"[①]这种精致文化就是中国几千年的文人传统，是在远离故乡后的一种精神想象和皈依，是入世文人的隐遁的梦想。大量的关于童年和乡土的记忆往往就是关于回归纯真与完整的成人愿望。中国文人笔下的乡愁都有着一种相似的基调，这是他们共同的文化传统造就的。

现代以来，乡愁特有的"家国一体"的特征也突现出来，这是儒家文化与特定社会形势影响下的一种乡愁形式。"怀国思乡"是一种游子心态，是在异域文化语境下寻求一种归属感。二十世纪初最早留学海外的文人就已经开始了这种乡愁的书写。从四十年代到七十年代，在亢进的革命和火热的建设中，乡愁这样的话题鲜少被顾及，新的革命思想全方位地冲击了传统的乡土文化。在大家都想撸起袖子干革命的时代，在精神上空前具有归属感和认同感的时代，人们对现实中的家国以及精神上的故乡不太会产生愁绪。或者说即使有人产生了愁绪，也并不敢写出来，毕竟这也极有可能是杨朔所担心的"非无产阶级的情感"。当乡愁散文在大陆几乎很少见时，台湾、香港的乡愁散文却逐步繁荣起来，汉语散文的乡愁主题并没有断裂，甚至于更加引人关注。从大陆漂泊到台港，再流浪到欧美，很多人都是离乡去国的双重漂泊者，台湾文学史中"无根的一代"，其实就是在"家国一体"的乡愁中沉吟的一代。

上世纪八十年代的"寻根"成为一种文学潮流，一代人在莫名其妙的放逐中，在经过了伤痕、反思文学的出场后，开始寻找民族与个体生命的

---

① 董桥：《乡愁》，参见《乡愁的理念》，三联书店 1995 年，第 1 页。

根。广义的乡愁再次成为一种文化现象。二十世纪九十年代的乡愁主要体现在对于精神家园的寻找上。在"拟后现代"的作品中，"无家可归"成为一种宿命，因而乡愁主题开始失落，没有故乡，没有根，人注定被放逐，注定一无所有，生命在无用的热情中消耗，最后狂奔向死亡。这种面对终极意义的无力感最终演化成散文（包括小说）写作中的世俗社会的出场。以城市生活为中心的一部分女性散文回避了乡村故土，也回避了终极价值的追问，现世的欢喜成为人生的归宿，无论是乡土故乡还是文化故乡都不再激起她们浓重的惆怅、失落的愁绪。都市成为物质与心灵的暂居地。

就女性散文来说，乡愁在不同的层面上存在着，并有着性别印记。

一、祖籍故乡：父性的家

乡愁在它最基本的含义上是对于故乡（包括出生地或者祖籍地）的怀念。但是在很多女性散文中，故乡只是一种语义上的空白，它并不能构成女性的精神依托力量。在父权社会中，女性的故乡是一个令人尴尬的概念——她注定将要远离父性的家园，在父性的族谱与祖坟中都没有她的位置，而丈夫的故乡又飘渺虚无，难以进入女性关于故乡的想象之中。萧红在《失眠之夜》中写自己与三郎流亡在异地，他们一起回忆东北美好的家园，当三郎向萧红承诺他们要一起回家，他要带她去赶集，而萧红却想问："你们家对于外来的所谓'媳妇'也一样吗？"之后她便陷入到一个怀乡的"失眠之夜"中。三郎的那个有咸盐豆和驴子的故乡，对于萧红来说只是一个陌生地，这是女性关于失落的故乡的怅惘。战争不是她背井离乡的根本原因——早在战争之前，萧红就已经带着与父亲不相容的自由理念逃离了家，造成了萧红"离乡"的命运的是她作为女性本身的生存形态。离乡的萧红被宣判了永不得反归的命运，失去了父亲的故乡，而丈夫的故乡又算不得是自己的故乡，那么对一个女人而言，哪里才是她的故乡呢？

这里探讨的已经不是地理意义上的故乡了。它是对一个女性"故乡身份"的追问，是关于自我存在合法性的思考。如果说女性始终面临着对自己"身份认同"的问题，那么究竟认同于哪一种文化体系下界定的女性，是父系的，母系的，传统的还是现代的，这些都是女性"身份认同"所不得不面对的复杂的整体性矛盾。对故乡归属的思考直接对应的是女性关于自己身份的归属的反思，也正是在这里故乡成为一个空洞的词语指称，女性很难从这种指称中，找到与自己精神世界对称的家园感。关于故乡的缥缈遥远的记忆难以追踪女性精神世界的一日千里，无家不是一种矫揉造作的哲学思考，而是一种极为现实的身世，它最终带来了精神上的惶惑、不安。而对于萧红这样出走的娜拉们而言，这种惶惑就更为铭心刻骨。

即使一个女性可以永不离故土，但是就故乡的认同感来说，她依然是无家的。唐敏说："说起'故乡'，我的心先冷。中国人是按父亲的出生地来决定籍贯的。父亲又按他的父亲来算，真是源远流长。故乡对男人来说才起作用。一个女人言故乡，会让人觉得不配。女人结婚后，子女都随夫君的籍贯，女人何曾有故乡可言？"[①]这读起来似是激愤之语，但它揭示的恰恰是更令人激愤的现实——几千年来无须争论、不容置疑的现实。大概每一个女性在家谱面前都会有这样的疑问：为什么那上面没有我的名字？正如人们在镜子里首先找自己的面孔，在以名字搭建起的家族谱系中，人们习惯于首先找自己的名字，而女性关于自己性别身份的疑惑和迷茫也恰

---

① 唐敏：《不留情》，参见《青春缘》，群众出版社 1994 年，第 178 页。

恰出现在此时。张辛欣的《父亲的故乡》写的就是这件事情。"我"随父亲回故乡，看到了家谱，但那上面并没有我与妹妹的名字。后来父亲勉强将已经出嫁的妹妹的名字填入家谱，而我因为还没有出嫁，所以连被记上一笔的资格也没有。家谱将沿着兄弟们的支脉一代一代传下去，"只有我的名字谱上遍寻不见，家谱断然拒绝了我，我是尚未婚嫁的闺中之女便连提一笔的资格也没有了，我与那个家谱毫无关系。"与族系的这种断裂感事实上是女性失去故乡的被放逐感。一个女人只有进入到另一个父性家庭中，才有可能被自己的族系承认，并在家谱上被提到一笔，否则，她甚至连在故族留下名字的可能性都没有。被拒绝的女儿身份，带来的就是失落的家园归属感。象征着父性权威的家谱事实上就是父权社会历史的缩影——由男性书写的族谱和由男性书写的正史本质上是一种思维方式。女性不在这历史之中，无论是二十四史还是家族史，都和她们无关。只有在家谱或正史的边缘处、缝隙间恍然有她们的影子，因而她们的乡愁只能是一种空洞的能指，失去了家国的向涉。

但是，没有进入家史的权力使一个女性能够客观地评价家族的荣华与衰败，正如处在历史边缘的女性始终能够提供面向历史的另一种视角。因为认清了家谱只是延续男性虚荣的一种偏执的见证，因而《父亲的故乡》中"我"对家谱上苏东坡、刘禹锡所题的像赞的真伪表示怀疑，"而且即使是真有此事，也不觉得特别光彩。"局外人的心态使一个女性摆脱了男人为虚荣而虚构历史的盲目，拥有了相对清醒客观的目光，这是一向感性的女人理智的地方。

知识女性成为被父性之家放逐的一群，她们不得不承担永恒的在路上的命运。她们没有男性天然的认祖归宗的家族荣耀感，她们不属于实在意义上的家。在很多女性笔下都出现了被放逐后永无回归路的悲怆和无奈。

"五四"时期，石评梅的散文便总是流露出"人生如寄"的过客心理。在《梅隐》中，她说："我不留恋这刹那寄住的漂泊之异乡，也不留恋我童年嬉戏的故国；何处也是漂泊，何处也是漂泊，管什么故国异乡呢？除了死，哪里都不是我灵魂的故乡。"王英琦在《乡关何处》中说："我拒绝与一切人提到'故乡'"，没有故乡，就意味着"没有那种超重负荷的乡心，不欠谁一笔情。"张立勤在《想着平原》中说："我没有故乡，没有过年了想回去的家。我渴望过也有一个村口该多么好，每当我走过它时，站在那儿恋恋不舍。"女性失去了原生地意义上的故乡，只能在话语中寻找一种诗性故乡。无论是"五四"时期还是二十世纪八十年代，很多知识女性往往有着双重的漂泊心态，从父性之家中出来，但是并没有找到夫性的家，她们只能继续流浪在异乡的土地上。即使某些幸运儿能够把丈夫给她的家视为她的故乡，但是这种与一个男人的爱相维系的归宿感，又往往是不牢固的，因而她们常常要面临着离开夫性之家后的又一次的漂泊。

二、诗性故乡：虚构的家

失去了祖籍故乡的女性们，开始在内心深处建构一种诗性故乡。这与故乡的现实生活、风土人情没有太大关系，故乡是经过文学想象和审美化的诗性家园，是一种温情脉脉的怀想。留在女性记忆之中的关于故乡的某种惦念和牵系，是使女性始终停留在大地而难以逃离的一种情感力量。从萧红到斯妤到迟子建，反复营造的祖父及祖父的后园，有着极其相似的女性立场与话语所指：斯妤少女时代耕作，并在浇灌锄草中感到平实，"不再那么茫然惶恐、惊疑不安了"，而外祖父、外祖母则是"我的根"。(斯妤《回想外婆弥留之际》)迟子建的《年年依旧的菜园》诉说的仍是关于外祖父、外祖母的记忆，土地与外祖父（母）成为女性最温暖、最柔软的诗情记忆。时间与空间的跨越与转置并未改变女性象喻的传统，正如飞翔与奔逃之梦永不褪色一样，土地与像土地一样温厚的亲情也一直潜隐在女性的话语结构中，它们共同建构了女性的天空与大地。前者是女性成年后的"自由之梦"，后者则是来自童年时代便已不可分离的"原始之根"。

郭淑敏在《故乡是什么》中说：故乡"是外祖母纺车催眠一般的轻吟；是黄豆地里咯吱吱响成一片却又无处可寻的大肚子蝈蝈"，"心中的故乡，是每次外出车过正定，西平乐与东阳之间那块小小的界碑；是火车隆隆驰在新乐土地上那么一种温暖、踏实、亲切的感觉。"无论故乡连接的是关于人还是自然风物的记忆，从本质上看，故乡对于郭淑敏而言是诗，或者说是一种诗化的感受，是代表着抚育和回归的家园童话，是值得赞美的母性精神。在这里，诗性栖居的可能性替代了具体的乡土概念，凭借想象域中的故乡而不是现实中实在的故土，女性回归久违的家园。

另一方面，女性散文中关于浮躁城市的记忆变得鲜明，城市成为女性的广义的故乡。"也许在传统社会里，女性天生总是要嫁人的，她因此而没有故乡感，与城市有着天然的认同吧！男作家在走向现代城市过程中，往往是一个外来客，他的身体在城市生活，心却在乡村。"[1] 职业女性、知识女性都出现在城市中，女性写作的职业化也与都市文明有着直接的联系，可以说女性写作与城市有着天然的关联。荒林说："中国女性文学的兴起正是中国城市生活复兴的一个重要标志。"[2] "五四"时期的女作家作为

---

[1] 王光明：《两性对话——二十世纪中国女性与文学》，荒林、王光明著，中国文联出版社 2001 年，第 41 页。

[2] 荒林：《两性对话——二十世纪中国女性与文学》，荒林、王光明著，中国文联出版社 2001 年，第 44 页。

第一批走出国门留学异国的女性，曾经描绘过巴黎、纽约等等一些发达城市的风土人情以及留学生的生存状况；二十世纪四十年代在上海则有不少女作家描绘了城市生活的日常状态，以及女性与城市既亲密又疏离的奇妙关系，这些散文大多呈现出琐碎、率真的风格；在二十世纪六七十年代的香港，许多女作家参与报刊的专栏写作，这种副刊晚报式的散文大多是一些休闲性较强的文章，以女性视角来透视俗世生活，是都市快餐文化的一部分。二十世纪九十年代的内地，随着沿海地区的日益发达，这种带有明显消费性质的散文也应运而生，并在出版市场上走红，传媒戏称其为"小女人散文"，黄爱东西、黄茵、张梅、石娃、素素（上海）、兰妮、莫小米等一些女作者也引起关注；二十世纪九十年代末期，卫慧、棉棉、安妮宝贝等作家则更加热衷于展现女性与城市的关系，诉说她们对于城市的梦想，以及这梦想的最终失落。城市是女性文学中十分具有意味的意象，女人与城市的关系成为很多作家喜欢的主题。

对于大部分知识女性，城市是她们暂时认同的故乡。她们往往没有可供回忆的乡土故乡，但是却有着代表现代文明的城市故乡——她们天然地与都市的色彩相融合。这里所谓的都市不是指具体的某一座城市，而是指作为一种文化意义上的城市，它是繁华、流行、浪漫情爱发生的场所，而这些正构成了女性生存的理想，也成就了女性关于诗性故乡的认同感，"不同于男性对乡村记忆的回顾，女性只有在城市中自我发现、自我寻找，在自我寻找不到的时候就只有漂浮。"[①] 从根本上说，城市并没有成就女性的梦想，它滋养的只是"一晌贪欢"般的青春冲动和随时遭遇奇迹的幻想。

---

① 荒林：《两性对话——二十世纪中国女性与文学》，荒林、王光明著，中国文联出版社 2001 年，第 46 页。

它不是家园，而只是暂居地。

三、精神故乡：永恒的"在路上"

人们关于故乡的怀念很容易上升为对终极问题的追问：我从哪里来？要到哪里去？因而，乡愁在终极的意义上是人对个我与世界之间的关系的反思，是对于生命信仰的追问。蒋子丹在《乡愁》中说：乡愁就是人与世界之间的最本质的联系。和现代主义的关于精神故乡的追问一样，女性的精神家园也陷入到了对于以往完整自我的乡愁之中。马丽华被称为"苦难美至上主义者"，她在《走过西藏》中追问："灵魂为何物？从何而来？去往何方？"张抗抗在《故乡在远方》中也问："我从哪里来？哪里是我的故园我的家乡？"王英琦散文的标题就是《寻找家园》，由此可见，精神的归属问题成为女性乡愁主题中的重要维度。

正是在这里，我们发现苦痛与流浪成为女性精神故乡的本质，关于乡愁的终极表达就是没有故乡，就是永恒的"在路上"。女性散文即使是在诗情记忆中还原故乡，也往往没有那种精致而典雅的传统的文人情怀。女性的故乡寻觅中没有休闲，没有冲淡，有的只是匆匆忙忙的行走，是永恒的过客的行走，这也是抵达彼岸世界的唯一途径。"生存的喧嚣如乐奏起，荒芜的回声响彻大地时，你不再迷乱，不再惶惑，你的心里永远有一个声音，它冰凉然而坚定，淡漠然而美丽，愚钝然而执着。你听从它朝前走去，无论前方多么遥远。你默默地坚定地朝前走去。你独行不语。"这是斯妤《随笔三则·独行不语》中的独行者。在女性散文中不断出现这种独行者形象，她们之于生命的每一站都是过客，没有起点也无归宿，"在路上"是她们永恒的生存状态。然而精神的漂泊与灵魂的守望，时空的消亡与意志的凸现却更使她们接近生命的本态——一种不断趋进完满与终极的过程，同时也更接近人生的另一种真实状态——独语。在灵魂的自我对话中，在超我与本我的无休止的战争中，在个体生命作为宇宙真理的朝圣者的绝唱中，独行者不间断地向彼岸世界行走。但是那个世界到底是否存在，是否能够成为生命最终的可能状态，她们并不知道。正是在时空的"虚无之有"中，在言语的"沉默之说"中，独行者体验自我放逐般的悲壮与苍凉。

这种独行者或过客的形象在现当代文学的其他体裁中也有表征。鲁迅的《过客》便是一例。到上世纪六十年代，台湾郑愁予的《错误》，八十年代摇滚诗人崔建的《假行僧》、扎西达娃的《西藏，系在皮绳扣上的魂》等等，无不是关于人类"在路上"命运的反思。尽管在不同时代，每一位过客都有着不同的遭际与梦想，他们本身也具有不同的文化身份与象喻色彩，但是他们都共同地昭示了生命的途中状态。

女性散文中关于"在路上"的主题也比较多见。石评梅《给庐隐》中："我默无一语地，总是背着行囊，整天整夜地向前走，也不知何处是我的归处？是我走到的地方？只是每天从日出直到日落，走着，走着，无论怎样风雨疾病，艰险困难，从未停息过，自然也不允许我停息，假使我未走到我要去的地方，那永远的停息之处……"陈敬容《荒场之夜》中说："辛勤的流浪人，你这样忙忙地赶着行程是要去什么地方呢？'什么地方呢——'我喃喃着，'我不知道！'"上世纪二十年代的石评梅、三四十年代的陈敬容与九十年代的斯好所感悟到的途中状态是如此的相像。荒冷的坟场，无尽的黑夜，幽怨的低唱，同样是踽踽独行的不语者，半个世纪过去了，无数的事情发生了，又结束了，但是女性的心灵体验，她们为自己建起的灵魂的炼狱，却是如此的相似。这里所折射出的女性的生存样态与精神状态都是很有意味的。

当然并不是所有女性散文涉及乡愁题材时都是处于一种途中状态，革命哲学带来了乐观主义的信仰，也使很多女性散文中能够看到前行的方向和目标。《月夜到黎明》中的白朗是知道前景的："那里充满着灿烂的青春，流荡着活气和鲜明。"这与她的革命信仰相关。而这与萧红、石评梅等人又是不同的。同样是新时代的新女性，在萧红们那里，前景是看不到的，她们不知道跋涉之后等着的是什么，因而关于精神家园的寻觅最终只能停留在永恒的"在途中"的状态——直到死亡来临，生命成为精神的祭奠。

第五节　复调山水

很多人在面对自然山水时往往会生平第一次产生表达的欲望，很多女性散文的写作便是从风景开始的，斯妤、唐敏、王英琦等女散文家早期的散文便有不少是游记性的山水散文。事实上，几乎每一个写散文的人都会写他的旅行，他眼中的山水。而他们的足迹又惊人的一致，无非就是西湖五岳，钱塘秦淮，以及散见于神州各地大大小小有名无名的江河大川，这些自然山水又因为不断地被前代文人们观瞻体悟，从而成为文化积淀丰富的人文山水，它传递着一代一代中国文人感山悟水、天人合一的美梦。

山水游记在中国散文中有着非常悠久的传统。儒家的仁者爱山，智者乐水，老庄对于大自然的崇拜，都直接影响了中国文人的"山水情结"。某种意义上，中国古代散文很大程度上是由山水游记支撑起来的。中国文人赋予山水以某种拯救性的关怀取向，山水是很多失意文人的隐遁之所，也是他们春风得意之时的净化之地。山水与世俗的尘网相对应，是中国文人在皇朝之外建构的另一处精神宅地。一个想要进入体制之内的文人就必须懂得怎样在皇帝与山水之间，找到某种人格完善的机制。

刘勰认为："庄老告退，而山水方滋。"[①]有人考证，中国诗歌与散文的山水题材均开启于魏晋时代。最早的具有独立意义的山水游记，应是谢灵运的《游名山志》。但是如果论中国文学的山水题材的话，早期《诗经》，包括屈原的很多作品也都有了山水的描写，但是尚未形成独立的山水游记。唐代的山水游记有了更大的发展，以柳宗元为代表的散文家以自己丰富的创作将山水游记推向了成熟。宋代游记于表现山水自然风光的诗情画意之外，又增添了理趣，是山水游记的新发展，代表作包括苏轼的《石钟山记》、王安石的《游褒禅山记》、范仲淹的《岳阳楼记》。明清山水散文又以小品文形式取得新的成就。中国古代的山水游记散文，注重对景物的渲染，有中国山水画的雅致，在话语的终极层面上追求物我相融，景语情语的互化意境，山水更多的是作者情绪与品格的写照。这时的山水是意境的山水，情趣的山水，也是玩味中的山水。

近现代的游记散文将自然景致与社会话语结合。陈独秀所排斥的"山林文学"，事实上就是有闲阶层的玩味山水的文学，他认为新文学对于山水的描写应该有社会信息的渗入，有"写实文学"所应具备的使命感和责任感。"五四"后，关于域外的游记越来越多，很多文化人都曾经远赴异国，寻求救国和自救的道路。有过出国留学、游历经验的散文家都有过相关的游记，有的还结集成册，瞿秋白的《俄乡纪程》《赤都心史》，郭沫若的《今津纪游》，冰心《寄小读者》，徐志摩《巴黎的鳞爪》，孙福熙《山野掇拾》《归航》，而鲁迅、周作人等人的追忆异域生活的散文也为数不

---

① 陆侃如、牟世金：《文心雕龙译注》，齐鲁书社1995年，第144页。

少。"十七年"游记散文也延续了这样的思路，新中国建立后的如火如荼、蒸蒸日上的景象成为山水的复调线索，刘白羽、秦牧、杨朔的游记散文都有政治革命话语的融入。新时期后游记散文往往是与风俗、文化相结合，贾平凹的"商州系列"文章是风俗性的，余秋雨则是文化散文的代表。

好的游记散文，总是情、景、理的交融之作。孙犁在《一九五六年的旅行》中说："游记之作，固不在其游，而在其思。有所思，文章能为山河增色，无所思，山河不能救助文字。作者之修养抱负，于山河文学，皆为第一义，既重且要。"① 这是强调景与理的结合。山水中也少不了主体的情感体验，所谓"登山则情满于山，观海则意溢于海"，所谓"红粉飘零我怜卿，青山憔悴卿怜我"……山水成为一种复调的山水，它与人类的生存经验息息相关，始终交叉着自然景致与人文理念的互动，是关于人类生存的自然与形而上空间的文化审美。对于女性散文来说也是这样，她们的山水都是"有我之境"，是灵魂里的山川。

一、地缘山水

地缘不只是一种自然地理概念，也是基于地域的自然特征之上的一种文化链条，它连接着该地域特有的风俗、语言、习性、信仰等人文特征。游记散文首先面对的就是这种基于地缘意义上的山水。周作人的浙东文化、汪曾祺的苏北文化、贾平凹的商州文化、叶文玲的浙江东南部的楚门文旦的文化风俗、叶梦的湘西风俗、益州特色，冯秋子的蒙古文化、素素（大连）的"独语东北"系列等等，它们首先追踪的都是自然景观作为一

---

① 孙犁：《孙犁选集（散文）》，陕西师范大学出版社 2003 年。

种地缘存在的特色。另外，在大量的游记中也有很多表现中国南北方文化差异的人文景观，而海外游记中则是出现了民族文化差异的问题。

女性散文的地域文化首先体现在对于当地世俗生活常态的描述。叶文玲的散文中透露着江浙一带的民俗文化：婚俗、世俗等，江浙是由蚕、乔木、桑葚、乌篷船、石板巷、玉环柚铺垫起来的南方景致。叶梦的益州则是一座充满了巫楚之风的"巫性之城"。至于这些风俗景致背后的历史意义，或者说由此能够透视出传统文化、民族的群体审美人格的何种形态，则往往不是这类散文关注的焦点，相反个人的身世之感，世俗生活的喜怒哀乐形成了女性散文中地缘山水的一种基调。

其次，女性散文也开始将地缘山水与反思性的主题结合。马丽华长篇游记《西行阿里》中将人类学与散文结合，冷静、客观地描述异域风俗与人情。而王英琦的《大唐的太阳，你沉沦了吗？》、韩小蕙的《兵马俑前的沉思》则是有着强烈主体情绪的历史文化反思性质的散文。岑献青的《永远的魂灵》是通过写壮乡花山崖壁画，来追忆壮民族先民的历史。冯秋子的《白音格朗山》表现的是在民族宗教与政治机制共同作用下的神奇而魔幻的山水。应该说，这类散文已经不再是简单的游记散文所能够涵盖的，山水在这里是由地缘与历史传统、民族思维方式共同融合而成的，它体现出女性主体面对外部世界的更为开阔的视域。

二、性别山水

山水的性别属性是指两性往往是从不同的角度感受山水，而落实在文本中则是构成了不同的叙述视角。女性以一种性别的眼光看山水，因而山水的散文中便能够体现出女性的性别意识、性别立场。叶梦的《羞女山》、铁凝的《河里的石头》、迟子建的《阿央白》都是较为典型的性别山水——她们都在强调某种与传统的父权意识相反的山水体验。在传统文化中，山水中的关于女性性征的象喻是一种羞耻的想象，但是在女作家的重写中却恰恰相反，具有女性性征隐喻的山水成为女性生命力的体现，也是人类纯美精神的具象。因而羞女山上仰卧着的裸体女像，河里不同姿态的女子，都是钟天地灵秀、得造化神功的美的形象。女性在自身生存的低矮的天空下紧紧拥抱大地，而大地上的女性姿态就具有了一种地母般的文化象喻。在女性的性别视域下，这样的山水象喻是神圣而美好的，这与传统文化下设定的对身体想象的猥琐与可耻完全不同。

舒婷在《仁山智水》中由游览山水来阅读男女，从而揭示出两性面对山水的不同的体悟方式。女性面对山水的姿态往往是感性的，"女人与山水，少了一股追捕似的穷凶极恶状。与男人目光熠熠相比，女人多半闭着眼睛，浑身毛孔都是张开的。男人重形式，女人偏内容。"①仔细品味，两性山水散文中确实存在着这种思维方式上的微妙的差异。山水在女性这里没有背上更多的文化负荷，即使是最注重文化意味的女性山水散文也往往是从女性个人的体验谈开，而少了某种"大散文"的文化气质。荒林的《个人经验中的长江与黄河》就是将山水的生态史与心灵的历史相结合，黄河或者长江成为她一个人的风景。

"有文化的男人造出'游山玩水'一词。政治玩得，战争玩得，山水自然玩得溜溜转。没有文化的女人常常没有运气游历山水，只好以拥有一窗黛山青树为福气。两者均不具备的女人最担心的是，把丈夫（或者丈

---

① 舒婷:《仁山智水》，参见《舒婷文集》第三卷《凸凹手记》，江苏文艺出版社 1998年，第 245 页。

第三章　主题学研究　127

夫把他自己）当作一座巍巍高峰，隔断了她与大自然的那份默契。男人向山汹汹然奔去。山迎女人娓娓道来。"[1]女性散文没有自身的山水游记传统，她们的空间不是敞开的自然场域，而是封闭的闺阁，只有这里才能够容纳她的隐秘的表达。正是因为没有这种与历史文化的一脉相承的传统，女性对于山水的感悟也往往缺乏理性的观照，而多了某种率性和亲切，她们眼中的风景也是与具体生活与个人的审美想象相关的。郭淑敏的《漓江风景》写游漓江的过程。作为写景抒情散文，它极能体现出女性的思维模式，我们可以以此为例看女性眼中的风景是什么样的。首先作者写了漓江的自然景致，以及船家捕鱼的情景，勾勒一幅"江上捕鱼图"，并由此想到张志和的《渔歌子》。从诗化的景致而联想到有名的诗句，这是自然的写作思路，但是很快她从眼前诗画般的景致中回到现实中来。而世俗的柴米油盐、斤斤计较，看似十分煞风景，但是却又是人生中最真实的风景。女性的理性与感性，剪不断、理还乱的思绪也都在这里。"我"看船家是风景，这是因为"我"省略掉了他作为一个人的其他背景，船家看"我"是过客，也是忽略了"我"的完整性。但是生活又何尝不是如此，人们总是互为风景，互为过客。郭淑敏以一种佛性的眼光来看风景中的世俗人生，看喜怒哀乐的无常，也识破了人与人互为风景的相对性。看漓江风景而看到人生中的大风景，这是一个女性的世俗眼光，也是一个女人的感性风光。

陈慧瑛在散文诗《山水七题》化用中国古典诗词的意境，用现代人的视角，写女性眼中的山水。如写神女："流眸四望，雾蒙蒙，楚阳台在哪

---

① 舒婷：《仁山智水》，参见《舒婷文集》第三卷《凸凹手记》，江苏文艺出版社 1998年，第 246 页。

里？淅淅沥沥的秋雨，据说滴滴是神女泪！千年如流水。危崖幽壑里，伊等了又等，云散高唐，楚王从此不回！呵，神女，何不学文君锦里当垆，薛涛花溪吟赋，长长短短、深深浅浅，留一个有声有色的红尘故事？"散文诗与舒婷的《神女峰》一诗有异曲同工之妙，都是典型的性别山水，能够看出女性在关注自然山水中融入的性别意识。正是因为没有诸种宏大的历史文化的视域，因而女性又往往将山水还原成它的本来面目。女性的山水散文中少有历史的出场，即使指出了历史中某人某事，也不是鸿篇大论，历史在她们那里只是点到为止。作为几千年历史的"隐形人"，历史的重负、正统文化、知识分子的群体人格在她们的文章中也往往成为一种隐在，这也是女性山水散文缺乏深度的一个重要原因。

三、寓言山水

寓言山水，或称哲理山水，这类山水所蕴含的是社会、哲学或个人心态的寓言。它形成了一种向外辐射性的话语空间，往往与人类社会或个人的某种心理状态息息相关。张抗抗的很多散文便具有这种特质。《仰不愧于天》中"地到无边天作界，山登极顶我为峰""仰不愧于天，俯不怍于地"都体现了作者登泰山时所体悟到的博大的气度与宏阔的历史视界，处处蕴涵着关于人生、社会、自然的哲理反思。叶梦的山水是一种巫性的寓言，无所不在的巫风一方面形成了楚地特有的风俗，但是另一方面却又体现出一定社会风气下的蒙昧无知。如果说叶梦写的是"巫性山水"，那么冯秋子写的则是"神性山水"，或者说是"魔幻山水"。《白音布朗山》中的白音布朗山就是神山，它连带着的是蒙民族的神话传说。一个孩子眼中的具有魔力的白音布朗山，革命中的被改造的白音布朗山，一座山的传奇就是人类自己虚拟出来的传奇，是人类自身的传奇。在这里山水的神性是人赋予的。但是，想要像改造人一样改造山水的革命最终却失败了，没有人能够违背自然生态的规律。由此冯秋子从山水过渡到对于文革十年的反思上，在最具有自然形态的山水面前探究人为机制中的荒谬和残酷。

另外，山水也往往成为女性逃离意识的一种表现。女性在逃离和栖居之间的犹豫和想象中，怀念她的理想和她的故乡。叶梦在《湘西寻梦》中说："渐渐地我发现，我之所以屡屡去湘西，其实并不为所谓山水所谓风情。……我离开人的世界越远，越有一种暗暗的快乐在滋生，似乎有一个虚无缥缈的故园在向我招手。"这个时候山水便是家园的象征，是女性内心所认同的某种诗性的故乡。

四、生态山水

以上我们谈到的山水都是被赋予了主体想象与价值判断的山水。但是山水本身有它自身的伦理规范，人类任何的行为都不可能超越"大地伦理"的限制。正因为如此，人类与自然环境之间的和谐关系就变得格外重要。近年来很多文学作品都涉及生态问题，女性散文也不例外。事实上生态女性主义者认为：女性是天然的环保主义者。即使不对她们进行生态环保宣传，她们也几乎就是一个自发的环保拥护者。她们天然地爱干净、喜欢绿色，对于动物有爱心。而在女性散文中，这种环保主题有着直接的体现。张抗抗的《森林二章》《在维也纳感到失落》都涉及生态文化的建构问题，并从人类的栖居环境而联想到精神的依托。《崇文门三角洲的马莲》关注绿色环境的保护问题，《谁知盘中餐》则是提倡保护野生动物，《地母》也是对环境生态的关注。台湾女作家龙应台的很多散文也同样触及了生态保护的问题。

　　洁净世界是要从物质和精神两方面着手的，生态文化只是家园文化的一部分，人在破坏生态的平衡时，就已经失去了精神世界的平衡。所以，几乎所有的生态散文其终极目的都是在阐明健全人类精神的重要性。生态山水散文已经不仅仅只是局限在环境保护的范畴内，而是对于人类精神、国民性格的观照，同时也体现了改造国民素质的理想。需要绿化的不只是生态环境，还有人的心灵世界，因而生态问题最终是一个哲学问题。

　　随着女性话语的不断拓展，女性向外看的意识也会越来越强。因而女性的山水便不可能只是单一主题性质的，相反她们的山水是复调山水，是多主题下的人文山水。它联系着现实人生的各个层面，展现出地缘文化、性别特征、哲理寓言、生态家园的多维度的主题空间。

第四章　话语方式与思维方式

　　散文，尤其是传统散文在叙述层面是难以分析的，一句"言有尽而意无穷"，似乎就可以概括所有好散文的艺术魅力。作为一种强调语言美感和主体境界的文体，散文充分印证了以语言来阐释语言的艰难。很显然，真正的美文和大境界往往会使任何一种解释的语言变得乏力。正如在诗歌评论中关于诗性的阐释，都不及直接引用诗句本身更有说服力，而关于散文之美的阐释往往也是徒劳的。因而很多时候，对于散文艺术形式的分析多局限在散文的外在风格与整体的气质，而难以从散文的结构或是技巧操作的层面入手，从而像研究小说一样，找到某种关于散文的叙事学或者是修辞学。但是，新时期以后，随着散文话语方式的不断变化，更多地注重言说方式的散文出现，这使散文叙述层面的研究变得可能。如果抛开叙述学的种种框框，而从更加开放性的角度来分析散文的叙述，那么我们会发现女性散文在时间、空间、思维方式、文体实验等方面上都有自己的特色。换言之，散文有它独特的言说方式，而女性散文在此基础上有着自己较为鲜明的性别书写的特征。

第一节　亲历的过去时与日常时间

任何叙述都会涉及一种时间概念，这不仅包括文本内呈现的直观的时间线索，即故事本身的时间，还有叙述这一故事的时间性，而叙述学更关注的是这二者之间的内在关系，于是关于叙述的频率、顺序等等便成为重要的研究范畴。但是就叙述学本身来说，它是小说化的，就像我们今天对于文学史的概念，往往就局限在小说史中一样。只要涉及叙述问题，人们更多地想到的是以虚构文学作为范例。和散文这种非虚构文体相比，小说或者戏剧更具有文本叙述分析与操作的可能性，而散文因为缺乏天马行空般的想象力，错综复杂的故事情节以及叙事策略，似乎也便难以有分析叙述时间的必要。与其他文体相比，散文的时间感是很薄弱的。但是另一方面，凡是有文学文本存在，便必然会有叙述人在进行某种时间掌控。文学在时间层面上，就是一种以语言来回忆和瞻望的艺术，因而时间便自然会在散文中呈现出来。那么散文的叙述时间是怎样的？女性散文又是以一种什么样的姿态来进入到文本的时间线索中的？

就叙述时态来说，散文通常都是一种亲历性的过去时。散文中最常出现的主人公是作者自己，即使是描绘亲朋好友，也总是在"我"的视域下或与"我"相关的场景，如果失去了"我在"，那么关于某种场景的描绘就不是亲历性的，也往往会导致文本的虚构成分增大。散文对于真实性的强调，使文本中的"我"具有多重身份，他是叙述人，是主人公，也是作者。但是每一个作者都可能在文本中塑造出一个更加理想化的自己，或者是一个更符合公众期待的自己。也就是说，尽管"我"成为三位一体的包容者，但是这并不意味着，"我"就完全等同于作者。我们可以分析出在作者"我"与叙事人"我"之间存在着一个"隐含作者"——"我"，这便是一个被叙述塑造成的"我"。与其他文体相比，散文中的"隐含作者"毫无疑问更接近作者本身，也正因为如此，我们往往忽略"隐含作者"这一媒介，而直接将主人公、叙述人、作者等同。

简单的叙述声音使得散文不必过多地考虑到视角与人称的问题，能够较为自由地穿越在当下与过去的时空之界。但是另一方面，散文的真实性原则强调亲历性，作者不得不一次次回到过去时态下寻找个人的经验话语，这便使追忆型叙事成为散文的主要形态。

大概没有哪一种文体像散文这样充满了无所不在的回忆。老生代的散文包容的是一生的时间沉淀，中生代在哀乐中年时也往往感慨良多。让人无法理解的是很多新生代的散文作者其叙述的兴奋点也是回忆——从家族的历史，到父亲母亲兄弟姐妹，一直到自己的成长过程，好像每个人都带着几世的惆怅回忆，期盼在语言的狂欢中宣泄。也难怪新时期之后，人们开始认为散文是老年人的文体，这首先就源于弥漫在散文中的回忆性氛围。

应该指出的是回忆在文化时间层面上并不总是指涉过去。自然时间和文化时间往往并不在同一种时间维度下。前者是原生态意义上的时间，而后者则是一种因为人为因素的融入而呈现出复杂形态的时间概念。人类的历史，无论是整体意义上的还是个体意义上的，往往因为文化时间的介入而被延长或缩短。回忆也是这样，它的时间指向与精神指向往往并不同一。在自然时间的概念上，毫无疑问，回忆只能是向过去凝视的视角。但是，在精神领域，即文化时间上，当个人记忆与公共记忆相渗透时，当个人时间与集体时间互相印证时，回忆便会具有开放性的文化指向。它不再是对于已经完全有把握的过去时态的描摹，相反一旦个体回忆与集体记忆相联系，或者个人记忆从整齐划一的公众记忆中剥离，回到个人日常时间的真实状态下，那么"亲历"便会在思想层面上出现诸多不确定因素，关于历史的想象便有了"历险"的性质，从而使过去的时间本身被文化时间延长，呈现出当下的价值与意义，甚至有了对于未来的启示。

赵园《闲散的日子》回忆的是另一种文革。在关于文革的叙事中，文革的典型意义已经固化，但是赵园提供的却是她个人在文革中的闲散和从容。她的记忆并没有和时代的记忆融合，而是回到了她自身的、私人的、日常的、非虚构性的生活本身。事实上散文只要是回到真实生活，那么它将必然地提供出更加多义性的历史样态，将会更有力地冲击某一种一元记忆。关于历史的叙述也必然会回到个人，回到更富有细节性和认知意义的现实生活中。这并不是说，要在某种公共记忆之外另建立一种与之对抗的个人的记忆，也不是要别出心裁发惊人之语，或是要在公众记忆的掩蔽之下怯生生地端出个人的隐私，而是要肯定记忆的多元性，既肯定个体经验的多重性。

叙述时间顺序就是"对照事件或时间段在叙述话语中的排列顺序和这些事件或时间段在故事中的连接顺序"。[①] 就散文的时间顺序来说，倒叙与插叙是经常出现的形态。因为散文并不是以叙述故事为主，也就是说散文文体是非叙事性的，因而，想要对于散文的时间顺序进行全面分析是很困难的。散文在时间的跨跃上也呈现出非虚构文学特有的随机和自由。几十

---

① 热拉尔·热奈特：《叙事话语、新叙事话语》，王文融译，中国社会科学 1990 年，第 14 页。

年只是短短几行，须臾间却被无限放大。主人公"我"与叙述者"我"的高度重合，使叙事在时空上有了极广阔的自由度，因而时间相对来说更具有主观性和跳跃性。主观时间就是柏格森所说的感觉意义上的时间，例如，看一块糖在水中融化，你会感到时间漫长，而某些时刻漫长的时间却又转瞬即逝。散文中的主观时间体现在历史与现实经验，文本经验与想象经验之间的自由调度。比如文化散文中就常常运用这种时间策略来结构文章。余秋雨的很多散文都使用一种戏剧性的叙述方式，在诸多的戏剧化场景中，主体的想象时间而不是亲历时间被放大。当历史在一种主观感觉中被有选择地还原时，细节化与情感化的场景也浮现出来。时间具有了更大的弹性和灵活性。

对于女性散文来说，由情感和日常生活的琐碎经验共同织就的文本叙述的时空经纬，往往都是缺乏具体的时间感的，它呈现出日常时间的凌乱与循环性，民族与历史的线性时间被一种不断回环的时间系统取代。但是，时间在其琐碎的蔓延之上同时又具有某种难以压制的光芒。就像哈代说的那样，在匆匆而过的日常时间中，即使没有故事，但是每一天都充满玄机。你难以界定这种平凡时间的意义，即使今天不是你的生日，也有可能在多年以后成为你的祭日。很显然，关于未知时间的想象与担忧，使得人们对于日常时间有着本能的关注。散文的时间感恰恰就应该建立在生命与审美意识的敏感之上。在女性散文中，我们看到了平凡无事的日常时间是怎样在主体的审美注视下具有了哲理意义。

很多女性散文基本上没有什么事件发生，也自然没有与矛盾冲突相关的特定时间的展现。但是时间却延展成一种永恒的生活样态，时间的回环让人想到了女性不断重复的日常生活。郭淑敏的《为某日暴风雨所作》就是这样，由开头的一杯茶到最后的一饮而尽，时间由清晨到黄昏最终又回到了另一个始点——人生不过就是这样一场轮回。正是在时间的不断的循环和复原中，写作与生活相通相补——通过文本内的被叙述的生活来为文本外的现实生活注入意义，通过文本内的叙述时间的缩略来为本来冗长的故事时间寻找某种节奏感。

时间的琐碎性与片段式是因为女性主体本身的写作时间也是碎片式的。多数女性散文作者都不是专业作家，她们往往有着别的职务，而在业余时间从事写作。又因为散文本身不需要大段时间的经营与策划，并且与现实生活中的情感紧密相连，因而它很容易被选择。裘山山说："我们编辑部人手少，工作挺忙，加上我自己又是个主妇，所以没有什么大块儿时间来写大块儿文章。这也是我喜欢写散文的原因之一。"[①] 另一方面，即使是对于专业作家，女性写作也常常会处在一种间隔状态。王安忆在《关于家务》、舒婷在《无计可潇洒》中都提到了生活的琐碎对于创作的影响。现实生活中被分成碎片式的时间在文本中便被自然地折射成片段化但同时又是不断回环延续的时间感，这种时间感联系着某种与母性、大地相关的永恒与轮回。也正是在这种时间状态下，生活的日常性成为一种具有价值的表述对象。

散文的时间是开放式的，很显然只要它涉及叙述主体自身，那么它就不可能提供一个完整的戏剧性的时间链条，因为作为主体的作家本身就意味着存在的不确定性。这和小说不同，小说的故事时间完全可以是一段完整的时间线索，并呈现出事件发展的前因后果。但是散文作者却必须面对自身生活的诸种可能性，因而它关于自身的叙述不可能是封闭性的，像《百年孤独》开头的那句"多年以后……"这样的时间语态往往只能是小

[①] 　裘山山：《女人心情·自序》，四川文艺出版社 1992 年，第 3 页。

说式的。(上世纪九十年代末期，有一些散文家开始运用这种时间语态进行散文创作，但是在阅读效果上，往往会给人造成一种故弄玄虚的不真实感。)因为它是对小说人物以及故事的过去、现在、将来的一种俯瞰。但是对散文作者来说，他无法对自身的时间进行这种把握，他能够把握的往往只是过去，而现在与将来有着巨大的变数，是难以观照的。因而散文往往不是发生在线性的自然时间之中的，它必须要在此时间之外找到另一种时间，那是文化时间，是情感时间，只有这样散文才能超越当下的时间链条，寻找一种非叙事性时间的永恒性。

第二节　情感叙述

女性散文是以语言来书写情感，同时也是在用情感来驾驭文字。事实上离开了情感范畴，女性散文将会失去的不仅只是题材领域的一个重要方向，更重要的是它将会失去运筹文字的基本动力。情感与形式之间的不可分的关系在散文中表现得十分明显。换言之，散文是将情感赋予形式的文体，但同时也是以情感赋予形式以意义的文体。在女性散文中，情感的表达引发了叙述的倾诉体形式。

倾诉首先是要假定一个倾听对象的在场，倾诉者在一种目光的注视与理解中表达自己，她并不需要对方给出什么指点，而只是要理清自己的心绪，这种倾诉体中经常会出现第二人称：你。"你"有时会是作者自己，有时是一个当事者，有时则根本是一个面目模糊的理想化人物，甚至就是一种精神烛照。她们对自己倾诉，对离别的爱人倾诉，对那精神上的父亲倾诉。情感的倾诉决定了女性散文的对话性，我们可以由此深入到女性散文的叙述形态：对话与独语。

就对话而言，是指散文在行文中设定了一个理想的读者和倾诉对象，这时的对话者可称为"显在对话者"。比如韩春旭的《少了什么，这个世界——与苏格拉底和自己对话》中的苏格拉底，就是文本中的显在对话者，他的存在是作者全部灵感与话语的指归。同样《来吧，爱情》的沙沙也是如此。但如果细细分析的话，苏格拉底既是倾诉对象，也是文本的主要描述对象。与苏格拉底的对话是首先建立在他的学识、人格基础之上的。苏格拉底是作者叙事的推进者，是文章得以展开的前提条件。也就是说，苏格拉底是一种"干涉型"的"显在对话者"。而沙沙则是一种完全的被动的倾听者，她只是为作者的叙事设定一种氛围。在这样一种知己者的对话语境之下，作者选择哪些话可以说，哪些话唯有沉默。沙沙并不构成文本中的角色，她不是被述对象，而是一个完全的倾听者，处在一种被动的地位，是"被涉型"的"显在对话者"。作者关于沙沙的文本设定也是这样的："沙沙，你生来就是听人家倾吐秘密的，我知道你不会害我，你的理解就会使我重新振作起来。"假设对象聆听一个孤独女人的倾诉，至于被指涉的对象在现实中是否存在，并不重要。这种对话模式常出现的人称变化是"你"与"我"，显在对话者常被直呼姓名，或是被称为"你"。

韩小蕙的《有话对你说》也设定了一个先验的倾听者，虽然"不知道你在哪里""不知道你是否听见了""不知道你是否理解我""不知道你是否接纳我""甚至于不知道你到底是谁"，但是却依然"有话对你说"。寻找一种超功利的心灵归宿成为这种倾诉的终极目的。冯秋子的《婴儿诞生》则是将自己的孩子预设为一个显在对话者，他的文本功能是聆听，并不断强化叙述本身的倾诉性。

另有一种对话者，则只是不明确的普泛的读者，他是作者闲聊的对象，是在一种闲话家常的气氛中，完成了与作者的深层对话。他是"隐在对话者"，虽不出场，但是却同样影响着文本内在的叙述节奏，同样规范了作者的叙述场域。在每一个作家心中都会有一个较为固定的隐在读者群落，由此散文作者为自己设定了一种"先验的"文本对象，他的叙事视域将很难超越"隐在读者"的文化语境，这种在特定情势下的文本营构，形成了一种"他者凝视"般的叙述运筹，但这又是任何散文叙述的内在机制。只不过这种凝视的目光或隐或显，难以做统一的界定而已。隐在对话者的在场成为散文写作的内在基点，是构成散文文本深层空间对话机制的重要手段。冯秋子的很多散文并不在文本中设定倾诉对象，但是所有的叙述都是面向某种特定群体的。她在《一件事无始无终》中说，自己的散文是想把多年来接纳和融合的自由，传达给朋友。正因为如此，她的散文直接进入到了自己的日常生活与情感的深度空间，没有任何过渡与背景介绍。这是因为"隐在倾听者"已经了解了关于自己的这些背景资料。很多女性散文都是采用这种叙述角度，要向朋友或亲友诉说，所以也就没有了那么多的敷衍与寒暄，而是直接进入到了文本节奏的行进中。

关于独语，是指"隐在对话者"最大限度地消融在叙述语境中，文本在自身意义场域中表征为作者的独白。如果说这时还有一个隐在的对话者的话，那么这便是作者自己。他自己构成了文本对话语境中的主体与客体，他唯一需要负责的文本对象便是自己。如鲁迅的《野草》中的大部分篇章、何其芳的《独语》、斯妤的《独行不语》、叶梦的《风里的女人》都属于这样的文本结构。何其芳在《独语》中说："或是昏黄的灯光下，放在你面前的是一册杰出的书，你将听见里面各个人物的独语。温柔的独语，悲哀的独语，或者狂暴的独语。黑色的门紧闭着：一个永远期待的灵魂死在门内，一个永远找寻的灵魂死在门外。每一个灵魂是一个世界，没有窗户。而可爱的灵魂都是倔强的独语者。"这里说的是独语的精神基调：孤独中的期待和寻觅，沉默中无所不在的诉说。这是一个孤独者的内心世界，它体现了叙述主体的独立的反思态度——他们更愿意面向自己的心灵，或是一个理想化的自己。他们在黑夜沉思或独行时说话，这些话语在空旷的时空中回荡，最终又回到自己的耳朵中；也有的时候，声音飘散了，连他自己也没有留意听，这时候语言在表象上更像是呓语。其实这种自我的诉说与倾听机制，也是另一种层面上的对话。事实上，读者总是在场的，只不过对于独语者来说，要么将他隐蔽在自身之中，要么则是难以界定的读者。所以独语只是一种对话者不在场的倾诉。说到底，它仍然是包含着潜在对话机制的倾诉，这正契合了巴赫金所说的叙述话语中存在着无所不在的对话性。

如果说日常时间围绕着的是一种生活流，那么女性散文的情感场域则构成了一种情感流。我们以情感流来区分外向化的生活流，以及更加内向化的意识流。也就是说女性散文中，甚至于整个散文书写领域，更多出现的不是意识流或者是纯粹的生活流，而是介于实在生活与潜意识之间的情感的流动。事实上，潜意识中的那些混沌、暧昧、广大的复杂性与非理性往往是散文家们忽略的。正是因为潜意识场景的缺乏，散文成为个人的历史话语，成为意识到的、被道德检测过的可言说的话语。多数散文都不会像新潮小说那样张扬一种强烈的非理性，因为散文直接聚焦的还是作者本人，自我审视之后只有在被意识机制允许后才会成为笔下的叙述，而情感便成为理性与非理性之间的一种沟通媒介和检验机制。

将散文的情感叙述进行得最为彻底的是赵玫。散文经常由于题材的雷同性，如悼念、游记、怀古等，再加上往往篇幅短小，又过分注重传统美学的审美内涵：哀而不伤，温柔敦厚，中庸质朴，而散发出浓郁的士大夫情结与绅士、淑女气质。作家的独特气质与个性，以及特异于人的话语风格，往往并不鲜明。而热衷于情感叙事的赵玫在讲究温文尔雅的散文领域中是个"异数"——这首先源于她对散文作为一种文体的独特领悟。赵玫认为："爱是一种思绪，有时是透明的水，有时又是血。是血的时候疼痛。生活中有很多的爱。但不是什么爱都可以变成散文的。水会流成小说，流成他人的故事，而散文则需要一种特殊的浓郁的色调。像血。"

赵玫摒弃了传统散文的叙事功能，她的散文往往在开始时便进入到抒情达意的情感空间，这种情绪弥漫的直接性与饱满度都十分鲜明：

《黄昏的原则》的第一句话是："像流水向遥远的平静走去，永久。"

《你的栗色鸟》的开头是："你的栗色鸟，在黄昏的迷蒙中，正远你而去。"

《落日黄昏》的开头是："你一直默默宽容我的故事。"

《锚地》的开头是："他将我的肖像，悬挂在空旷的田野。"

《无名的尘埃》的开头是："骤然间你调动起每一根神经重新等待他。"

由文本开端便直接进入到一种非现实的情感虚拟空间，这仿佛是歌剧一开场，便进入到高声部的地方，给人一种始料不及的震撼与遐想。她的每一篇散文都有其特定的背景、事件、人物，但是在作品中，那些琐碎的细节从未被记叙过，我们甚至连事情的基本脉络都无法把握。赵玫的文本中的"隐含读者"，或者说她的倾诉对象，从来都是具体的某一个人，有时甚至就是她自己，这就形成了她文本中对话与独白的内在张力。对某一个具体的人倾诉，而非作为集合体的隐在读者，这使得赵玫的散文有了某种特异的情绪指向与隐晦的文本语境。频繁出现的第二人称"你",以及不断变更的人物指称,更需要阅读时的投入和认真。另外,赵玫也企图将杜拉斯的表述方式吸收进汉语写作中,频繁出现的句号,不仅是语言外在形式的试验,更深入到汉语语法、语言节奏及至表意结构的深层空间中。与这种表述方式相对应的则是杜拉斯式的永恒的爱与忧伤。

赵玫的散文是新潮散文叙述方式的代表。它们往往都会跨越具体的事件,而直接趋向心灵的倾诉。很多女性散文不再按照常有的叙述模式来结构文章,文章开头便直接进入情感和情绪的展开状态,甚至直接进入到主体情感的高潮部分,没有传统叙事中首先要交代的时间、地点、人物。这种极端情感化、情绪化的文字是以往中国散文史上从没有出现过的表述方式。它们看起来更似文章的片段,一种碎片式的思绪,它们遵从的是情绪、感觉的结构。但是就一种思绪流程而言,它又是完整的,与人的心灵的运行轨迹相一致。毫无疑问,女性散文的思想性往往比较弱,她们更擅长感性思维,更容易把握住具象,并透视其中的隐喻色彩。女性散文中,体验性的文字要多于反思性的表述。女性散文往往不是义理、考据的追随者,而只听命于自己的内心。心灵的形式超越了叙述整体的逻辑性,成为女性散文情感叙述的根本。

第三节　荒诞思维与原型追踪

"五四"以来,散文由古代包容性极强的文章概念而转化为文学文体概念,这是散文思维的重大转向。而抛开范畴论的角度,就散文文本内部来看,新的思维方式也在不断地生成之中。女性散文中也出现了很多陌生化的因素，这种新的叙述与思维方式与传统的散文有了很大的不同。

荒诞性是女性散文中经常出现的文本隐喻，无论是杨绛、张洁还是斯妤、叶梦以及后来的新生代散文，都透露出某种荒诞色彩。荒诞首先体现在某些具体的意象以及表述方式上，像很多女性散文中频频出现的黑夜、梦境、月亮、巫术、死亡等等。在文本形式上，荒诞性则表现在一种不断建构又不断消解的话语倾向，这也形成了散文中话语功能的反讽与象喻性；其次，则是一种荒诞性的情绪，这与加缪所说的现代人境遇意义上的荒诞类似，是人面对世界时的一种必然的宿命——注定要寻找意义的人面对本身无意义的世界时的失望与无奈，斯妤、叶梦的很多作品便揭示了这种荒诞心理；再次，荒诞成为女性散文的一种思维方式。散文篇幅短小，结构相对来说比较灵活，这便为某种单纯的结构与思维方式的贯穿提供了条件。也正因为如此，很多女性散文的运筹方式与梦境或呓语的形态同构，这种从头到尾始终渗透着的对于现实世界的不认同感便形成了一种荒诞的思维，叶梦的"巫性思维"，斯妤的梦魇叙述，冯秋子的魔幻思维，杨绛、张洁基于现实批判意义上的冷静的荒诞等等，这种经常在女性散文中出现的荒诞思维成为女性散文中重要的感性思维方式，也成为当代散文文体实验的至为重要的现象。

早期注重抒情与唯美的张洁在后来的散文创作中开始由审美走向审丑。《过不去的夏天》《结果子还是不结果子》针对的都是人性与社会的劣根性的一面。批判意识成为张洁后来散文创作的中心话语，而这种批判性恰恰是通过某种荒诞的表述方式完成的。《过不去的夏天》中散文常见的明白晓畅的话语逻辑不见了，类似于残雪小说中的梦魇般的荒诞氛围呈现出来，张洁到底见到了什么，不断张开的嘴巴到底象喻了什么，这些都有着多义性的阐释，而这与传统散文中心明确、主题鲜明的特征完全不同。

韩小蕙的《欲休还说》是一篇较全面的反思女性问题的散文。散文采用荒诞的手法将古今中外不同时空的女性置于同一个文化语境下进行审视，在反思男权社会的种种荒谬与弊端后，又对女性自身进行反思——女性是怎样在这种生存秩序下逐步成为弱者，并轻视比自己更处于弱势的女性。女性的"相轻"与"自轻"，使她们最终成为男权社会"惩戒凝视"的自我规避者，她们建立了更加封闭的亚文化结构，并形成了一套维护与惩罚机制，从而不需要男人的真正出面，女性自己就可以巩固发展传统的两性秩序。这是将荒诞性手法直接融入到对于女性生存的荒谬现实的反思之中。

杨绛《我们仨》的第二部中也反复出现梦境与现实的交替。"古驿道"作为一种红尘不归路的象征，也正是人类的"在途中"的命运的写照。使一家三口失散在古驿道上的是一种未知的、可怕的力量，它不由人分说地将亲情至爱带走，杨绛将这种力量拟人化，同时和很多年前她不断提到的隐遁或飞翔一样，她渴望获得一种超验力量来面对人生的无常，《我们仨》中这种力量被置换成梦。当回忆丈夫与女儿一起病倒的现实时，杨绛通过文本中的虚拟来表现内心的焦虑与疼痛。每一个晚上她藉由梦境飞到病重的女儿身边，并在梦中与女儿互相抚慰。在杨绛那里梦是与现实相通的，或者说梦就是现实的一部分，就像拉美的魔幻现实主义一样，生界与死界，梦境与人境是可以直接对话的同一维度的现实。而杨绛的对于现实的超越则是基于对人生世事的了悟，这事实上是中国的一种世俗"宗教"。尽管没有一个最高意义上的神，但是现实中的很多因素都可以被置换成具有神性功能的隐在。正是在这一意义上，杨绛对于亲人的刻骨铭心的思念与疲惫无奈的在世体验，都可以通过某种与现实经验不符但是又完全契合内心愿望的文本修辞体现出来。这种既相背又相容的话语方式，形成了杨绎某些散文的荒诞色彩。

对于杨绛来说梦与现实以及现实中的主体是互为一体的，而对于斯妤，梦却是主体人格分裂的表现，是自我内部的一场战争。这里梦境体现的正是两种性格主体的不同思想状态。斯妤认为心灵形式与文本形式具有同构性，而只要能够找到与所要表达的心灵同构的形式，那么作品就会自己呈现出来。这种与"心灵同构的形式"在斯妤后期的散文创作中正是以一种梦魇般的荒诞形式体现出来的。梦境是在现实难以企及的地方开始，它体现的是对于平庸生活的拒绝与不满，也是个体对于当下生存状态的焦虑与担忧。斯妤的梦徘徊于真实与虚构之间，她不是弗洛伊德意义上的梦——现实中被压抑的欲望的隐秘表达与实现，它是对灵魂世界的一种反观与再现。

同样是借助梦境来表达自我，现代文学史上有一个非常善于捕捉梦的男性作家——何其芳，但何其芳《画梦录》和斯妤等人的梦又是不一样的。它融合了中国古典审美意蕴与西方现代主义思绪，但是就散文的整体韵味、意境来说，《画梦录》更多地因袭了中国古典文学的诗意之美，呈现出东方的灵性、朦胧、幻美的意蕴。何其芳在散文《梦中道路》中说："我喜欢那种锤炼，那种色彩的配合，那种镜花水月。我喜欢读一些唐人的绝句。"《画梦录》便具有中国古典诗词的优雅韵味，作者以生动的修辞手法营造出一种精致婉约的意境，其中既有唐诗宋词的绚烂文采，也有中国传统文人以外在景物、人物来比拟个人情志的抒怀方式，尤其擅写女性的生活现实和情绪感受，并以此暗喻自己的人生状态。

值得我们深思的是，通过表现妇女的封闭生活，何其芳想要表达的并不是妇女解放的命题，他是将自己的情感对象化，把自己的封闭孤单的生活，怀疑、甚至绝望的情绪，借助女性生活以及女性形象表现出来，这正与中国传统文人借助写闺愁离怨表达自己人生不遇、身世飘零之感的手法相同。这是何其芳散文中重要的抒情方式，也是中国传统诗学带给他的重要滋养。在融入中国传统的叙述手法之外，《画梦录》就其内在精神则是现代主义的。何其芳在单调无望的生活状态中，以梦的形式排解自己，任想象力驰骋，于是他看到了"壶中天地""扇上烟云""瓶中大海"。

《画梦录》中多次写到梦，如《梦后》说："梦中无岁月。数十年的卿相，黄粱未熟。看完局棋，手里斧柯遂烂了。倒不必游仙枕，就是这床头破敝的布函，竟也有一个壶中天地，大得使我迷惘——说是欢喜又像哀愁。""梦"成了何其芳对抗平庸现实的法宝，也是他精神游历的舞台，是一个天才诗人想象力的飞扬，也是生存意义在想象空间中的一种重构。他的梦有东方的神秘，有个体的孤独，有现实的压抑，更有寓言色彩。何其芳在《扇上的风云》(《画梦录》代序) 中说："我很珍惜着我的梦。并且想把它们细细地描画下来。"当被问到"是一些什么梦"时，何其芳解释说那是画在扇上的虚渺的图景。由此可见，何其芳笔下的梦是浸染着东方情调的现代主义的梦，这与很多女作家的梦并不相同。

斯妤等人的梦是完全现代主义意义上的梦，决绝地抛开了温柔敦厚、哀而不伤的审美意蕴，更接近于一种梦魇般的叙述。这梦魇叙述超越了简单的真实性原则，在对原象的再叙述中，通过一系列还原、转向、移置等表述方式，重新开掘了梦系统的现实隐喻。《梦魇》便是通过梦境来隐喻人类在异化与反抗间的精神游历。从人退化成猫是主体意识消隐后悄悄演化的，而从猫变回人形则要经历痛苦的抉择与反省，需要面对死亡的勇气，需要人作为思想主体的全部责任感。很显然，这是对卡夫卡《变形记》的逆向思维，是在《变形记》终止处的关于异化和拯救的继续思考。

斯妤的另一类梦是一种类似梦象与梦境的寓言，例如《灰色中午》《并非梦幻》。在这些散文中，象喻化文本修辞方式与跳跃性结构策略得到了淋漓尽致的发挥。介于现实与真实之间的梦——我们姑且称为"亚梦境"，更类似于一种主体情绪的游走与蔓延，它虽无具体目的地，但却始终潜隐着某种朦胧的旨向，这一旨向无疑是具有拯救性意义的，但是却又难以捕捉。正是在这种痛苦的精神游历中，死亡一再真实地出现，它成为斯妤散文叙述的一种恒在的文本语境。也许从根本上说，梦魇就是死亡的预演。总之，对于斯妤而言，梦是对超感觉、超经验的生命影像进行一种存在主义式的本体论还原。在由非真实趋向真实、异化趋向反异化的抗争之途中，反复出现的是现代人无法摆脱的荒谬感，也是女性性别意识复苏后的清醒的焦灼。

"巫性思维"最早是散文批评家楼肇明先生对叶梦散文独特思维方式的概括。巫性是女性感性思维的又一种外化形式，巫术中所需要的想象力、行为的叙事性、互渗与拟人意识、自我慰藉、盲目性等等都与女人直觉性强的感性思维方式相通。对于叶梦来说，巫性思维既是带有鲜明潇湘地域文化特色的叙述视角，也是女性感知方式与人类原始思维、神话思维的一种结合。叶梦以女性敏感的心思与"神"相交，她散文中经常出现的益城本身就是一座巫城。从文本的具象上，叶梦的散文呈现出对于神秘现象与人物的浓厚兴趣。她的散文中一再出现巫女形象、介于迷信与宗教之间的神巫仪式、女性生理与自然现象的神秘吻合、游走在大街小巷中的疯子等等。但是在最终极的意义上叶梦关注的并不是异闻异秉，而是将这些神秘的符号与人自身的生存状态结合。由此，她看到了盲信背后的脆弱无助，疯狂掩盖下的真理，仪式中的狂欢与梦想。

巫性化的象喻方式是通过巫事来谈人事。《瓢儿姑》说的是正月十五益阳地区的一种巫术游戏。叶梦说："端午节和元宵节基本上是属于男人的节日。五月初五划龙船和正月十五耍龙灯都是体现一种男人力量的竞技和娱乐。"而每到正月十五这一天当男人们准备大闹元宵节时，"女人们便躲在屋子里，请'瓢儿姑'神，瓢儿姑是一个厌恶男人的神，因而请瓢儿姑时男人应该回避，否则就不灵了。""瓢儿姑"的巫术形式是在男性不在场的情况下，女性与神的直接交流。当男性们以外在的空间来展示自己的力量和强悍时，女人们则躲在家里，进行这种智力上的意念上的游戏。在神与人的对话、物与神的互相转换中，女性在一种巫术仪式中体验到作为游戏主体的快感。于是在一个男人的节日中，她找到了自己虚拟的快乐，这正是叶梦笔下的巫术所具有的象喻意义。

如果我们不从巫术这个角度来看请"瓢儿姑"，那么它只不过是女人们给自己设计的一种娱乐游戏。这一游戏用的是女性平时最经常使用的水瓢，并向它询问有关来年的各种问题。但是当游戏结束后，木瓢还是恢复到它舀水的功能，成为一件寻常的厨房用具。这种由神力到普通用具的转变，是女性赋予的，也就是说在这种巫术游戏中，女性可以赋予平凡的物体以一种超凡的神圣价值，从而行使自己的命名权。某种意义上，叶梦散文也正是借助这种巫性思维方式来捕捉文本的深度意象，为世界命名。

巫性是叶梦面对世界的一种独特的感知方式，而这种感知方式也成为她文本中的话语方式。通过这种具有巫性色彩的叙述，叶梦重新设置了一套属于自己的象喻系统，而这正是女性通过写作而实现的话语权。《风中羽毛》中说："死亡只是我的想象，我想象中死亡的味道是一杯清淡的清明茶，是一个黑甜黑甜的乡梦，是柔软蓬松的皮毛，是升入云空的纸，是飘飞时空的氢气球。"这种句式短小又具有很强的意象密度的表述方式成为叶梦散文的一种特色。同样，女性的生理变化、身体的快感，包括初潮、婚媾、生育等等，也是叶梦散文中常出现的神秘事件，这种神秘与天地间的种种自然现象相关。叶梦将女性生理、心理中最隐私的事件与天地现象相譬喻，例如月亮的阴晴圆缺的变化与女性生理周期的变化之间的神秘关系，这使得月亮在叶梦散文中成为具有神性的意象："月亮之于我，就像宗教，常使我陷入一种入定似的冥想，也使我得到了不寻常的生命体验。"（叶梦《我不能没有月亮》代自序）叶梦大胆而又直接的表述方式在中国女性散文史上是少见的，甚至于对于整个散文史来说也具有开创性意义。也正因为如此，刘锡庆先生认为叶梦的散文"标志着旧散文的结束，新散文的开始"。①

魔幻思维也是女性散文荒诞性感知方式的一种。它表现出在宗教烛照下的简单的灵性的思维特质，有一种质朴的深刻。在冯秋子的散文中，所有的荒诞和传奇，最终都成为一种无须追问因果的现实。尽管一切都只有在想象的虚幻空间中才能成立，但是那并不会成为文本解释说明的对象。一个人在黑夜看到了鬼，鬼的记忆便一直追随他，直到成年。一个人死了，是因为听见了神灵的召唤。一个人疯狂地跳舞，因为她悲伤。这是冯秋子的思维逻辑。与拉美的魔幻现实主义不同的是，冯秋子的魔幻思维具有鲜明的蒙古民族的文化特色，蒙古人的历史以及宗教直接影响了她的话语方式。她的散文不会在人界与鬼界中编织故事，她的兴奋点并不是传奇，而是实实在在的人间，而人间的革命、政治、法律等等都在她的反思之下。例如在《鬼故事》中，她笔下的鬼是权力者的盲目、暴力的牺牲品。文中由鬼想到的是冤鬼——人们为什么会制造出那么多冤鬼？人为什么总是害怕被冤鬼追逐？人犯了什么样的罪？他应不应该忏悔？为了那些死去

---

① 刘锡庆：《叶梦，结束与开始的标志》，参见《散文新思维》，河北教育出版社 1998年，第 272 页。

的人。所以讲鬼故事是在讲人的故事，说一切事都是在说一件事，所有复杂的哲学或宗教最终都要回到人本身。魔幻思维是一种具有宗教意味和地域色彩的散文新思维。

从具有社会反讽性的荒诞，到作为心灵同构形式的荒诞，从巫性思维中的怪诞与诡异，再到具有地域宗教色彩的魔幻思维，从梦境、黑夜、月亮等的象喻系统，到女性感知方式与散文思维方式的混合，这些都构成了女性散文荒诞性思维的特质。应该说，荒诞性的思维与叙述方式是女性散文实验性的体现，这种荒诞性常常会使散文具有更加开阔的想象空间。象喻性的表述方式往往带来某种多义化的文本旨向，也使原本简单的散文结构呈现出多重性、复调式的形式，使散文具有更加开放性的文本场域，脱离了传统的"形散而神不散""串珠式"的叙述模式。但是另一方面，随着各种直觉化、非理性化的表述以及思维方式在女性散文中的运用，散文的叙述主体开始谋求塑造一种戏剧化的主人公的形象。换言之，"我"成为一种被创造的客体，也正是在这里，很多散文的表演性质增强，甚至于出现了某种虚构色彩，这也是散文文体实验的问题所在。

第四节　审思与智性

女性散文的思维方式与女性本身的思维方式是同构的，因而在女性散文的艺术运筹上，我们看到的便不仅仅只是感性话语，还有女性智性的一面。事实上，情感叙述、荒诞叙述或是审思与智性，它们即可能是融合在一个散文家的总体的创作过程中，同时也可能是她的某一篇散文体现出的话语特征。就像我们很难将理性与感性完全对立一样，在关注女性散文的种种非理性叙述之后，我们还应该探讨的是女性散文通向思想与理性之维的途径。

常见的文化哲理性的散文有两种形式，一种是与历史、政治或文化的宏大题材相联系的叙事；一种则是直接进入到对于哲理本身的冥思之中，这类散文中思想成为一种实体性的存在，作者往往并没有对这种思想进行形象化的包装，而是直接呈现出思想在意识层面的本真状态，比如韩少功、周国平等人的很多散文就是属于这种类型；而前者则是以余秋雨、王充闾等作家为代表。而女性在这两方面的特质都不是很鲜明。她的智性一方面表现在对以往的话语模式的消解，一方面则是力图通过对具象的发散性思维而建构起属于自己的话语逻辑。

女性散文进入到智性话语时，就其主体姿态来看呈现出两种取向，一种是主体态度较为激烈，叙述者在散文中处于一种显在的位置，像张洁、张抗抗、王英琦、匡文立、韩小蕙等人的散文都是如此。而另一种较为温和的主体姿态则是以杨绛、宗璞等人为代表，她们的散文更加内敛，有一种融骚动于平静、化暴力于诗性的审美智性。就激烈派的智性散文来说，往往说理透彻直接，主观性较强，这一类的女性散文都充满锐气，具有深度意识。但是另一方面，又经常难以控制地陷入某种激愤状态，像张洁、王英琦的一些散文便总给人"怒"的感觉，多意气之言，叙述进程显得过于急迫。

主体姿态的强烈与激进是一种新的话语策略，它一反几千年延续下来的儒家美学思想的中庸与适度，给阅读带来新的体验。但是这种带有强烈主体意识的散文如果没有过硬的思想深度的支撑，则往往让人感到苍白无力。有些散文给人一种嘲讽有余而反思性不足的感觉，抱怨多而沉淀少。张洁《耳朵长得太长了》写在理发时，不负责任的理发师不小心剪到了

"我"的耳朵，却抱怨说这是因为"我"的耳朵太长了。最后只是弄得"我"哭笑不得，不断向自己置疑，难道我的耳朵真的太长了？表面看这是讽刺理发员的技术和职业道德，但是作者真正想说的应该是这个无法辩驳、无法说理的荒谬世态。可是委屈与抱怨之情冲淡了本应有的反思力度，使得这篇散文更像是一时兴起的泄愤之作。

女性的很多智性散文中都包含着某种感性化的武断，就像中国传统文化的体悟式的思维方式一样，充满了结论，难以看到推论的过程，因而散文中本应具有的弹性消失了，我们看到的往往是一些硬性的结果。陆星儿，王英琦的很多散文便是例证。她们的散文总是会直接进入到文本的深度空间，并极力想要把社会、自我的事情梳理清楚，即使暂时有困惑，有不解，也要以一种高调的结尾来使自己充满昂扬的斗志。自己设置问题，同时又会自己解决问题，不留遗憾，不留悬念——无论是现实的还是理论的。当然这使作者的思想透明，在读者面前不掩饰，但是另一方面，又破坏了文本的深度空间的完整性，使必要的语义场的空白也被充斥，看似条理清晰，心里已洞察了世事人情，但是无论是在形式或意义层面都缺乏大开大阖的张力，很多文章让人感到局促，视野狭窄，这与作者大度磊落的心灵空间恰成反照。

与此相反的是有一些女性散文家采取了一种较为温和的姿态，她们与传统文化保持着较为深厚的渊源。冰心、杨绛、宗璞的散文便都具有传统文化中温文尔雅、彬彬有礼的气质。没有过激的言行，含蓄雅致是磨难后依然岁月静好的隐忍和通达。她们的散文呈现出一种识大体、有涵养、温和的知识女性的主体形象。同样她们也不表现心灵内在的斗争，只有想通了后的顺达平和，但是锋芒却恰恰就隐含在这种平和之中。杨绛在《回忆我的父亲》《回忆我的姑母》中都是以史笔的客观态度来描述人物生平。

父亲在谈及自己的救国思想时认为推翻一个政府并不解决问题，还得争求一个好的制度，保障一个好的政府。而三姑母杨荫榆则在人们的道听途说中被歪曲了真面目，杨绛力求还原的真实正是对于这种歪曲的讽刺。宗璞在《一九六六年夏秋之交的某一天》中写文革开始后批斗大会的情景，何其芳、钱钟书、冯至等一大批文学精英们纷纷被拉出来批斗，"剧场中杀气腾腾，口号声此起彼落。在这一片喧闹下面，我感到极深的沉默，血淋淋的沉默。"沉默中的不满与反抗之意昭然于世，这种隐含在沉默中的锋芒恰恰就是宗璞表达自己思想的一种方式。冰心新时期的杂文随笔的创作也是这样，与她早期的母爱童真不同，知识分子以及国家命运的很多问题都进入到她的视野。尽管就笔调来说，冰心并没有脱离她的一贯的淑女气质，但是视野的开阔也使得她的文章更见辛辣。

总体而言，温和派的散文更接近东方审美的内涵，即使是表达对于社会现实的批判，她们的笔触也往往较为含蓄，与主流话语不会有正面冲突，是一种迂回的叙述。她们的散文呈现出的是一个东方智者的形象——冷静、达观、睿智、唯美。在叙述方式上，温和派的散文出现了主体隐遁的现象，作家的叙述干预被缩减到最小，并不刻意追求思想性，整个文章形成了一种天然的叙述流程，中国的传统的白描手法经常被采用，因而她们的散文形式简单，讲究回味，有真意，去伪饰，无迹可寻。但是另一方面，温和派的散文又往往会陷入缺乏激情与批判力的淑女式的写作中，正如传统的茶式散文一样，太多的品位与趣味融入其中，很容易成为生活或文学的某种点缀。

精神化叙事是对于某些陈述材料或想象材料的再表述，是关于文本的文本，现实生活、直接经验很少在这种散文中出场。这种以文本符号作为叙述对象的方法，在很多女性散文中都有运用，像筱敏的《悠闲的意义》

《女神之名》，周佩红的《勇敢的心》，张立勤的《蒙田的塔楼》等等，都是这种思路。

和情感叙述以及荒诞叙述不同的是，筱敏等人的精神化叙述更趋于理性，她们对于几千年沿袭下来的诸多意象与经验模式进行了深入的消解。尽管同样有着某种感性话语的渗透，但是筱敏的叙述旨向不是无边蔓延的情感或情绪，而是一种理性的颠覆。这种类型的散文经常会演化为介于散文与散文诗之间的一种文体，展示的是散文远离所谓的时尚、文化等等之后回到绝对的思想主体的可能性。没有世俗的纷扰，只有关于理想的表达与倾诉，没有琐碎的细节，只有意象化的表述对象，正是通过这种深度意象的铺展引发了语言与精神的汪洋恣肆的喷发。在筱敏那里，山川河流，四季轮回，雨雪雷电，苦难与爱情，民族与传说等等都是精神化的存在。她善于在故事、民间传说、童话中寻找灵感，由此表达一种抽象的远离世俗的精神理念。《精卫》《山鬼》《小人鱼》都是这样的作品。

尽管大量采用了神话传说题材，但是从根本上来说，筱敏又是反神话的。她从神话中汲取的只是某种质素，或者仅仅是一种灵感，而最终的目的则是由此反思作为一种精神存在的生命形态。除了神话符号的重新演绎之外，筱敏还善于借助某些象喻符号来表现理性的反思主题。《在暗夜》的妃格念儿、《火焰或碎银》的玛丽娜·茨维塔耶娃都是一种寻求心灵自由的精神化存在，《芭蕾梦》则是通过芭蕾在中国的历史中的表现形式来看中国文化、政治、女性生存的状态。

应该说筱敏等人的智性话语是通过某种感性方式体现出来的，但是在进入到陈述文本的反思时，她们体现出的是对于题材的理性把握，以及对于叙述旨向的总体控制。这与很多情感化叙事的无目的性，与余秋雨等人的文化散文的宏大理性都不同。同样周佩红、舒婷、张立勤的很多散文也有着相似的形式，不同的是周佩红的散文更具有小说化色彩，舒婷则是以一种诗化的意象和语感来切入理性话语的形而上空间，而张立勤的散文更注重对于某些文化人物或象喻进行场景还原式的解读，因而她的散文具有更强的想象性。

新时期后的很多散文一反以往的"形散而神不散"的模式而具有了"形聚神散"的特质。这种类型的散文在"神"的层面展现的是一种多维性的架构，但是"形"作为一种简单的符号本身则是一种单纯的意象，既没有杨朔式的"卒章显志"或社会政治层面的升华，也没有将这种意象加以普泛化，相反它成为文章的某种线索，以这种线索来串联起作者本人更具有发散性的思考。它不追求以中心思想来串联较为庞杂的材料，而是由单纯的材料铺展开意义世界的多种图景。这种智性话语是一种象喻式的审思，借用某种常见意象或者描写对象，通过与当下语境的重新融合，而寻找到新的话语指涉。因而从外在的表述形式来看，具象的本体是单一化的，但是隐喻空间则是由多元化喻体构成的理性反思。

以张抗抗的《稀粥南北味》为例，表面看，这是一篇较为典型的由饮食文化而观照民族文化与国民性的文章：从少年时代在家乡杭州的粥，到外婆家杭嘉湖平原上的粥，从插队北大荒时的粥到广州老家的粥，稀粥贯穿了中国南北文化，同样也贯穿了一个人的一生。稀粥，一喝几千年，喝出了中国人"黏黏糊糊、汤汤水水的脾性"。但是，在力图将稀粥作为一种文化突破点来观照后，在全篇冷静周密富有激情的翔实叙写之后，张抗抗又突然发现这样的努力也不过是虚妄，文末的反讽恰像一种自我消解：这一切叙述都是无意义的，甚至于这样的话题也可能是不存在的。

由激情洋溢的谈粥，到开始怀疑这种谈论只是无事生非，张抗抗的《稀粥南北味》留下了一种低调的结尾，她的文本叙述呈现出一种自我否定性。这是一个不断建构又不断消解的过程，后叙述否定前叙述，后文本怀疑前文本，这种否定和怀疑形成了一种间离开放的文本效果，使关于稀粥的反思远离了象征性的堂皇叙述，远离了关于历史的高谈阔论，而最终，稀粥不得不由象征性意味回到它自身。张抗抗揭示了所谓的文化历史只是主体的一种想象而已，就这一意义而言，任何习见以及形式本身都应该受到质疑，而想要通过某种具象（它本身就是不可靠的）来洞悉文化传统的努力也显得有些自不量力。同样在《西施故里有感》中，张抗抗对于西施的命运进行了多角度的假设，而这些与传说中的西施的故事有着本质上的不同。应该说，叙述的多维性来源于观念与思维的多元化，女性面对历史的从容与边缘解读，虽然只能是一种假定历史的态度，但是这种假定性试验带来的新的文本策略以及叙事方式却是值得我们关注的。

第五节 "新散文"与文体试验

上世纪九十年代以后，"新散文"一词经常被使用，无论是出版、创作还是批评，"新散文"都频频出场亮相。人们用"新散文"来指称或标榜一种与以往散文不同的散文，但是因为没有一个鲜明的参照系——很难说，"新散文"到底是相对于"五四"时期的散文，还是"十七年"的散文模式，而散文作为一种个性化言说方式又存在着巨大的差异，因而"新散文"的命名方式往往带来混乱。例如：有人将自上世纪八十年代中期斯妤、叶梦等人开始的散文变革、一直到九十年代于坚、张锐锋、胡晓梦、冯秋子、黑孩等人的散文都统称为"新潮散文"或"新散文"。也有人将二十世纪九十年代中国散文出现的新观念、新突破称之为"新散文运动"，并认为这是粉碎"四人帮"以来中国文坛上最壮观的文学现象之一。也有人将"新散文"视为新媒体时代的散文、最新的散文，以至于凡新出的散文作家或散文集子常常会打着"新散文"的名号。《人民文学》《大家》上都曾经先后开辟"新散文"专栏，但究竟什么是"新散文"，还是各说各话，莫衷一是，始终也没有一个清晰的概念。

本文中所说的"新散文"是指一种散文创作现象，它虽然并不指称某一个代际的作家群，但是毋庸讳言，"新散文"中二十世纪六七十年代出生的作家占绝大多数，像胡晓梦、冯秋子、刘亮程、黑孩、周佩红、陈染等等，都是有着很强的突破性思维的散文作家。在审美取向上，"新散文"依然保持着散文抒情性的特征，但是开始进入更加广阔的心灵空间。无法掌控的潜意识、现代人的焦虑盲目，后现代转向中的对于传统意义世界的怀疑与颠覆，还有对于乡土家园的新的认知，宗教情结以及罪的意识的增强，凡此种种，都构成了"新散文"的精神向度。在话语方式上，"新散文"开始探索多种叙述方式的可能性。应该说，以往没有任何一种散文创作现象像"新散文"这样让我们关注起散文的叙述方式。"新散文"与斯妤、叶梦、赵玫等人的"新潮散文"也不同。后者更多的是现代主义意义上的文体尝试，她们都有着二十世纪五十年代出生的女性作家的"乌托邦"情结，但同时也经历着理想主义失落的沉重与无奈。她们的作品呈现出散文文体实验变革初期的极端化。而到了"新散文"作家这里，则更多了从容、内敛。个人与社会、与体制、与终极理想之间的矛盾被淡化，成长中的创伤、残酷的青春、属于生命本身的记忆被突现出来。另外，不同文体间的壁垒被打破，诗歌、小说笔法进入散文的创作之中，散文文体的融合性、复杂性在"新散文"中都有鲜明的体现。

"新散文"在继续使用散文已有的话语资源和叙述方式外，还进行了更多的文本创新——关于暴力的经验和回忆，情爱表述与性话语的出场，多样化的人称形式，文本衔接中的情绪化结构方式，多种感知方式所带来的奇异的艺术视域等等。虽然"说什么"依然重要，但是"谁在说"——是一个群体化的"我"，还是一个完全个性化、私人化的"我"，或者是一个商业时代的具有表演性质的"我"，以及"怎么说"也成为"新散文"所关注的问题。应该说，女性新散文是"新散文"创作中十分有特色的一个分支，对于整个散文界以及女性散文自身来说，女性"新散文"所带来的冲击都是不容忽视的。

首先，"新散文"中出现了自觉的对话性。我们已经说过女性散文的对话性源于一种倾诉的愿望。但是与以往的女性散文不同的是，"新散文"中的抒情主体变得更加冷静，她们更加注重"你"的在场，而"你"的身份在"新散文"中也失去了某种具体性的指向，他既类似于"元小说"中关于叙述的叙述里直接出场的广义的理想读者，同时又很难说不是作者设定的某一个具体对话者。但此对话者是一个隐秘的存在，读者并不清楚他是谁。冯秋子的《寂寞的天》中写在寂寞的童年里"我"摆弄盘秤，之后插入："你能想象这种称怎么做的吗？有时间我告诉你。"周佩红的《作品缝隙中的生活》中说："现在我就向你讲述那场噩梦。你不要害怕。时间能够封冻一切。即使是狰狞的魔鬼，殷红的鲜血，现在看来也都像陈列在历史博物馆橱窗里的文物，现出永恒凝固的姿态和色彩。"在讲述展开之后，作者开始与"你"对话："那个年代你在哪里？你在干什么？你知道造反，抄家批斗，派性，牛鬼蛇神，砸烂一切，这种种种包括特定意义的说法吗？你看到过在大街上呼啸而过的满载红卫兵造反派的卡车吗？"尽管"你"始终是一个模糊的概念，但是毫无疑问，正是因为"你"的倾听姿态使得散文的内在空间具有某种向外敞开的趋向。这首先是因为叙述主体的对话姿态，她时刻感到外在凝视的目光的存在，她的叙述不断地被新的叙述打断，不断地回到"你"的语境之中，从而使得叙述本身成为某种关于叙述的反省。也正是通过这种对话，叙述者跳出了传统散文和谐连贯的文本语境，并转换视角和节奏来重新反思历史与当下、自我与他者之间的内在联系。

其次，"新散文"呈现出一个更具有现代意识与反叛精神的叙述主体形象。如果说老生代的叙述主体是一个追忆型的"我"，而韩春旭、赵玫、王英琦、斯妤、叶梦的散文是一个极具有爆发力的抒情主体，那么"新散文"中的主体则更具有颠覆意识。和很多老生代作家对于苦难的达观不同的是"新散文"作家们往往直面苦难甚至于夸大这种苦难。尽管她们都是二十世纪六十年代之后出生的人，写作这些散文时，也大多只是二三十岁的年轻人，但是她们却普遍有着比年龄沧桑的记忆。这一代人有着更自觉的生存体验与反思意识。她们在新时期各种哲学和艺术思潮的影响之下，更容易将自我的内心世界纳入到文化审美的观照中。她们格外注重对自我经验的再思考，有时甚至在无形中夸大那种经验的苦难性。这与很多老作家的回忆性散文恰成对照。杨绛、宗璞、韦君宜等老作家，回忆中的苦难已经是不动声色的冷观，尽管刻骨铭心的伤痛依然在，但是隔了几十年的风风雨雨，那伤痛已经逐渐被消化，已经没有了最初的切肤之痛。我们看到的很多老生代的散文，都透着平静、睿智、审慎，而少了激情与苦痛感。但是"新散文"的作家们，却恰好相反。她们往往回到童年去寻找自己成长的轨迹，哪些童年经历成为她一生的创伤性记忆，并一直影响到成年后自己的人生——"新散文"通常是从自我的潜意识角度来反思过去那些让人魂牵梦绕难以割舍的记忆，这种切入点与杨绛等人的历史意识有很大不同。

"新散文"开始自觉地反思家庭结构中的不合理的因素，尤其是父性权威对自己的影响。周佩红说父亲严肃冷漠使她感到烦闷，黑孩的散文中不断出现酗酒的父亲和家庭中的暴力，冯秋子的父亲是被女儿"巴顿化"的代表法律的荷枪的父亲。她们总是在父亲的阴影中感到压抑、自卑，却又不自觉地一直想要靠拢父亲。一边要消解父亲的权威，一边又想得到父爱光辉的辐照。这种矛盾的心态与以往散文常见的对于父亲的亲情回忆是完全不同的两种叙述立场。父亲不再是作为一个书写对象——简单的抒情视域下的怀念、歌颂的客体，而是一个进入到"我"的人格结构中的象喻符号，通过具有象喻意义的"父亲"，"我"的人格结构中的"恋父"又"仇父"的潜意识被表现出来。应该提到的是表现女性潜意识心理的最具有代表性的文本是台湾女作家简媜的散文《渔父》，与之相比，我们看到的大部分"新散文"作家对于潜意识的开掘还仅仅停留在表层。

"新散文"的反叛意识还表现在对于某种"新感觉"的呈现。这里说的"新感觉"是指与以往散文常见的情感与价值判断完全不同的取向。胡晓梦的《这种感觉你不懂》就是代表。胡晓梦是"新生代"作家中文体革新最为大胆也是新意最为充盈的一位，她对往昔散文传统的破坏和颠覆也最为彻底。青春或者大学生活在多数人的话语表述中总是充满了温情而伤感的记忆，但是在胡晓梦那里则是某种近乎荒诞般的不可理喻。这令人想起尼采所说的："我二十岁，我不允许别人说这是我一生中最美好的年华。"[1]事实上，胡晓梦、黑孩等人的散文中都出现了"残酷青春"的意向。

---

[1]　尼采：转引自弗朗索瓦丝·萨冈：《我、我的书和生活》，参见《"冰山理论"：对话与潜对话——外国名作家论现代小说艺术》（下册），崔道怡等译，工人出版社出版1987年，第596页。

《这种感觉你不懂》中几个女孩在一间集体宿舍中生活，矛盾、厌恶、烦躁的情绪始终伴随着她们。一种粗糙的公共化的生活环境和少女隐秘的内心世界、多愁善感的心事形成强烈的对比，这是粗糙环境和渴望一种诗性生活的心理的矛盾。她们的散文中充满了伤感、愤恨，还有和青春相伴而来的那种痛苦的甜蜜，这样的关于回忆的基调在以往的作品中是很少见的。灵魂深处的决绝、残酷、争执都是可以进入散文叙事中的吗？难道这些都是具有审美价值的吗？难道散文不是一种过去时态，不是关于往事的平和、冲淡、雅致的回忆吗？难道散文可以用这样实在的笔调写个人内心的冷漠与苦闷吗？在新生代那里，这些都没有什么不可以。生命在纪律、窥视、嘈杂、强制和混乱的环境中所经验到的无望和无奈，某种意义上正是人生命情境的一种象喻，而并不仅仅只是青春期的特定场景。

除了青春的残酷之美，"新散文"中还出现了关于暴力的描写。事实上关于暴力的审美表现，早在杨绛、茹志鹃、宗璞那里就已经开始了。宗璞的《霞落燕园》《一九六六年夏秋之交的某一天》都是对于文革中的暴力与死亡的记叙。而杨绛的《回忆我的姑母》更是被称为"中国散文史上极为罕见地表现了'残酷之美'的杰作"。[①]杨绛后来的关于文革中的知识分子被迫害的描写也都是以一种冷静的、简洁的、诗性化的笔调来展开的。新生代作家对于暴力与犯罪则更加敏感和热衷。"新散文"的很多作品都涉及暴力：黑孩的家庭暴力，周佩红的"革命"暴力，冯秋子对于犯罪的关注，都直接表现出"新散文"中对人性以及生命的某种悲观主义的体认。比较有代表性的冯秋子将暴力作为个人的一种创伤性记忆来进行描

---

① 刘铮：《繁华遮蔽下的贫困——九十年代散文之路》，楼肇明等著，山西教育出版社1999年，第39页。

写。《鬼故事》中的杀夫，《沼泽地》中的母亲杀死四个孩子，《英雄在哪里》中父母在文革期间被毒打等等。个人记忆与历史反思同构，在冯秋子那里，关于暴力的叙述最终上升为对于民族历史的反省。

总体而言，"新散文"对于以往的诸多意象进行了重写，诸如童年、青春、革命、父亲、宗教等等，以往散文中常见的温和静观的追忆型叙事被一种更强调当下性与创伤性的叙事姿态取代，回忆中的怀旧色彩也被某种残酷之美替代。

同时，"新散文"作家开始将某些小说中的叙事技巧用于散文书写中，很多散文有了较为完整的故事结构，出现了更大幅度的时空的调度，开始注重对人物（而不仅仅是自我）内心世界的深度呈现，以更多虚拟场景来表达世事艰辛以及人生的沧桑感，有时候甚至于放大这种个人经历的沧桑感。这种文体的试验性很大程度上突破了散文原有的基调，加入了多元化的表现方式，使文本节奏不再如我们已经习惯的那样顺畅、平易，而多了"陌生化"的因素。当然和小说的"纯叙事"不同的是，散文的叙事依然包含很强的情感性、直觉化的主体姿态。

黑孩的散文比较有代表性。她不再采用传统散文的那种唯美的抒情笔调，很多篇章中出现了虚渺、朦胧的叙事姿态。在叙事的时空结构上，其特征是类似于马尔克斯的那种多时空语态的交杂。诸种强烈的意象的凸现则使语言的强度、情绪化、感觉化倾向加重。尤其在进行童年往事的叙述时，更加多了一种主观情绪，这也许便是她被称为"新感觉派"的缘故。比如描述关于白馍馍的故事时，黑孩在表现父亲的暴虐以及母亲的软弱时便借助了极具有象征张力的表现方式。过年时父亲将一桌子饭菜掀翻，"我"蹲下来刚要拣平时自己吃不到而只有父亲才有资格吃的白馍馍时，父亲的一双大脚就踢到"我"的手上，"我记得爸的那只凶狠的脚是穿着一双棕色的翻毛皮鞋的，它的坚硬使我预见出一种鲜红色的暴烈的死亡。"（黑孩《心路历程·老生常谈》）而妈妈此时只能恐惧地站在一边，既无力保护我，也不敢说什么。"我是说我那可怜而又倒霉的妈，那天在那些和她一样倒霉的白馍馍面前软弱极了。她是被未来被期望活活地剥离了情感的。为了我、我的小哥哥小姐姐，就为了那个像沙漠一样模糊的不知是美好还是和现在一样的未来，她忍受她的无辜，她的怨。"这样的叙述方式与当年新潮小说的话语方式已经非常相似了。

"新散文"的"新"在很大程度上是它借鉴了新潮小说的"元小说"的笔法。它将叙事进程视为一种自觉的文本策略，注重叙事声音的"间离性"与主观性。周佩红在《虚构》中曾经表达了她对于虚构能力的向往，而在创作中她也开始实践——以更加丰富的小说技巧来运筹散文。在《她对我说·女人的危机》中，叙事者"我"已经不再是作者自己，而是以一种情感实录的方式来再现当事者的经历。也就是说，人称虽然并没有变化，但是人称的具体内涵已经有了转变，叙述者与作者完全分离，作者我并不在文本中直接出现。《无限循环》以第三人称"她"进行叙事，以此来打量自己"我"。事实上，是叙述者和文本主人公的互相凝视，也是两个"我"之间的彼此打量。文章一开头便直接进入人物当下的具体状态中："是在相同的夜晚，坐在相同的位置上，听窗外相同的阵阵汽车喧响，"并不交代原因：她为什么坐在那里？但我们可以猜测她的情绪。也或者只是一个女人忙碌了一天之后，坐到书桌前时的空白。"我"看"她"一天的生活经历，正是"我"在打量自己的生存状态。从早起上班，到拆信，看稿件，写回信，邮信，到午餐午休之后上班，之后再转入到回家的人群中。"这就是她的命运。"这是一个女人的生活与情感的流动，是她以另一个"我"看自己时，所看到的既陌生又熟悉的生活状态。这种冷静审视，使个体的平凡生活变得自觉，从而也提供了一种审美观照下女性生存状态。周佩红的散文富有想象力。这里说的"想象力"不是小说虚构的能力，而是叙述话语衔接过程中的艺术感觉，叙述者本人的联想、修辞能力。她的散文进入到内心的深度空间，细腻纤弱如游丝般的感觉和情绪，在她散文中有了具体生动的文字形态。

事实上随着更多的对于现实生活的关注，很多传统意义上的"纪实与虚构"的概念开始变得模糊了。因为除了人物自身的展示与讲述外，作者本人对于叙述对象的想象性的复原以及对于诸多情节与细节的表现，都不可避免地会偏离原生事实。例如冯秋子的散文中就有了对于他人心理的猜度，以及对于蒙古族人情感与历史的想象。比如，在《蒙古人》中对于额嬷这样像土地般浑朴宽厚的女性进行心理描写："她想说的话，都在歌声里。是不是深刻，有没有人在听，她不去想，后半晌是安宁的，她喜欢寂静的午后，她发现那段时间心地开阔、舒坦，说不出的幸福。而内心翩翩欲动，很想对蓝天诉说，对不谙世事的孩子诉说，对她自己诉说，她就唱出歌来。"

额嬷的心理是年轻一代的知识女性依托自己的个人经验以及草原记忆所进行的一种还原，或者说是一种"前理解"，而绝不可能是额嬷自己的表达。那么它是虚构吗？它是否已经与散文的真实性发生了冲突？这其实类似于纪实影片或电视节目中常运用的场景还原手法——当事件已经发生之后，为了能让观众了解当时的情况，在拍摄上部分地还原相关的影像与氛围。尽管这不是同步跟踪式的写实，但是依然能够体现出某种真实性原则。而像《蒙古人》中对于额嬷心理的描写事实上就是一种心理的复原手法，它不是刻画，也不是创造人物形象，而是还原。额嬷在此就是一种女性文本的阐释对象，关于她的解读是对所有蒙古族女性的心态的揣摩，也是一个女作家将心比心的情感置换。就这一意义上，这种叙述方式并没有偏离散文的真实性。

"新散文"注重语言的诗性，强调语言本身的冲击力，有一种词语的历险与狂欢的倾向。比如某种长句式或叠字、重复手法的使用使语言张扬放纵："我不仅甘于寂寞甘于孤独甚至偏爱死亡，我觉得这一切都如同雪花在空中舞台潇洒倜傥浪荡风流一番然后落地寂寞无语一样灿烂和辉煌。""我不是那种女孩子一见了男人就期期艾艾就忧忧郁郁就缠缠绵绵就凄凄惨惨凄凄使得男人纷纷大发大丈夫情怀来同情来保护……"（程鹥眉《十一月，哈尔滨雪后情结》）这种汪洋恣肆的词语的铺排，其实也是情感的宣泄。

另外，奇异的意象营构以及词语搭配的修辞方式都体现出某种语言的冒险。例如张立勤的《歌德的超越》中，当歌德听到好友耶路撒冷因为爱情自杀的消息后的反应："耶路撒冷席卷了歌德，歌德明显感到了，这突如其来的席卷中，有他灵魂的许多和被肢解了的躯体。歌德不禁不寒而栗，后退了一步，他仿佛看到了原来的自己的死，他很多天的确分不出来，那死去的是自己还是英俊的耶路撒冷。"在《蒙田的塔楼》中，也有类似的描写："蒙田，痛苦袭来时，你站不稳身子，塔楼的阴暗中你觉得离死亡不远，于是你很悲观。不好的心情常有，后来你又注定会笑。独处的心灵，多么难以独处的心灵！"这是张立勤想象历史的一种方式。显然这是对人物心灵历史的一种诗性的演义，而不是"文化散文"中的戏剧性的演义。对于歌德被耶路撒冷的死亡击中时的如暴风雨般的心境，对于蒙田的一个人的孤独与激情，张立勤通过个人情感的投入来还原歌德与蒙田的文化形象，这种想象历史的方式是一种以激情来解读激情，以青春来哀悼青春的生命的置换。正因为如此，她的这几篇散文中有一种强烈的诗性氛围。而与这种"诗性演义"相一致的便是对语言的诗性节奏的注重:"他每回来信都使我的心回归沉寂,我们之间有山脉隔着有什么关系,我们很一样的一本接一本的读书。多么了不起的愿望,找一间房子我要读书写作。"(张立勤:《想着平原》)这样的散文句式如果加上诗歌式的分行,那几乎就是一首很有节奏感的诗歌。它本身就有口语诗歌的流畅、惆怅和音乐感,当然这是类似于新生代的"回到语言"式的诗歌,而不是"五四"的新诗或新时期初的"朦胧诗"的格律。

应该说,"新散文"是散文思维的一种变化,但是也同样面临诸多难题。首先,有些"新散文"作家过于依赖思想的力量,这使散文的形象性减弱,也往往使散文的形而上空间捉襟见肘。毕竟依靠思想来结构散文,就需要散文家有不断深化和创新的思考,否则便容易给人重复的感觉。其次,文本的叙事性增强,有了小说那样的吸引人的要素,但是许多作家往往又处理不好叙事与说理、抒情之间的关系,不仅使自己的散文"四不像",而且更多了矫揉造作的作秀感,这也是损害散文生命力的缺憾之处。再次,对于语言形式的过分注重往往又会弱化某种精神力量。事实上语言的膨胀背后往往是精神上的失语。因为人无法抵达人的内心,甚至于无法抵达自己的内心,所以只有通过无边的膨胀的诉说,来宣泄某一种难以了解的感觉,以提醒这个世界她的存在。这导致叙述主体的诉说成为过程与目的,也构成了某种青春期式的无目的的反叛心理。对语言的强化和精神上的失重现象形成了鲜明的对照。另一方面,由于过分强调"新感觉",有的散文常常成为片段式的意象连缀,失去了散文话语运筹的完整性,而仅仅只是断简残章。如果失去了思想与情感力量的支撑,而只剩下语言的冒险,那么散文很容易就沦为言之无物的"散话",这便与散文文体创新的初衷背道而驰。客观地说,"新散文"并没有偏离散文文体的基本,但是偶尔出现的某些极端化的倾向也是应该引起我们注意的。

　　毫无疑问,"新散文"的作家们作为一种群体,其创作成就是有目共睹的。但就个体的创作成就而言,还没有出现真正意义上的散文大家。"新散文"作家的创作充分证明了散文作为一种"易学难工"的文体的特征。对于一个散文作家来说有几篇出色的作品已经不易,而想让大多数散文作品都保证很高的水准,显然是困难的。对于阅世经验与文化素养都不充分的"新散文"作家就更是如此。她们的很多散文更像是习作,偶尔的一两篇石破天惊般的作品,并不能掩盖那些平庸之作。因而如何使自己的多数文章都保持较高的质量,这是"新散文"以及"新散文"的作家们能够持续保持影响力的前提。

　　当然,作为一种群体创作现象,"新散文"作家的特征是非常明显的。她们的散文没有以往中国散文那种哀而不伤的含蓄,而是直接表述自我的情感。她们带来了新的活力与可能性。从本质上说,"新散文"使散文的现代意识得到加强,使散文成为更厚重而不是轻松的文体形式。

第五章　女性散文的理想建构

　　对于女性散文的存在形态——从历史到文体，从话语方式到主题原型，上文已经进行了较为详细的文本分析。从本质论的角度来看，我们在"是什么"之外，总是想要寻找"应该是什么"的答案。换言之，我们已经知道了女性散文是怎样的，那么，女性散文应该是怎样的呢？这里便涉及女性散文的理想形态。

　　应该说明的是，理想建构并不是要对女性散文进行一种本质主义的规范，也不是要提供一种散文的固定模式。事实上，我们很难为好散文下一个具体的定义，不同的表达方式，来自作者本人的不同的审美经验，都会出现不同的好作品。没有人能在认定一种好散文的同时就可以排除其他形式的散文。我们只能从较为空泛的层面上来说：好的散文要像真正伟大的作品一样，能够表现心灵的战栗和安宁，能够深入到生命和人性无所不在的意义场中，能够给人以震撼的力量和美的享受。

　　好散文的概念本身是不断生成的，因而我们关于散文的理想建构就应该是一种永远开放、永远没有结论、永远在追问途中的话题。大到时代的文化语境，小到个体的内心差异，远至整个文学的相互交融，近至文体本身的内在规制，这些都是我们在散文的理想建构中应该考虑的问题。

第一节　对女性主义的重新认识

谈论女性文学就不可能绕开女性主义的问题。女性主义作为一种视角已经成为内在于女性文学以及女性文学批评之中的重要方面。性别差异作为一种客观存在，必然会带来心理以及文化意义上的差异，而这也自然会在女性文学中体现出来。就女性散文来说，也出现了大量的表现妇女问题、主张男女平等的作品。但是客观地说，能够称之为真正意义上的女性写作的并不多。事实上，女作家自身对于女性主义的概念的理解便是片面的、模糊的。建立在公众话语之上的"女性主义"深刻地影响了（或者说是误导了）多数人对于这一概念的认识，因而我们有必要对女性主义进行重新认识。

从上个世纪八十年代至今，女性主义思想进入到中国已经有三十余年的历史，从理论到创作实践再到社会实践，女性主义逐渐形成了一套较为完备的话语体系，并成为文学批评中常见的方法论。而任何事物一旦开始成为某种习惯性的思维方式，也就是它开始产生惰性以及负面效应的时候，因而关于女性主义在中国的理论和实践的当下反思是必要的。

关于女性主义的内涵及外延，从狭义来看，它是针对性别问题的一种思考，它主张两性平等，并认为应该以具体的社会实践来实现这种平等观念。也就是说，女性主义不仅仅是一种理论形式，它同时也是一种行动纲领。女性主义者应该争取到人类的大多数的支持，从而向延续了几千年的性别压迫机制宣战。从广义上来讲，女性主义是一种看待世界的视角和拯救世界的方式。自古以来，人们虚拟或者是具体实践了不同的拯救方式，无论是神性的、绝对精神的、超人的、诗意栖居的、革命主义的，无论是积极的、还是消极的，都不外乎与对人类最终命运的想象息息相关。而女性主义也同样是一种建构理想世界的方式，只不过它的切入点是基于性别立场的，它认为性别压迫正是人类一切压迫中最根深蒂固的。基于性别意义上的剥削和歧视，是人类一半人口对另一半人口的压迫，也是人性劣根性的根本。因而性别的平等是人类通达自由世界的关键，解放妇女同时就是将男性从一场自我异化中解救出来，也就是解放了全人类。

女性主义者的假设前提是：如果在我们生活的世界上，两性居于平等的地位，那么整个世界就将更接近彼岸的理想，这种乌托邦式的救赎思维毫无疑问将面临现实的嘲讽。再加上当年西方激进女权主义者的极端化行为，比如易装癖、反婚姻、性解放、倡导女尊男卑等等，更是让女权主义在普通民众心里留下了滑稽可笑的刻板印象，这更加招来了传媒的丑化——女权主义者们被嘲笑，她们不是敌人，但是她们比敌人更可恶，也更滑稽。她们的荒谬之处在于她们企图从内部打击社会，企图以颠覆性别纲常来对抗既定的社会模式。难道这不是一种自不量力的行为吗？难道这不可笑到让人们可以肆意侮辱和丑化她们吗？很显然，女性主义的荒谬不仅仅是它寡不敌众，不仅仅是它采取了极端的方式，说到底，是它竟然要改变一种被认为是天经地义的生活方式和权力机制。于是女性主义面临着两难境地：要么就在沉默之中听凭命运的摆布，不去追问历史经验的虚构性，也不去思索未来道路的可能性，让自我与父权的理性主义同流合污，彼此认同；否则她就必须向人生的汪洋大海上抛下自己的锚——反抗，并且为此去承担必然到来的苦难。正是在这一意义上，无论是激进女权主义、自由女权主义还是解构主义女权主义，它们都呈现出本质上的同一性。

上世纪八十年代初，激进女权主义在西方已经遭遇到挫折，而此时进入到中国的女权主义也同样面临着困境。它不仅不被男性承认，同时也不被女性自身理解，这也使女权主义批评和创作变得艰难。人们一提起女权主义便想到雄性化、女同性恋，乔装易服等等，但事实上，这种激进的女权主义形态在中国几乎从来没有出现过。西方女权主义进入中国后，迅速被我们几千年来的温和中庸的气质同化，这一方面使女权主义在中国难以产生更大的冲击力，另一方面也使中国的女性主义者们有着更加冷静客观的立场。而成熟的女性主义者从来就不是男性或者国家机制的对抗者，相反这些正是她要联合的同盟者，她真正否定的是一种延续了几千年的性别机制——在这种机制下，整个人类（而不仅仅是妇女）被胁迫和异化。正是在这个意义上，女性主义是某种习惯性思维的挑战者，是既定秩序的反思者。歌德曾经说过：每一个思想健全的人都是温和的自由主义者。同样的，我们也可以说，每一个思想健全的人都是一个温和的女性主义者。

也正是在这一意义上，女性文学包括女性散文应该担负起重塑女性主义文化形象的责任。这并不仅仅是简单的主张男女平等，并愿意在文本创作和社会实践中贯彻它，而是要以一种多元化、否定性的视角来全面反思包括女性问题在内的社会问题。很显然，女性主义只是一种视角，而不是终极目的，因而女性写作不应该仅仅只是局限在女性自身的经验之中，而是应该由此过渡到更广阔的领域里。当然这一切首先应该建立在对于女性主义的深刻的认知之上。

另一方面，女性主义应该警惕自身所面临的被歪曲和利用的危险。比如被炒作的沸沸扬扬的"身体写作"便被视为女性主义的一种现象。事实上，女性主义意义上的"身体写作"从来就不是强调某种隐私或是官能的快感。恰恰相反，将身体的概念引入到女性写作中的法国女性主义者埃莱娜·西苏是将身体视为一种反击的策略。因为身体的欲望和女性表达的欲望一样都是父权社会压制的对象，而如果女性想要使自己成为一个具有创造力的人，那么就必须承认自己作为一个人的全部的正常的欲望。因而女性必须由自身写起，她话语的最大的资源便是一直被父权异己化、对象化的女性自身。所以埃莱娜·西苏说："通过写她自己，妇女将返回到自己的身体，这身体曾经被从她身上缴去，而且更糟的是这身体曾经被变成供陈列的神秘怪异的病态或死亡的陌生形象，这身体常常成了她的讨厌的同伴，成了她被压制的原因和场所。身体被压制的同时，呼吸和言论也就被抑制了。"[①]"身体"在这里不是目的，而是一种策略，是通向女性自由写作的方式，女性将要通过回到身体而回到自身，并找回自己的话语权。但是在一种"娱乐至死"的媒体化的时代，身体写作被包装成一种"亚色情"，是女性没有大脑和精神盲目的印证。被转义了的"身体写作"已经成为一种卖点，身体本身就是目的所在，直到后来愈演愈烈的"性爱日记"更成为身体写作的极端形态。人们已经遗忘了（也许从来就没有知道过）"身体写作"的渊源，而只剩下了的关于身体的狂欢表演。当市场企图借助女性主义来寻找商机，那么，女性以及与女性相关的特征，包括女性写作、女性躯体等等都将成为一种商品，这是被商品化的女性主义必然会遭受的厄运。

我们需要注意的是，随着七〇后、八〇后更多的女性开始从事写作，

---

① 埃莱娜·西苏：《美杜莎的笑声》，参见《当代女性主义文学批评》，张京媛主编，北京大学出版社 1995 年，第 193 页。

以及网络时代的"泛散文"倾向的加重，女性散文更加面临着被歪曲和误导的可能。散文文体本身也存在着被通俗化的趋向，它的真实性原则很容易就被转化成"揭秘式"的隐私炒作，诸如性爱日记、绝对隐私、生存实录等等。尽管就外在形式来看，它们都强调某种原生态式的真实，但是就本质来说，它们缺乏的恰恰就是真实——单纯的为迎合市场阅读期待，而不是出于个人心灵倾诉的作品，只能成为公众凝视下的妥协，最终它缺乏的正是来自灵魂的真诚。

就女性写作的"私散文"倾向而言，也存在着两种完全不同的主体姿态：一种是她的隐私化的写作是为了灵魂表述的需要，也就是说，她是基于个人生命的真实感受以及表现个体生命的自由理想而进入到某种隐私性话题的写作；另一种则是为了市场诉求，这里并不存在被曲解或利用的问题，她的主体姿态就已经清晰地表述了自己的写作立场。这种哗众取宠式的写作具有强烈的表演性质，它只是媒体时代的一种必然现象，但是并不能成为女性写作的主导。真正意义上的女性主义写作应该基于一种精英化的立场，表达的恰恰是一个世纪以来中国文化思想不曾间断的主旨：启蒙主义。女性主义启蒙主义是"五四"以来中国知识分子的精英意识和启蒙意识的重要组成部分。

女性散文写作面临着更多的诱惑。作为媒体时代的一种被消费的符码，女性以及女性写作本身更容易成为"他者注视"下的商品，因而重新认识女性主义，建立真正意义上的性别自觉意识，这是女性散文建构中应该具有的重要质素。但是，客观地说，女性主义只是提供了一种视角，它并不能最终决定一篇散文到底是好还是坏。也就是说，女性意识与文学性是两个概念，并不是说一篇作品女性意识越浓厚，其作品的价值就越大。但是有一点毫无疑问，很多女性散文的成功之处就在于它能够将性别意识与散文创作相结合，即由女性视域而扩张到更广阔的场域中，由性别经验而上升至人类经验。叶梦的《羞女山》、韩小蕙的《欢喜佛境界》、匡文立的《历史与女人》等等都是好的例证。

性别的自觉意识成为女性介入历史与现实的一种视角，而正是在这种视角之下，女性写作具有了坚实的基点以及由此延展开的巨大的意义空间。所以，女性应该首先意识到，她作为性别存在的经验就是她话语的一个重要资源。她应该正视她是女作家这一点（一些女作家不愿意别人用"女作家"来称呼自己，因为觉得这个词有贬低的意味），这种存在是她的优势而不是劣势。就像托尔斯泰说的：你写了你的村庄，你就写了世界。女性只要写了她自己的真实存在，她也就写了人类的存在。

第二节　深度意识

追问女性散文深度空间的建构，就是追问在一个浅薄的时代，散文所能够承担的深度价值。尽管正是散文本身的平易亲切、通俗易懂的特性使它成为消费时代备受宠爱的文体形式，但是如果散文就定格在这种价值取向上，那么它将会失去自身作为一种纯文学形式的发展空间。就散文本身的创作来看，无论是老生代散文、文化散文、新潮散文、还是新生代散文都在散文深度追求上做了新的尝试：对于传统文化的审美体悟，对民族群体文化经验的观照，对自我心灵世界的深入揭示，并伴之以多种形式技法的实验。凡此种种，都是散文史上具有意义的创作现象，但是这并不能掩盖散文繁华背后的困惑。

首先，来自散文文体自身的很多理论问题以及以往的一些创作经验构成了对散文当下发展的桎梏。比如过分强调散文文体的"大"的观念，使散文成为包罗万象的一种集合体，但是却忽视了散文文体的纵深感；比如对于以往散文传统的借鉴，新时期后被强调较多的是周作人、林语堂的风格，直到后来的沈从文、梁实秋、张爱玲、汪曾祺等人，也都是这种具有冲淡闲适风格的作家，而诸如鲁迅的《野草》、何其芳的《画梦录》的传统则很少被延续下来——《野草》的深入骨髓般的沉痛、心灵博弈过程中的挣扎与伤悼，《画梦录》的对于现实人生的游离与无望，对于神秘虚幻的审美维度的触及，这些话语经验在当代散文作品中都显得匮乏。即使对于周作人等人的散文精神的继承也仅仅是一种表面化的散淡、冲和，而没有了那种深厚的传统文化的基础以及中西合璧式的开放性的视野作为支撑。仅仅只是谈论生活琐事或是空泛的感慨议论，并不能构成所谓的闲适、抒情、智性——闲适之下的深度，抒情背后的真诚理性，智性中的想象力与艺术性，这些才是架构散文深度意识中必不可少的环节。

另外，"十七年"散文创作模式作为几代人的课本教育中的标尺以及很多人最开始从事写作时的样本，对于当代作家的影响力还是不容忽视的。即使不是政治上的上纲上线，还有情感上以及人格上的拔高或是伪饰，即使不是三段式或串珠式，那么还有文化演义模式、典故派。凡此种种，批判一种创作现象或是思潮很容易，但是在这种现象或思潮之下的深层的心理惰性往往并不容易清除。

而就作家本人的素质来说，散文最需要的智性与感性又往往很难同时在一个作家身上体现出来。有一些散文作家虽然具有学者的文化素养，但是缺乏将它转化为某种艺术形态的想象力与文字能力，给人一种失衡的感觉。还有的作家虽然具有昂扬的激情和较好的艺术感觉，但是又往往缺乏思想性与深度感。同样女性散文也面临着如上的问题。就它自身的创作状况来说，还有很多问题也是应该注意的，而这正是女性散文建立深度意识需要解决的问题。

一、视点的下移

女性文学对于某一特定群落与话题的关注是必要的，但是如果仅仅只是局限在自身的生活范围内，而不是将这种触角延伸，那么女性写作的资源便面临着重复与枯竭的危险。正是在这里，我们看到了女性散文所面临的困境。写完了儿女情长、养儿育女、吃穿住行、娱乐休闲，那么下面要写什么？因为散文的非虚构性决定了它的很多题材的开掘都是一次性的，如果一个作家不能突破这种已有的题材的限制，而寻找到更具有新意的表述对象，那么她如何维持话语更新的能力？另一方面，女性散文往往沉浸在"我"的世界中，不能自拔。尽管散文从本质上讲是离不开"我"的——"我"的经验，"我"的注视，"我"的反思，但是这并不意味着散文中只能有"我"，关键是怎样由"我"而过渡到"你"和"他"。如果散文的第一人称中难以容纳多维度的视角，如果散文不能提供由当下向过去与未来的俯视与瞻望，那么它必然只能成为一种狭义上的"私人生活"。正是在这里，我们需要反思：女性散文在满篇的"我"之外还能够提供什么？女性散文如何将自己的视域放大，由个人生活而转向多层面的女性生活。这是女性散文由实入虚从而达到虚实结合的方式，也是避免女性散文"小资化""贵族化"的必要途径。

在女性视点的外移过程中，我们着重强调的是下移，这是说女作家在对文学女性的关注之外，还应该将底层人物的情感和命运呈现出来。二十一世纪初，"底层写作"曾经被广泛关注。早在上个世纪九十年代后期，随着社会阶层的分化，弱势群体、底层问题引发关注，关于底层生活的文学创作多了起来。到 2005 年，作家曹征路的中篇小说《那儿》在《当代》杂志上发表，成为当年的轰动性事件，《那儿》也成为了底层文学创作中的代表性作品。一时间小说创作领域关于底层生活的作品越来越多，后来甚至于出现了创作上的模式化倾向——从人物到情节都给人似曾相识的雷同感。"底层写作"是这个世纪初最重要的文学现象，虽然从创作上看有得有失，但是它对现实生活的介入是如此深刻，以至于让人们重新反思中国社会在阶层、贫富差距、农民工等很多问题上出现的新状况。可惜的是，散文对底层生活的关注很少，大多数散文作者们还是沉浸在亲情、宠物、故乡这样的传统话题上，而对现实问题缺乏兴趣。

纵观当代文学史，有一些创作思潮是由作家们的自发创作汇聚而成，评论只是追踪到了这种现象，当然这种创作现象会因为评论家们的广泛关注而愈演愈烈，成为大的创作思潮；还有一些创作思潮或者现象是由权威话语有意或无意引导而成，正是因为有了来自权威人士或者评论家们的集中关注，才引发作家们有意识地对某种题材或者创作方式的追随。无论是哪一种情况，作家们不必要以"听将令"的动机进入到自己不熟悉的创作领域，让自己的写作成为一种模仿与跟风。而权威话语无论是来自官方的还是民间的，也不应该倡导一窝蜂式的创作思潮，这样很容易在短时间内消耗掉作家对于某一题材的创作激情，而有一些题材本应该得到长期持续的关注，比如底层生活。

事实上，散文中对于底层民众的关注是有自己的传统的：鲁迅、张爱玲、杨绛的很多散文中都有对身边的佣人、小贩、劳苦大众的关注——这是以散文形式来勾画的浮世悲欢。这种传统，在当代散文尤其是女性散文中已经越来越少。"十七年"的底层是知识分子想象中的被英雄化与理想化的底层，是失去了民生哀乐的具体生活场景的底层。新时期后先锋派的叙述中很少呈现来自底层的声音，而在大众文化的蓬勃的演进中，大众往往只是一个空洞的代码，他是被商业文化对象化的存在，他的具有文化象征性的质素被提炼出来，但是他作为具体的生命存在的状态却是隐性的。新时期小说在经过了一系列的实验与新潮之后，开始向民间与写实性回归，但是被悬置很久的民间往往呈现出知识分子"他者"想象化的形态，成为一种异质性、猎奇性的存在。就这一意义上，女性散文视点的下移首先应该是姿态的转变，是在散文文体的"我性"之外建构起"他性"。下移并不是一种居高临下的俯瞰或是猜度，而是真正"将心比心"地融入与自身息息相关的生活之中，融入到这个时代更广博的生命关怀中。只有如此，女性散文的话语空间才会不断拓展。事实上女性散文中对于现实生活、底层民众的描述已经有了不少，应该说其中的一些散文是令人难忘的，像叶梦的"益阳系列"，斯好的《婉惠老师》、王英琦的"远郊系列"等等都是较为朴实的观照现实的作品，也提供给了女性散文向"他性"空间开掘的线索。

"向下看"正是女性散文伦理关怀层面的拓展。关注底层的生活，而不仅仅只是女性知识分子的精神生活，这是女性主义应有的叙述责任感，也是使女性主义真正成为中国女性启蒙精神的本土化的过程。

二、视点的内移

强调女性散文的外向性，并不是说当下的女性散文已经完全能够深入到女性自身的内在世界，已经将女性体验的深度空间开掘完毕。恰恰相反，更多的女性散文并没有真正深入到女性潜意识的领域，对于个体生命神秘的感知世界缺乏深度观照。

米兰·昆德拉认为："自詹姆斯·乔伊斯以来，我们都知道我们生活的最伟大的冒险在于冒险的不存在。"[①] 现实历险的不存在便必然以心灵冒险替代，而散文正是在这里缺乏它应有的冒险精神——袒露潜意识的流动就是一场历险，既是自己面对自己的冒险，也是自我面对外在道德世界的一种冒险。女性散文的"属我"性，更多的时候，只是拘泥于"我"的表层的情感世界，而这种情感又往往是经过意识结构、伦理价值检验过的，是符合更多的人的欣赏习惯、从而也不会引起争议的表述对象，而对于人性内在的隐秘世界则往往缺乏表述的勇气。如果说小说家是进入到虚构域中刻画人物，那么散文家则是在现实世界中最大限度地还原自我。而这种还原不能仅仅只是一种表象——她说过什么，做过什么或者想过什么，更重要的是她禁止自己去想了什么。也就是说，女性主体在散文中不仅要呈示出那些她明白的、她认为正确的事物，也应该有那些无法理清的、神秘的意识之河的流动——那些在心灵深处被一再压抑的话语往往是最真实的，它是一个人和一个时代的隐秘。在那里，也许隐藏着连她自己都不能解释的历史与生命之谜。因而一个作家应该寻找到某种进入到自我潜意识场景中的方式，展现出一个更加真实的生命个体，并由此来切入人类心灵的深度空间中。正是从这个意义上，我们说仅仅只是简单的抒情并不能替代对内心世界的深层观照，相反却往往会流于某种"抒情主义"的媚俗与滥情中，而忽视了自我面向世界与自身的理性与潜意识。

视点的内移使散文呈现出深刻的私人性。应该指出的是这种私人性是建构在思想性、历史意识、诗性之上的。"散文是思、史、诗三位一体的，

---

① 米兰·昆德拉:《被背叛的遗嘱》，上海人民出版社 1995 年，第 185 页

本体和主体相应，则散文作家是思想者、学者、诗人三位于一体。"①而这也正是一个成熟的散文家应该具有的文化素养。散文不可能离开思想，即使是抒情散文，也必然要传达出主体的文化素养，以及对于人生的庄严思考。离开"思"的抒情，就失去了理性支撑，成为滥情、泛情，最终将陷入"抒情主义"的窠臼。而毫无疑问，"思"正是很多女性散文所欠缺的。而正是"思"的匮乏，使得女性散文失去震撼人心的力量。"史"是个人与群体的历史，将一个人一生的散文串联，就像是把一个人一生的话语（它是最原初意义上的散文）组织起来。那是一个人的心灵史，也是一种文化、一个民族的生存形态的历史。诗性，是文学的共同本性。真正的散文从本质上来说，都是具有诗性的。我们在这里引用诗来说明的是散文的艺术性、文学性、审美性。就语言层面的诗性来说，散文应该重新寻找、反思汉语言的传统与当下，散文应该成为最能够彰显汉语魅力的文体。而就散文的意义层面来说，诗就是一个人的史诗，是个体生命的历史境遇在艺术层面的展示，也是美与丑、真与假、善与恶的互相逼视。诗与思的对话是一种精神的回归——向人的生命的原初形式回归。

另外，我们还应提到的是散文意义生成中必不可少的主题旨向：死亡。"死"是散文包括整个文学写作的深层驱动力。正是因为有了死亡的潜在威胁，诉说成为一种当务之急。文字背后的忧伤情绪来自于对终极的人生宿命的恐慌。这种无所不在的威胁促成了一种面向人生的冷静态度和需要自我表达的急迫情绪，也构成了写作主体的包纳意识和深度意识，使散文直接面对生命的痛感体验。

---

① 楼肇明：《繁华遮蔽下的贫困——九十年代散文之路》，楼肇明等著，山西教育出版社 1999 年，第 7 页。

散文的"私人性"正是建立在前四者——思、史、诗、死的基础之上。它突出散文的个体性、主体性，是对于散文个性化的一种体现。"私"是主体向自身生活以及灵魂世界的最深处的寻望、张看、窥探，是将自己放在自己的心灵的天平上进行审度。真正意义上的"私散文"并不仅仅是写私生活的文章，它可能是与私人生活相关，但也可能与具体的事情无关，而只是一种心态、心绪、意识和潜意识的流动。事实上只要进入到个人心灵的深层空间，散文就必然会呈现出极端的私人性，但是这种私人性并不排斥群体的秘密，或者说正是通过这种私人性，我们看到了人性中的共通场域。

新时期后，斯妤、赵玫、叶梦等女作家已经进入了对于潜意识的描述之中，但是这种文体实验并没有深入下去，这应该是有很多方面的原因的。首先，这种实验本身往往曲高和寡，缺乏相应的关注和激励；其次，作者本人的素质也是一个重要的原因，能否在一种没有方向、浑浊无序、如黑夜般的未名空间中拓展开某种叙述途径，形成自己独有的话语方式，同时能够使之成为可持续性的叙述资源——这些都需要作家本人的艺术创造力与敏感性；再次，持续地进行一种深度写作，是十分耗神耗力的事情，这与粗浅的描述都市休闲文化的写作完全不同，它需要作者本人的极度的投入，就像赵玫将自己的散文描绘成"滴着血"的表述一样，这是"以血为墨"般的创造和消耗。仅仅只是流汗流泪流口水，并不能真正潜入生命的未知场域中。布勒东曾在"超现实主义"的纲要中将写作视为一种进入到痴狂状态的自动写作，而散文或多或少的需要这种气质，否则多数散文将只能成为一种轻松化的小摆设；最后，真正进入到个人的深层心理是需要勇气的，因为那里有甚至于连作者本人都会感到惊讶的未知世界，她将遭遇的很可能是一个陌生的自己，她要面对的也是一个失控状态下的自己，而非道德律世界中的可以言说的自己。又因为没有小说的虚构的外衣作为掩护，直接暴露在文本内和读者的阅读视野中的只能是她本人，而人性深在的负面性往往会使作者不得不止步于自身。

另外，中国传统的适可而止、讲究中庸的美学观念也并不支持这种写作方式，杨绛就曾经《在说话的艺术》中表述过："说话之用譬如衣服，一方面遮掩身体，一方面衬托显露身上某几个部分。我们决不谴责衣服掩饰真情，歪曲事实。假如赤条条一丝不挂，反惹人骇怪了。难道一个人的自我比一个人的身体更多自然美？"[①]"自我"与"身体"本身都成为某种需要掩饰的对象，尽管掩饰有时候是为了更加突出一些真实，但是问题也在这里，突出的往往是被美化的部分，人性在"自然美"之外的部分却被遮盖了。毫无疑问，"非自然美"更加能够逼视一个人的人性的复杂的方面，也更加需要解剖与批评。但是我们的传统哲学往往建构起了一种不愠不火、温文尔雅的入世经验，并由此而上升为某种应世的智慧，散文经常地就在这种东方智慧的笼罩之下，将人性的混沌质朴视为最高境界，而放弃了面向自身的尖锐的反思意识。凡此种种，都成为女性散文向潜意识场景过度的障碍，也正因为如此，女性散文应该在这些方面具有突破与开创精神。

三、从个人政治到历史场景

散文注重抒情，将个人的情感的表述视为最重要的文体特征。而在女性散文中，个人生活场景或情感话语的凸现往往缺乏历史场景和人类情感

---

① 杨绛：《说话的艺术》，参见《杨绛散文》，浙江文艺出版社 1994 年，第 18 页。

作为支撑，因而尽管女性散文善于抒情达意，但大多是个人政治或是性别政治的体现。即以个人话语消解公共话语，以性政治来替代社会政治。这种写作策略尽管在某一时期内具有强劲的颠覆意识和解构意识，也具有鲜明的女性意识，但是就文学深度价值来看，它欠缺某种更加成熟与丰富的历史意识与人类意识。

英国湖畔诗人科勒律治说："我们知道某人是诗人，是基于他把我们变成了诗人这一事实；我们知道他在表现他的情感，是基于他在使我们能够表现我们自己的情感这一事实。"[①] 同样我们认同于某人是散文家是因为她呈现出了比她自身更加宽广的人类经验，而我们自身应该在这种经验之中。因而散文的抒情是基于个人的人类情感，它是建立在主观性之上的客观性，就像卡西尔在《人论》中所说的那样："一个艺术家如果不是专注于对各种形式的观照和创造，而是专注于自己的快乐或者'哀伤的乐趣'，那就成了一个感伤主义者，因此我们根本不能认为抒情艺术比所有其他艺术性是具有更多的主观性。因为它包含着同样性质的具体化以及同样性质的客观化过程。"[②] 抒情的"客观化"正是很多女性散文所欠缺的。作家抒发自己的感情，但是这种感情一旦经过审美化的转置，它就再也不是完全个体化的情感了，它必须成为更有概括力与说服力的集体意志。换言之，散文表现自我，但这个"我"是具有民族身份与集体无意识的我，而不是耽于一己私念没有创造力与文化凝合力的人。"我"的生活与"我"的时代是一种互相包容的概念，剥离二者之间的这种关联性，那么散文剩下的

---

① 科勒律治：转引自秦晋：《新散文现象和散文新观念》，参见《八十名家谈散文创作》，文畅、孙武臣主编，作家出版社 2002 年，第 256 页。

② 恩斯特·卡希尔：《人论》，甘阳译，上海译文出版社 2013 年，第 243 页。

将只是一种片面的悬空的文本表象。

新时期后很多作家都开始在散文的深度意义上寻找切入点，文化散文或智慧散文正是这样一种努力。但是女性的文化散文少之又少，即使是女学者的随笔也往往偏重于感性经验或词语的实验，或是激愤之词较多，缺乏沉淀。王英琦、匡文立等人的散文虽然更有气魄、更大气，但是往往观念性的东西较多，理念艺术化的过程有些欠缺。还有一些女性散文表面上看很有些智慧与文化品位，但是事实上只是将前人讲过的话重新包装一遍。虽然在休闲文化时代它可能仍有自己的市场，但是如果散文只是被这样的话语充斥，那么它将失去它存在的深层基础。这种"伪哲理"散文的致命之处在于它缺少了主体更有创见性的反思，只是一种廉价的重复和炒作。从这一点看，以具体形象、细节、主观想象为特征的虚构性文体却往往因其叙述的不确定性而产生多义效果，于是在阅读主体的不同视角与文化背景中就有了不同的阐释，在仁者见仁、智者见智的批评中往往就被注入了新的意义，而这些可能连作者本人也难以预料。可是智慧散文却失去了叙述体式的掩饰性，它赤裸裸地暴露在读者的视域之下，于是主体思想的贫乏与丰盈也便一目了然。许多文化或智慧散文恰恰缺少了文化或智慧的在场，因而它难以带来有价值的启示。

女性散文并不缺乏表现自我心灵的作品，也不缺乏表现都市日常生活的作品，她缺乏的是向这两个方面开掘的深度以及超越实在生活与个人情感的胆识和魄力。如何将所吸取的繁复的知识变成自己的见识，最终转化成艺术表达的胆识，这是女性散文家应该思考的问题。当然这也并不是说要将所有的表述都引向极端，而是要在普遍化的温文尔雅、浅尝辄止的散文叙述中，找到某种更具有穿透力与冲击力的方式，就像阿兰·罗布——格里耶说的那样："艺术作品不是让人舒舒服服享受的，像在沙发上睡大觉那样。真正的艺术作品就是随时让你感到不舒服：因为恰恰在你不舒服的时候，这里才有真实性。"①开阔的散文世界不应该成为文人趣味与精致文化的代名词，也不应该成为时尚文化的追随者。

回避现实就意味着失去真实性与批判性，回避自我就意味着失去真诚，而这些又恰是散文最重要的品质。女性散文也一样，除了养花品茗、相夫教子、多愁善感的文学女性的情趣空间之外，它应该具有对于某种深度主题的承担意识，否则女性散文只能成为某种茶余饭后的轻性阅读文本。正是基于此，他者生活尤其是底层生活，潜意识场景中的隐在的欲望，人性中的多层面尤其晦暗地带，从日常生活场景和潜意识场景过渡到历史场景的文本实践，这些应该成为女性散文关注的话题。

在具体的文本实践过程中，女性散文的深度结构需要主体在经验、体验与超验之间的转换与升华。经验是基于生活事实层面的主体经历。很多休闲化的散文书写的便是一种经验，经验往往只是一种日常状态，一种自然进程，没有提炼与主体情思的投入，缺乏对象化的艺术熔炼，但是经验又是散文不可缺少一种表层结构。无论是阅读经验、想象经验或是现实经验，这些都构成了散文最为直接的写作资源。但是散文必须将这种经验加以生命化、体验化，否则便只能成为不痛不痒的旁观记叙。就像很多晚报文章一样，只有经验的书写，而少了切入灵魂深处、感同身受的主体投入。一味地写男人女人，穿衣打扮，这些话题展开的往往都是经验之谈，无论这样的小感触有多少种存在的理由，有多么坚定的合法性，但它都不能代表散文（女性文学）最广大、最重要的部分，也不会成为这种文体的

---

① 阿兰·罗布——格里耶：《新小说》，参见《"冰山理论"：对话与潜对话——外国名作家论现代小说艺术》（下册），崔道怡等译，工人出版社出版 1987 年，第 526 页。

正宗属性。

　　只是说出自己的生活，是远远不够的，散文应该是生命体验，而不仅仅是生活经验；是痛定思痛，而不是一味地抚摸伤痕；是沉默处的惊雷、喧嚣中的寂静，而不是叽叽喳喳的家长里短。"体验"便是进入到生命的具体形态中，主体与叙述本身成为难以割分的骨脉相连的一体。正是在体验中，出现了痛感和快感，出现了"以血为墨"的投入，出现了情感叙事与精神叙事，心灵成为体验的重要场域，而散文记下的恰恰是其中每一丝微妙的细节变化。但是仅仅只是体验还是让人难以感到散文的震撼力量，激动的泪水，强烈的情绪、潜意识的盲动并不是散文的核心。此处我们可以引进另一个的概念，叫作"超验"。这里的"超验"并不是一种对于世界的某种先验认识，也不是对我们可以理解的现实世界之外的某种超现实力量的指认，而是指超越经验与体验层面的事件性与情感性，进入到某种体悟、反思性的形而上层面，从而使散文进入到更深邃、更宽阔的生命能量与智慧容量的释放空间。

　　事实上多数女性散文只是停留在经验的层面，好的散文可以进入到体验层面，但是由此进入到某种哲理性反思的文章却很少。毕淑敏的《花圈》写少女在制作花圈过程中寄予的对美和欢乐的向往，但是这些都因为具体的死亡的来临，而变得凄凉痛苦。毕淑敏进入到个体内心世界的表述，但是没有更深入的开掘，是一种在经验与体验中的文字，这比很多都市休闲散文更具有艺术性，但是却欠缺在经验与体验之上的更具有深度意识的开掘。少女、死亡、美，这本应该是可以引申到更具有震撼力的话语空间的。

　　"超验"应该成为女性散文追求的重要方面。这事实上还是一个深度空间建构的问题。如果说，在经验层面，作者抓住了现实生活中的细节，那么在体验层面，这些细节被注入了情感认同与生命感悟，而在超验层面我们看到的是构成生活的许多细节（而不仅仅是那些重大情节）是怎样地改变了人，怎样成为人精神与思想的发动力。正是在生命的每一次转折的这些细节处，个人变化的历史以及与这历史相随而来的诗意时刻得到彰显，经验通过个体的心灵体悟成为人类共同的美与真理。

第三节　汉语散文新思维

汉语散文新思维有着多种层面的所指，它首先应该是针对文体本身的认识。建立自觉的文体意识，凸现文体本身的美质，并在此基础上不断以一种实验创新的态度面对散文。其次，是汉语散文的宏观认识。这是把散文放在一个大的背景之下，是在汉语写作内部，同时也是在世界文学之中，给汉语散文过去、现状与未来的一种定位与瞻望。正是在这种反思过程中，女性散文明晰自己的传统、当下的位置与未来的可能性。再次，是汉语语言的文化意识。汉语散文首先应该是关于母语的艺术，散文家周涛认为只有重新认识自己的母语，我们才能重新认识自己。散文作为与汉语文化传统一脉相承的文体，应该在汉语文化及汉语语言的演变过程中扮演什么样的角色，这也是一个重要的问题。作为女性写作来说，性别与修辞本身有着微妙的联系，如何建立起属于女性自身的象喻系统，这也是女性散文要面对的问题。

一、散文文体意识

每一种文体本身都有它独特的审美品质，建立文体意识首先应该认识到文体的这种独特性，关于文体的实验是将这种特质发挥到极致，而不是将它抹杀。散文也是这样。它自身的种种特质既是对创作的限制，同时也是它的优势。比如非虚构性，它是对文本叙事的真实性的强调，似乎是一种局囿，但是另一方面它又成为散文文体被关注与喜爱的原因。就创作来说，真实生活本身的戏剧性、丰富性都可以提供一种源源不断的书写资源，它形成了散文广阔的艺术场域。但同时我们也应该明白真实性并不意味着行文的粗糙，毫不讲究地将原始事件搬入散文中，相反真实是在事件与艺术层面上的双重的真实。新时期后，很多散文"缺乏清醒、自觉与科学的文体意识，满足于随心所欲或粗疏简陋的自由抒写，以致使笔下作品从叙述到语言，都在很大程度上忽视乃至丢弃了自身应有的审美特质"。①同时很多作家对于散文的特性以及散文可以容纳的广阔的话语空间，都缺乏认识，很多散文局限在狭窄的题材范围内，也有一些散文则在他人或自己建构的叙述模式中难以超越，这些都是对于散文的自由特质缺乏深入的体会。

女性散文的文体自觉意识在"五四"后期就已经初步形成，但是这种自觉意识并没有作为传统深入到所有女性写作之中。对于很多女作家来说，散文创作往往是小说或诗歌之外的一种附属品，它承接的只是过剩的热情，或是热情消退后的无奈，散文作为一种文体的独立性往往被忽视。

新时期后很多女作家对于散文文体进行了具有实验性质的创新，像斯妤、筱敏、胡晓梦、黑孩等人，她们的很多作品是将小说的情节性、诗歌的意象化与节奏感，戏剧的语体形式借鉴到散文的写作中，这种多文体杂

---

① 古耜：《当前散文创作中值得注意的几个问题》，参见《八十名家谈散文创作》，文畅、孙武臣主编，作家出版社 2002 年，第 394 页。

融的文章体式，对于散文来说是一种有益的尝试。上世纪九十年代后期，刘亮程的散文事实上就是将散文、小说、诗歌文体的特性相互交融，既保持了散文的抒情与真诚，也具有小说讲述故事般的叙事性以及诗歌的跳跃性与语言的张力，应该说这种实验是比较成功的，而这也使我们对于散文文体的包容力有了更多的认识。

从凭借先天的良好的艺术感觉而从事于写作，到认识到文体的独立性与规范性，并在此基础上寻找到突破规范的途径，从而重新进入到自由之境，这是散文在否定——肯定——否定的辩证思维下的重新整合，也是散文家进入到创作的更高境界的必要的通道。对于散文来说，恰恰是在坚持某种规范的情况下的"反规范"，才构成了真正意义上的文体创新。

二、汉语散文的宏观意识

就汉语散文来说，它本身是一个很大的概念，它既包括了绵延几千年的中国汉语散文的历史，同时也包括以汉语作为散文写作语言的诸多群体，包括香港、台湾等地区以及海外的诸多华人群体——新加坡、马来西亚、加拿大等等，这形成了汉语散文在二十世纪后期"多元发展、共生互补的繁荣鼎盛的整体格局，堪称二十世纪世界文学中一个独特的人文景观"。[①] 而每一地域的散文都具有自身鲜明的特点：香港作为一个开放型的大都市，都市散文，尤其是与各种杂志、报刊相关的休闲散文的发展已经相对成熟；台湾的散文一方面是对于传统文化的固守，另一方面则出现了很多具有开创意识的新锐作家，就散文的整体发展来看，台湾散文的成就

---

① 袁勇麟：《当代汉语散文流变论》，上海三联书店 2002 年，第 1 页。

与大陆相比，不相伯仲；而海外散文则共同地呈现出对于中国传统文化的眷恋情结和反思意识，尤其是很多学者的散文视野开阔，对于文化差异往往有着较为敏感的认识。所有这些对于大陆散文都是一种很好的借鉴。就女性散文创作来说，香港地区的亦舒、西西、李碧华、林燕妮，台湾地区的张秀亚、琦君、张晓风、龙应台、三毛、席慕蓉、简媜、钟怡雯，新加坡的尤今等等，她们的散文都具有十分鲜明的风格，都在不同层面上观照了不同文化空间下的女性命运与存在状态。就这一点来说，她们都构成了女性散文的写作经验，也应该成为大陆女性散文的话语经验之一。

就世界散文来说，它是一种较为模糊的概念。散文与民族思维方式的同质性决定了它在不同文化形态下的不同的文体形式，也决定了我们对于散文的比较研究将会变得艰难。事实上，我们难以找到像汉语散文一样源远流长的散文传统，也难以发现哪一个国度的散文经历过像中国这样的繁荣与困惑。即使不从比较文学的角度来分析，我们也很容易发现，"五四"时期中国散文建立的开放性的传统至今已经变得越来越薄弱。现代散文在开端时便是以一种"拿来主义"的姿态来构建自己的话语体系。直到今天，我们也不能忽视蒙田、伊利亚、厨川白村、泰戈尔、毛姆等人对汉语散文的深刻的影响。但是"十七年"到文革中，散文向外看的视线几乎中断。与民族传统文化的断裂以及长时间的封闭，已经决定了当代作家的先天不足，在最需要文化素养和最能够体现出主体姿态的散文创作上，当代作家共同地呈现出创造力的匮乏——"十七年"是对延安散文的延续，新时期初是对"五四"散文的回归，所谓的小女人散文是对孤岛时期的女性散文的继承，老生代散文更是重新扛起了中国现代散文的大旗，上世纪九十年代的文化散文难以企及鲁迅、周作人的文化品位。由此可见，我们更多的时候是在还原或是回归已有的散文传统。作为一种民族思维方式的见证，汉语散文不可能脱离汉语文化传统，但是如果仅仅只延续一种纵向的继承，而放弃了横的借鉴，那么我们的散文将只能成为现代散文的模拟或翻版，从而在某种似曾相识的风格下丧失了自己的批判力与成长性。正是基于此，当代散文应该借鉴的是"五四"的开放性的散文思维方式，而不仅仅只是它的创作模式。

就西方的散文形式来说，我们已知的很多伟大的哲学家都是将散文、诗与思想相结合，海德格尔的《林中漫步》、尼采的《瞧，这个人》、罗兰·巴特的《一个解构主义的文本》，凡此种种，都是在感性与理性、形式与内容、经验与玄思中寻找到某种结合点，而散文正是这种衔接的具体形式。另外，纪德《人间粮食》的祷告体、歌德将文与论的结合、梭罗在《瓦尔登湖》中将美文与哲思合二为一，这些对我们的散文写作都应该带来启示性。

从理想化的角度来看，汉语散文应该成为东方审美传统与西方现代精神的一种结合体，当然这首先并不是文体的问题，而是散文家自身能够在多大程度上完成这种结合。女性主义者认为女性本身对自己民族的主流文化具有间离意识，她作为文化的客体并没有阐释权。从这个意义上，我们有理由相信，女性散文作者更容易形成某种开放意识。事实上，中国女性散文对于西方女权主义的借鉴，新潮散文对于现代主义技巧的实验，都使我们看到女性散文的巨大的创造性与可能有的开阔的视野。

三、汉语语言的文化意识

如果说，文学是语言的艺术，那么散文对于语言的依赖则更为直接和紧密。"散文是'说话'的艺术，曾有'絮语''娓语''闲话'之别称。

它不靠情节引人入胜，亦不假韵调扣人心弦。它的全部技巧就在于'说话'；或娓娓倾诉，或侃侃而谈，动人、迷人、醉人，可谓语言艺术之尖端。"① 语言作为形式与内容的结合体，而不仅仅只是一种表象，带给我们更多的想象与启示。语言并不仅仅只是表情达意的媒介，更重要的是它呈现出人自身的存在形式。贡布里希因认为语言并非一切，但是如果一个社会不吸收那种始于语言继而汇合于隐喻之源的普通知识，那么也就无法成其为社会。二十世纪中叶以后，美学领域的语言学转向，同样也影响了二十世纪哲学的思维方式，从海德格尔一直到后现代的哲学理念中都渗透了对语言与存在的内在机制的探询。从极端的角度看，人类与语言同在，语言的边界就是生命的边界，语言无法达到的地方就是思维无法达到的地方，而在思维的空白处也正是生命自身的盲点。因而，列维根斯坦说，想象一种语言，就是想象一种生命形式。同样想象汉语语言在散文中的呈现，就是想象汉语文化的某种可能性；想象构成散文品性的根本质素，也是想象汉语表述主体，即我们自身可能有的生命形态。

新中国成立后，我们将现代标准汉语界定为以北京语音为标准音，以北方官话为基础方言，以典范的现代白话文著作为语法规范的通用语，也就是我们日常所说的普通话。普通话也被视为标准的书面语形式，但事实上，中国文学语言有着更为丰富的资源与支脉。方言、文言与口语等语体形式应该是这种书面语的重要补充或支援，如果将普通话视为语言秩序中的唯一合法的存在，汉语文化将失掉自己丰富的传承，而书面语将成为呆文，汉语文学语言的路也会越走越窄。语言一旦失去了它作为一种艺术媒介的存在价值，便也就失去了它自身最重要的存在形式，它能够提供给人

---

① 佘树森：《中国现当代散文研究》，北京大学出版社 1993 年，第 150 页。

的想象力也将受到限制。刘震云说："一个作家存在的意义是什么？无非是对一种语种的想象力负责。这需要一个过程。我们的语言在沙漠里待得太久了。"[①]语言的荒漠其实是我们自身的匮乏。

"五四"以后，文言散文的传统被中断。而文言作为一种语体形式也成为汉语语言的过去时。语言的灭亡往往有两种形式，一种是渐变，随着时间以及各方面因素的变化，语言自身不断发生变化；一种则是通过某种意识形态的干预，从而人为地中断语言的某种传统。"五四"时期的文言文传统的中断便属于后一种情况。文言散文以及与文言传统相关的诸种文化线索在彼时都面临着一种深刻的断裂。就本质来说，白话文的统治地位无法阻挡，因为它是朝向大众文化时代的必不可少的媒介。但是我们面临的矛盾是，汉语语言中原本的文化美质也将在这种断裂中消隐。这是令人感到遗憾的。

就"新散文"试验来说，文言散文中可能会继续保有生命力的因素应该成为新语体的内在滋养，否则散文创新的基础便会显得脆弱。从这个角度看，台湾散文在语言形式以及汉语文化的继承方面比大陆散文更多了与传统的渊源关系。较早的余光中等人的散文不论，就新生代的简媜的散文来说，尽管从文章的深层结构看，她的散文明显地借鉴了西方现代主义的话语运筹方式，往往以意识流（《四月裂帛》《渔父》）、表现主义（《母者》）等形式来结构全篇，但是中国传统艺术手法中的点染、意象等形式也始终是简媜散文的重要的叙述手法。从外在形式来看，她的散文中中国古典诗词的大量运用，简单的"类"文言句法，这些与现代主义的结构本身融合

---

① 刘震云：《在写作中认识世界》，参见《中国当代作家面面观·寻找文学的灵魂》，林建法主编，春风文艺出版 2003 年，第 147 页。

在一起，形成了一种奇妙的陌生化的阅读感受。文言句式的简洁凝练与现代语法的缓慢缠绵互相纠葛，于是词语间的碰撞就像是一场历险的遭遇。语言成为复活某种文化的积淀和狂想的媒介，甚至于它可能就是这种积淀与狂想本身。而简媜原本极端的近于"抒情主义"式的情感宣泄也在一种简洁的语言形态下变得收敛和富有韵味。

以新时期老生代散文为例，他们的成功并不是一种向外的创新，而是站在新的基点之上的向传统的回归。这种回归因为现代汉语散文传统的失传而显出一种久违的陌生，从而带来新的启示。以上都是将汉语传统与当下结合的较为出色的文本例证。这也提醒我们应该反思以往对于汉语语法资源、汉语文化传统的继承是否过于偏狭？我们是否更善于对这种传统加以排斥和遗忘，而忽视了吸纳其中的具有生命力的因素？文学发展中难道也要采用丛林法则，必须毁掉上一代的传统才能开始自己的创新？

客观地说，"五四"时期的文学语言仍然在文言与白话间寻找某种"化"的可能，"化"是在形式变异下的对于原话语的一种潜在的转义行为。冰心就曾经主张语言要能"化"，即"白话文言化""中文西文化"，并认为这"化"字大有奥妙，不能道出。但是这种"化"的转义在随着白话文日渐成熟、民间语体的不断深入、基于政治意识形态之上的语言大众化的要求等情况下，逐渐失去它的转换的可能。"化"在一个强调"断裂"的文化氛围里，成为一种陈旧的言说方式，于是更多的散文成为一种轻骑兵式的时代宣言。我们看到的散文正是在一种新的意义生成机制与话语媒介下的产物。新时期以后，汉语传统在西方话语的冲击之下更显得弱不禁风，翻译体、欧化的表达方式成为先锋与时髦的文体形式，而我们自身的更加活泼的、凝练的语言传统被遗忘。它要么与主流意识形态相背离，要么与个性化的叛逆思想相左，一个世纪以来，汉语传统总是面临着尴尬的处境。

汉语言自身的灵活、骈散相间、参差错落、仪态万方的美质并不是汉语与现代性接轨的不利因素，相反，它是这种现代转向的基础。当下的散文语言过于注重语言的标准化、书面化，往往只是从书本到书本地转化某种叙述方式。而另一方面，网络写作又过分注重外来语汇、无厘头式的缩写、与现代科技息息相关的时尚词语以及完全情绪化的感叹词。虽然越来越多的人通过网络从事写作，但是从根本上说，这种写作对于官能感受的强调要远远超过审美感受。现代人越来越复杂的心理体验在无节制的宣泄中变得匮乏，网络写作包括网络散文并没有给我们提供新的可能性。说到底，文学形式任何重大的转变，首先都来自于我们对于自身认识的转变。汉语语言的新生存在于我们对汉语语言、汉语文化传统的反思之中——我们自身就是这种反思的对象。

当然，仅仅只有传统是不够的。对于汉语散文来说，语言既要回到它自身的起始处，又要具有不断更新的能力。尤其是在一个大众文化一路凯歌高奏的时代里，散文写作之于汉语写作的意义不应该被忽视。因为较之于小说和诗歌，散文更趋近于大众，它是被更多人选择的倾诉方式。因而，"散文还有一个任务：以个体的清醒态度，与现今遭到更大环境的语言混乱作顽强斗争，并进而奠定全新的现代汉语。"[①] 如何使这种大众化的文体形式真正成为汉语新语体的实践者，这便涉及散文在继承传统的基础之上如何转化传统的问题。已有的言说方式如果不能完全诠释现代人的情感世界，那么散文就必须寻找新的语感和节奏，也正是在这里，西方文学的现代精神进入到我们的视野。

----

① 周涛：《新散文十二家代表作》，南野选编，湖南文艺出版社 1994 年，第 149 页。

纵观汉语白话散文近一个世纪的发展，我们会发现真正能够称得上是美文的散文，往往都是将中国传统文化与现代主义精神，将文言与白话结合得较为融洽的文章，从周作人、冰心、朱自清到沈从文、汪曾祺、张中行、木心等等，他们文章中的美首先是文体的均衡之美。散文与诗歌或小说不同的是，它无法真正背离汉语文化传统。因为它本身已经成为汉语思维的一种具体形式和过程，同时它也是汉语思维的结果。就这一意义来说，汉语散文的魅力便在于汉语文化的魅力。因而对于汉语散文来说，最大的也是最具有创造性的创新，不是一种完全现代主义式的改装，而是如何将现代主义的因素最大限度地融入到这种蕴藉古老的文体中，从而使散文不要由适性得意、知足常乐而过渡到某种趣味化倾向，从而突破"茶式散文"的传统风格。

如何使我们的文字包纳汉语语言的极特殊的审美质素，在"水中月，镜中花"的空灵之中，在可意会而不可言传的韵味之中，在天人合一、文质彬彬的哲学与美学观念中，由民族而走向世界，由有限而抵达无限的意义世界，这些都是我们应该思考的问题。

倡导"词语运动"的诗人任洪渊认为："汉语是一种还没有完全死在语法里的语言。凭借保存在汉语中的东方智慧和整体感觉，中国诗人很容易完成'人'的复归。"[①]这对于女性散文的理想建构来说是重要提示。理想状态下的女性散文正是既展现出一种原初语言般的纯净与诗性，将还"没有被秩序和规范污染前"的汉语语言的生命力呈现出来，同时又在语言的表层之下隐含着某种兼容并蓄的现代气度。从而使散文不仅仅只是

---

① 任洪渊：《墨写的黄河——汉语文化诗学导论》，北京师范大学出版社 1998 年，第 281 页。

"絮语""娓语""闲话"，同时也是"痛话""心语""真语"。如果说汉语言本身就是汉语文化的精魂，那么女性散文正应该建立在这种语言的文化意识之上，最终让曾经深眠的生命意识与性别意识在语言中苏醒并蓬勃。

四、性别与修辞系统

性别与修辞之间有着某种内在的联系，女性写作无论是自觉地还是非自觉地都在建构一种属于自身的象喻系统。女性自身的象喻系统的重新拟定有它的历史的潜话语作为对立面。父权制对于世界（包括女性）的象喻都是基于父权社会的逻辑与历史经验，女性主义批评者罗茜·凯利在讨论"性别与修辞"时曾经指出，在文本中用来命名和确认妇女的隐喻一般都是定型的陈词滥调，例如花朵、孩子、母亲的等等。"当女人变成花朵的时候，在一种隐喻的物神式距离之中，我们就可以避开女人的欲望与差异，也避免见到她的非'菲勒斯'（non-phallic）本质，这样菲勒斯的完整性就受到保护。"[①] 作为对象化的女性往往是被欣赏与修饰的符码，用以形容女性的象喻系统正是建立在这种权力话语之下，因而重建女性自身的修辞系统本身就具有强烈的反父权意识。

女性主义运动从修辞学的角度来看，就是一场寻找自我与世界之间的象征关系的"重写"运动。在这种重写过程中，不仅仅与女性相关的象喻系统在发生变化，同时女性面向世界的视域也在发生变化。更重要的是，女性将作为书写主体而不是被书写的对象存在。阐释权作为一种话语权对

---

① 多罗茜·凯利：参见《中国当代文学的叙事与性别》，陈顺馨著，北京大学出版社1999年，第111页。

于女性写作来说是至关重要的，正是因为依据着自己的目光来审视而不是被审视，女性与世界的象喻关系发生了重大的转变。女性意识到了在太阳、天空、钢筋水泥、战争、暴力之外还存在着与女性生命息息相关的大地、黑夜、月亮、潮汐、母性等等，这些阴性的象喻中包蕴着女性强大的创造力，女性生命的飞扬与潜行，欢畅与悲痛——她们以自己的创造意识来重新书写这些词语的意义，并开始在这些幽暗、广博的生命场地中寻找自身存在的证据。

女性不仅在自身的生命中发现新的象喻系统，同时也在这种象喻中发现自己。她创造具有大隐喻的书本世界，同时也被这个世界创造着。她在此间发现自己，并发现世界。就这一层面看，性别的秘密最终不是劣势，而是女性建构自身象喻系统一种重要的话语资源。

综上所述，关于女性散文的理想建构的具体形态是来自于不同维度、不同层面的一种理想化的延伸，它是在现实、想象与深度层面的多维度并呈的散文，是容纳乐感、痛感、美感于一身的散文审美意蕴，也是在思、史、诗中寻找完美结合点的文体形式。它可能与散文现实相离较远，但是正是这种关于散文理想状态的想象，使我们憧憬散文有可能抵达的广阔的世界，也使我们相信散文是一种有前途的文体。

第六章 备忘——女散文家辑录

　　女性散文浩繁纷杂，即使是对其进行史的梳理和概括，也难以面面俱到。具有文学史价值的经典作家和文学创作层面的经典作家往往并不一致。有人一篇文章炸醒一个时代，但是就创作质量或者创作的持久生命力来说，并不出众；而有的作家并无理论主张，也从不跟随某个潮流，却不断创作出高水准的作品，足以代表整个时代的散文成就。我们在回顾文学史的时候，具有文学史意义的作家往往更容易被详尽展开论述。而当我们以某种特定理论或者视角来论述散文创作时，往往会依据论述的需要来选择文章，或者是格外关注有清晰创作理念的作家，这样难免会遗漏很多优秀作家和作品。

　　作家论偏重作家创作生平、风格流变，并提炼其重要作品，这是一份面向文学史的纪念。对于当代文学散文史以及当代女性散文史来说，它尤其重要。我们关于散文史，尤其是女性散文史的编写并不多，散文在通常的文学史版本中所占篇幅也很少，因而这更需要我们做细致的"作家论"，用更翔实丰富的资料来书写女性散文史，而不是仅仅从理论到理论的空泛的论证。

本章辑录的作家大多前文没有展开详细论述，有的作家的个别作品前文仅有提及，本章会进行更细致的文本分析；也有的作品前文论述充分，本章只会简要提及；还有的作家无论从创作整体风格还是作品分析方面，前文都有详细论述，本章便不再论及，比如斯妤、叶梦、赵玫、韩小蕙、韩春旭、周佩红、张立勤等等。另外，进行文本细读必然会引用大量而琐碎的作品原文，这些文字对于评价一个作家来说，往往比论者自己的言语更充分，也更有力量。需要说明的是，涉及作家作品的引用，本章会在论述中标明篇名，而不再进行详细的引用标注。

备忘，首先是为了我们自己不会忘记，我们看过的文章，写过的文字，还有那些想明白了的以及始终困惑的问题，辑录在一起是一份可以永远珍藏的记忆；备忘，也是为纪念散文史那些灿若星辰的作家们，为纪念一个难以复制的"散文热"的辉煌时代。当然，这依然是一份不完整的备忘录，它留下的需要补充的名字还有不少；但也依然，残缺和遗憾好过轶失和遗忘——她们每一个人都值得被铭记在文学的史册中。

冰心（1900—1999）原名谢婉莹，笔名冰心女士，男士等。原籍福建长乐，生于福州。1919 年开始发表第一篇小说《两个家庭》。小说散文集《往事》《南归》，散文集《寄小读者》《再寄小读者》《樱花赞》《关于女人》，以及《冰心全集》《冰心文集》《冰心著译选集》等。

冰心是二十世纪的文学童话。翻开中国文学史，大概没有一个女作家像她那样，无论是在哪一部现代文学史中，无论是在由男性书写还是由女性书写的文学史中，都享有很高的荣誉。"冰心体"与"爱的哲学"在某种意义上成为中国白话散文的一种典范，对二十世纪中国散文发展有着重要影响。

　　冰心的散文多是描写性质较强、诗意浓郁的抒情散文。如果将她一生的散文连缀起来，那么我们很容易看到她从少女、少妇、中年直至老年的生命过程——她一生经历的重大事件，不同时期的情感变化：赞美诗般的青少年时代，哀乐中年，运动中的恐惧和对希望的憧憬，老年的辛辣放达与大爱情怀。但是如果一个人的创作呈现的只是个我世界，那么她便很难进入到文学的更高层面——审美境。冰心的价值恰恰就在于她对于个人世界的超越，她在自己的散文中塑造了一个具有母爱、童心的大美的文本形象，这个形象具有宗教般的感召力和心灵净化功能。在寻求道德完善的同时，冰心也在艺术表现层面有自己的贡献，她的"冰心体"，清新流丽、体式简短、诗意盎然、注重修辞，对于中国散文尤其是女性散文具有很大的影响。

　　新时期初，冰心依然笔耕不辍，且有新的变化。对于老年冰心来说，她的爱不仅体现在早期的歌颂与赞美，还包括她的呼告和吁请，社会责任感与批判意识成为冰心新时期初散文的精魂。与早期的母爱童真的表现范畴不同，知识分子以及国家命运的很多问题进入到她的视野。尽管就笔调来说，冰心并没有脱离她一贯的淑女气质，但是视野的开阔使她的文章更见辛辣。《我请求》《谈孟子与民主》《万般皆上品……——一个副教授的独白》等等都是这一方面的代表作。她在这些散文中呼吁改善知识分子生活环境，提高"士"的待遇，重视教育问题。一向倡导"爱的哲学"的冰心说："'爱'是伟大的，但这只能满足精神上的需要，至于物质方面呢，就只能另想办法了。"这是一个正视现实问题、务实的冰心，经典的"冰心体"已被略带批判锋芒的杂文风格取代。

晚年的冰心还为《随笔》等杂志写了不少随笔散文，诸如《关于岳王坟》《"孝"字怎么写》《世纪印象》等。在这些短小精练的文章中，冰心展示了自己惊人的记忆力、深厚的文化素养以及尖锐的批判性。《市场上买不到一尊女寿星》记叙了冰心九十岁生日时，萧乾给她送了一尊男寿星，因为市场上没有卖女寿星的，冰心说："这便是数千年来重男轻女的铁证！虽然不但是在中国，在全世界上妇女的寿命一般也长于男子。"追根究底，这是因为"塑像或捏像的工匠都是男人，他们不会想起去塑或捏一尊女像。"九十岁的不平和不满，要比人在盛年时的反叛更具有震慑人心的力量，也更启人深省和反思。

冰心晚年创作了不少具有自传性的散文，如《我的祖父》《我的父亲》《我的母亲》《我的大学生涯》。她记录了人生中许多重要的经历和事件，以及难忘的亲朋故旧等等，从祖父、父亲、母亲、弟弟、丈夫、老师，到文坛内外的好友，几乎每一个在她生命中留下烙印的人，都在她的散文中出现。这就像是对人生的最后梳理一样，老者冰心在为自己写一部具有大隐喻的遗书。冰心把最后的散文演化成墓志铭般的文字，没有虚饰，不论技巧，而是完全依赖人格的素养，以自身博大的生活以及书本知识的积累来运筹文字。散文在这里成了与生命同步的文字，它在洗尽铅华之后超越了文学或者思想的层面，最终回到了人的生存状态本身。

半个多世纪不息的爱与美最后锤炼成某种圣境，老年的冰心已经达到了"随心所欲不逾矩"的境界。她的行文没有斧凿痕迹，她对于写作的敏感和热情也突破了年龄的禁锢。在这一类的散文中比较有代表性的是一组关于梦境的散文，如《我梦中的小翠鸟》《我的家在哪里》《说梦》《梦的启发》等等。由于行动受到限制，梦的疆界便宽广起来，冰心仿佛得到了梦神的眷顾，她说自己总是做美梦，"我几乎每夜都做着极其快乐而绚丽的梦。……白天，我的躯壳困居在小楼里，枯坐在书案前；夜晚中，我的梦魂却飘飘然到处遨游，补偿了我白天的寂寞。"在《我梦中的小翠鸟》她在梦中回家，并感慨："只有住着我父母和弟弟们的中剪巷才是我灵魂深处永久的家，"由此追忆一生际遇："我在枕上不禁回溯起这九十年走过的甜、酸、苦、辣的生命道路，真是'万千恩怨集今朝'，我的眼泪涌了出来……"冰心对于现实人生的陈述并不止于此，更重要的是对于自己近于盖棺论定的总结："我这人真是'一无所有'！从我身上是无'权'可'夺'，无'官'可'罢'，无'级'可'降'，无'款'可'罚'，地道的无顾无虑，无牵无挂，抽身便走的人，万万没想到我还有一个我自己不知道的，牵不断，割不断的朝思暮想的'家'。"短短的千余字，冰心游刃有余地在现实与虚幻间游走，既有老者的淡定，也有赤子般的真诚，更有敏感而执着的文学心。

冰心的散文中也多有老者的智慧。在《霞》中，她翻译一句让自己惊心的句子："May there be enough clouds in your life to make a beautiful sunset." "愿你的生命中有够多的云翳，来造成一个美丽的黄昏。"由此而想到"生命中不是只有快乐，也不是只有痛苦，快乐和痛苦是相生相成，互相衬托的"。快乐和痛苦都是云彩，"这不同的云彩，在你生命的天边重叠着，在夕阳无限好的时候，就给你造成一个美丽的黄昏"。这是晚年冰心的从容，是她面对人生落照时期的坦然。在文末，冰心说："东方不亮西方亮，我窗前的晚霞，正向美国东岸的慰冰湖上走去……"冰心的世界已经延伸到遥远的地方，她看到的不仅仅只是窗外的天空。

冰心散文形式的美感来自于她文体的均衡之美，这种均衡是将东西方文化、古典与现代结合的结果。冰心曾经主张语言要能"化"，即"白话文言化""中文西文化"，并认为这"化"字大有奥妙，不能道出。"五四"

时期，冰心以女性特有的敏感，捕捉到了汉语白话文最早的美文形式，一直到今天，冰心的言说方式，冰心的语体形式都是白话文的一个重要的美感来源。

对于晚年的冰心，写作已经不仅仅是一种文学创作，更重要的是对于社会和文学的责任感。当冰心以白发之人的激情关注社会的知识分子问题，当她为诸种不公大声疾呼时，她的创作的社会意义已经超过了文学本身。另一方面，作为一代散文大师，冰心给我们提供了一种范例：一个人可以在多大程度上坚持最初的信仰与写作的热情。晚年的冰心文笔不再那么活泼明媚，但是她眼里的世界却依然干净而美丽——她呈现给我们的始终都是浸润了母爱童心、徜徉在大海星空之下的赤子情怀。正是在这一意义上，冰心的散文昭示了人格与文格的完美和谐。

杨绛（1911—2016），本名杨季康，祖籍江苏无锡，生于北京。1932 年毕业于苏州东吴大学。1935—1938 年留学英法，回国后曾在上海震旦女子文理学院、清华大学任教。1949 年后，在中国社会科学院文学研究所、外国文学研究所工作。主要作品有剧本《称心如意》《弄假成真》，长篇小说《洗澡》。新时期后主要散文作品有《干校六记》《将饮茶》《我们仨》等，另出版有《杨绛文集》四卷本。

杨绛的散文将中国传统文化的根脉与西方文化素养很好地结合起来。她的散文既有丰盈的文气，淡定的气质，同时也有较广博的学识，能够在平和中见锋芒，不动声色中见惊心动魄。在新时期以后的中国散文界，杨绛的地位举足轻重，她的多篇作品都堪称中国当代散文史中的经典。

杨绛的一系列反思文革的散文，在艺术表现力及思想深度两方面都有突出的成就,《干校六记》是其中的代表。《干校六记》包括《下放记别》《凿井记劳》《学圃记闲》《"小趋"记情》《冒险记幸》《误传记妄》六篇,杨绛以面临大乱而不乱的心态,记录了文革期间中国知识分子的遭遇。杨绛关于文革的叙事多是基于一个"陪斗者"的视角,她的冷静旁观是一种衬托,衬托那个时代激烈而疯狂的气氛。《丙午丁未年纪事》记叙了文革中知识分子被批斗的事情,《前言》中说:"这里所记的是一个'陪斗者'的经历,仅仅是这场'大革命'里的小小一个侧面。"文中表现了知识分子在劫难面前的从容:"我也懒得表白,反正'我自岿然不动'",同时也有辛酸的忍耐:"我虽然'游街'出丑,我仍然是个有体面的人!"这是模仿《堂吉诃德》中桑丘·潘沙的口吻为自己找的排解的途径,如果细细品味,这也是阿 Q 式的精神"超脱"方式。

杨绛的文革叙事中有对于人性的深度认知,她在人的丧心病狂的狼性中,看到了人性中至可哀悯的懦弱和无辜,她把那些曾经迫害过自己的人说成是"披着狼皮的羊"——本质上他们是羊,而不是狼。这也是杨绛式的宽容和悲悯,它基于对世俗和政治的了悟。正因为如此,杨绛记忆的多是生活中通情达理、充满人性化的一面:"乌云蔽天的岁月是不堪回首的,可是停留在我记忆里的不易磨灭的,倒是那一道含蕴着光和热的金边。"杨绛关于文革的散文是新时期文学中关于文革反思最为深入的作品之一,她揭示了中国知识分子认罪和待罪的过程:"'一切牛鬼蛇神'正在遭受'横扫',我们得战战兢兢的待罪。""待罪"状态与"我自岿然不动"是文革期间知识分子心态的形象概括。杨绛后来的关于文革中的知识分子被迫害的描写也都是以一种冷静、简洁、诗性化的笔调展开的。

杨绛的记人散文不虚美,不夸饰,很有史笔风范。尤其是回忆父亲与姑姑的散文,更见功力。《回忆我的姑姑》《回忆我的父亲》是杨绛非常有代表性的记人散文。前者写三姑母杨荫榆惨死时，来不及准备像样的棺材，"木板是仓促间合上的，来不及刨光，也不能上漆。那具棺材，好像象征了三姑母坎坷别扭的一辈子。"寥寥几笔便可见人物的灵魂。《回忆我的父亲》是对父亲一生的概括，也是我与父亲一生情意的回顾。大约有三万多字，可算是长篇散文。杨绛的节奏把握得非常到位，整篇散文读起来没有冗长之感。父亲是典型的中国知识分子，秉持"达则兼济天下，穷则独善其身"的立身处世原则。父亲对于民主政治的主张今天看来仍然发人深思，他认为推翻一个政府并不解决问题，还得争求一个好的制度，保障一个好的政府。尽管，最终父亲没有写成自己的著作《诗骚体韵》，但是在子女心中，他还是一个留下了辉煌巨著的大学问家。杨绛以堂吉诃德来比拟父亲："《堂吉诃德》，总觉得最伤心的是他临终清醒以后说的话：'我不是堂吉诃德，我只是善人吉哈诺。'我曾代父亲说：'我不是堂吉诃德，我只是《诗骚体韵》的作者。'我如今只能替父亲说：'我不是堂吉诃德，我只是你们的爸爸。'虽然著作没有出版是遗憾，但是我想象中父亲会说：'我只求出版自己几部著作吗？'"父亲一生的追求和他的精神气韵都在杨绛的这几句概括中。

除了关于亲友散文之外，杨绛对于生活在自己周围的底层民众的记录也值得关注，如《方五妹和她的"我老头子"》《"顺姐"的自由恋爱》《老王》《黑皮阿二》等。杨绛以笔为人间众生画像，她对于人的同情与关爱，更多的是基于一种审美立场。她与他们之间是看与被看、写与被写的关系，但是总会有一种息息相关的身世之感在她的散文中流露，这令那些卑贱与伤痛的灵魂在叙述中被体贴与眷顾。杨绛的散文中，也有如《孟婆茶》《读书苦乐》《小吹牛》等有闲适之风和书生意气的散文。《小吹牛》记录自己一生当中最得意、最感到快乐的事，竟然全是与立言、立德不相十的事，如看到了修女嬷嬷的衬衣衬帽、打排球时发球得过一分、曾被有轨电车送到永安公司门口等等，这些在杨绛看来都是生命中大可自诩的事情。杨绛的这一类散文大都富有情趣和调侃意味，直触世俗生活的精神实质。

杨绛翻译英国诗人蓝德的一首诗："我和谁都不争，和谁争我都不屑；我爱大自然，其次就是艺术；我双手烤着生命之火取暖；火萎了，我也准备走了。"这首诗几乎就是她自己生命与审美的写照。杨绛有着自己独立而自足的精神世界，所谓宠辱不惊，所谓温柔敦厚，杨绛让人想到的是一种健全的知识分子的人格，是面对苦难的沉着冷静，同样也是在苦难中继续以一种审美视角面对生活的高拔与超逸。正是从这一角度而言，杨绛是一位入世的出世者。

艺术是杨绛生命的支撑，在儒道释影响下酝酿的东方审美主义往往就是东方智者的精神信仰。它综合了东方各种教义和哲学理念，并由此抽离出一种独立的精神旨向——审美主义。以审美的视角来关注苍生大地，邪恶与暴虐、激进与悲凉、疯狂和苦难最终都归于美的平和与哀悯中。而审美的终极处便是生命——生命是这世界的最高价值所在，生命的逻辑就是美的逻辑，违背生命本身的意志——关于善良、隐私、个体、欲望的自然意志，便是与美背道而驰。因而杨绛会关注狂风骤雨年代中人性的泯灭和复燃，关注女佣、车夫的苦难生活。当然杨绛的苦难中没有呼告，没有对社会的大不满，她的态度是温和的，尽管温和里藏有锋芒，但这锋芒不是直指当时某一种特定的社会制度和运动，而是指向所有与生命、幸福、爱乐背道而驰的机制。

《隐身衣》是杨绛具有哲理意味的散文随笔。她期望能够有一件可以使自己隐身的衣服，"外面看不见里面，里面却看得见外面"，能够让自己在隐蔽处凝望世界。这种应世哲学是一代知识分子在多年的政治运动中积攒下来的生存智慧。也正因为如此，杨绛的代表作《干校六记》中缺失了最有价值的《运动记愧》，钱钟书在《〈干校六记〉小引》说："我觉得她漏写了一篇，篇名不妨暂定为《运动记愧》。"又说："'记劳''记闲'记这，记那，那不过是这个大背景的小点缀，大故事的小穿插。"但是钱钟书也认为惭愧到底不是什么值得赞许的感觉："这种心理状态看来不但无用，而且是很不利的，不感觉到它也罢，落得个身心轻松愉快。"即使意识到了惭愧是知识分子应该有的心理范畴，但最后还是乐得身心愉快，这大概也是中国知识分子明哲保身的生存之道，这也使杨绛的散文创作有了令人遗憾的缺失。

丁玲（1904—1986）原名蒋伟，字冰之。湖南临澧人。1927年开始小说创作。小说代表作《莎菲女士的日记》，引起文坛的热烈反响。1930年参加中国左翼作家联盟，后出任左联机关刊物《北斗》主编及左联党团书记。1979年平反后重返文坛，先后出任中国作家协会副主席等职。丁玲一生著作丰富，有些作品被译成多种文字，有《丁玲文集》五卷。

和小说创作一样，丁玲散文创作的前后变化也是巨大的。她说："我曾经以我的笔墨为武器，去揭露黑暗，反抗暴力，现在我要以我的笔去歌颂新生活的一切。"[①]这句话可视为丁玲散文创作前后阶段的总结：早期以抒发个人内心苦闷、以揭露批判为主的创作，在新中国成立后转为以赞美

---

① 丁玲：《中国的春天——为苏联〈文学报〉而写》，《丁玲散文选》人民文学出版社1985年，第130页。

颂扬为主。新中国的建立给丁玲带来了无比的喜悦和创作热情，她满心欢喜地为"中国的春天"喝彩，也充满深情地回忆当年一起战斗的朋友和伴侣，如《一个真实人的一生——记胡也频》《风雨中忆萧红》等。她在《中国的春天——为苏联＜文学报＞而写》中说："我好像成天都在诗的境界，诗的句子常常涌到我的心中，我要为中国而创作，我要为毛主席而创作。"即使后来在历次运动中蒙受不白之冤，丁玲仍然坚定自己的政治以及文学信仰，她的作品几乎很少再回到莎菲女士那种个人的内心世界，对人生际遇以及历史浩劫的反思最终都归于无产阶级战士的慷慨之情中。

《"牛棚"小品》是新时期后丁玲散文中比较注重内心世界、抒情色彩较浓的一篇。同样是写文革中的经历，它是从夫妻二人患难与共的情感切入混乱的大时代，它抒发的是面对人生变故伤痛时的真情实感，以及在失望中如何重新燃起对党和人民的信任。夫妻之间的牵挂、鼓励、温情始终洋溢在他们心间，并凝聚成生存的勇气，是暗夜里的光芒。正是对于情感世界的关注让这篇文章更具有个性化和感染力。

丁玲在她新时期后的散文中描绘出的是一个具有战斗精神、政治觉悟的叙述主体，有着自觉的"大我"意识。《悼雪峰》中，作者追忆了自己与冯雪峰的友谊，以及冯雪峰"为共产主义事业而奋斗的光荣的一生"。文章结尾表达自己对战友的怀念，并再次表达自己对于祖国人民的赤诚："为着死者，为着千千万万的烈士，为着我们的幸福的后代"，一定要尽全力"继续奋斗，为实现共产主义的神圣理想、为加快祖国的四个现代化的进程而贡献余生"。这极富有时代色彩的"表忠心"式的话语方式，是丁玲在那个时期比较常见的表达。

丁玲在散文中多从自我升华到国家民族的高度，并紧扣时代的主旋律。如《似无情，却有情》，写自己六十年后回到故乡的感触，歌颂的是故乡的新风貌，结尾："我将满怀这故乡之情而永远振奋，不遗余力，为开创社会主义建设的新局面而斗争前进。"仿佛是为了弥补"莎菲"时代对于革命的茫然，南京被囚禁时被迫远离革命的遗憾，建国后被打成革命对立面的冤屈，丁玲新时期后的散文大多围绕自己革命的一生进行回述，并表白自己内心对党的忠诚。《鲁迅先生与我》也是在革命的大背景下记叙"我"与鲁迅的来往，其中作者尤其看重的是鲁迅对"我"作为革命者的评价。散文中也有女性叙述常见的生活细节描写，如鲁迅为了不影响孩子睡眠，与友人煤油灯下小声说话，这是鲁迅慈父的一面；鲁迅对于"有脾气"的解释，是他"横眉冷对"的一面。这些散落在散文中的微小细节，可见丁玲敏感的内心以及细腻的文学才华。

革命的浪漫主义色彩也常弥漫在丁玲的散文中，但这是一个比较成熟的、有了思维定式的革命者的内心世界，而非早期一腔情愿的空想。在《我所认识的瞿秋白同志——回忆与随想》写到一代女性自由洒落的浪漫气质："当我们把钱用光，我们可以去纱厂当女工、当家庭教师，或者当佣人、当卖花人，但一定要按照自己的理想去读书、去生活，自己安排自己在世上所占的位置。"对于悲观的秋白，丁玲认为自己与他的区别是"我总还是愿意鼓舞人，使人前进，使人向上，即使有伤，也要使人感到热烘，感到人世的可爱，而对这可爱的美好的人世要投身进去，但不是惜别。"

丁玲的散文为一个时代留下了深刻的印记，解读丁玲就是解读一个女性在大时代中的一种境遇，这不仅是革命加爱情的浪漫故事，也是对于女性与权力、与社会关系的意味深长的揭示。

韦君宜（1917—2002）生于北京。1934年考入北平清华大学哲学系。

1939 年到延安做青年工作，编辑《中国青年》。新中国成立后，担任共青团中央宣传部副部长兼《中国青年》杂志总编辑，后调任北京市委文委副书记，主管宣传工作。1960 年调入作家出版社。散文集有《旧梦难温》《似水流年》《故国情》等。

韦君宜的散文有着鲜明的时代烙印，她记录了自己作为一个共产党员和历史见证者的心路历程，其中有无比热爱党和人民的赤胆忠心，也有对于革命以及自我人生的深入反思。其散文文笔朴素自然，情感真实坦诚，于平静客观的讲述中，再现时代的潮流风貌，也流露出自我复杂的内心世界。

《饥饿之忆》写自己饱暖之后想起了革命时期的饥饿，想起为了多喝一点黑豆汤，怎样绞尽脑汁地想尽各种办法。革命在这里联系的不是烽火战场，而只是最基本的吃的问题，而这与被典型化、神圣化的革命思维、革命话语是截然不同的。作者说自己写饥饿，"并非为了忆苦思甜教育"，而是让自己记住并不算英雄的经历，并以此警诫自己不要在回忆中把自己美化。革命不能是一种资本，也不应该是今天自夸自大的财富。作者由此进入到了批判与自我批判的主题上来，"有的同志忘性太大，回忆过去时，一切都已升华为光荣、伟大、洁净的境界。我平日也常忘掉那点渺小但是当我想起来时，便无法躲避。令我既不能蔑视昔我，昔我也不能否定今我。人何止了解别人困难？自己了解自己，也有困难啊！"把对社会问题的捕捉和自我批判联系起来，也体现了作者光明磊落的心态。

韦君宜在文革后的文章不少是歌颂新时期的好人好事，但不同的是，她力争去掉浮夸和修饰，而尽量呈现事情和人物的本来样貌。《柳暗花明又一村》从一个县委书记的工作来透视中国农村以及社会经济的变化，散文读起来更似一篇报告，只是比一般的社会调查报告更平易、更口语化，并不寻求所谓"典型""升华"或者重大发现。

韦君宜的记人散文朴素中见真情，对于历史有较为客观的评价。《蜡炬成灰——痛悼杨述》记叙了丈夫杨述的人生经历，对他在文革中蒙受的不白之冤感到痛心，也记叙了杨述对党和革命的一片赤诚之心。《她这一辈子》写四妹韦君之的一生，她如何为党的事业奉献自己，又如何被打成反动学术权威，虽然是有经验和才学的高级工程师，但是却无用武之地。这些记人散文大多以冷静的笔触揭示中国知识分子在二十世纪后半期的经历，对于他们的悲剧命运有客观反映。

韦君宜后期的散文逐渐深入到自我精神的内部，对于个人在历史中的责任、罪恶进行剖析。在《思痛录》中，作者写到了"反胡风运动""反右运动""文化大革命"等重大历史事件，值得尊敬的是韦君宜在叙述中体现出的反思和忏悔意识。她坦率地讲述自己为什么抛弃学业和舒适的生活参加革命："是认为这里有真理，有可以救中国的真理！值得为此抛掉个人的一切。"同时作者也讲述了自己从事文学工作的原因："是觉得文学可以反映我们这队伍里一切动人的、可歌可泣的生活，叫人不要忘记。"为革命、为文学奉献一生，虽饱受磨难，但依旧不改初心，这是一代作家真实的内心世界和人生写照。难能可贵的是，韦君宜表达了自己作为一个编辑的反思和忏悔："但是现在我在干这些，在当编辑，编造这些谎话，诬陷我的同学、朋友和同志，以帮助作者胡说八道作为我的'任务'。我清夜扪心，能不惭愧、不忏悔吗？"这些清醒的真话是振聋发聩的，只有真诚而自信的人才会有这样坦荡的胸怀，才会有勇气在散文中把自己作为批判的对象。它体现了一个作家和编辑高贵的精神人格，也呈现出一代知识分子的人生和心灵轨迹。

宗璞（1928—），原名冯钟璞，祖籍河南唐河，生于北京。1948年开始发表作品，成名作为1957年的短篇小说《红豆》。新时期后的代表作有短篇小说《弦上的梦》、中篇《三生石》、长篇小说《南渡记》等，有《宗璞文集》四卷本。散文集有《宗璞散文自选集》《霞落燕园》《野葫芦引》等。

宗璞的散文观深受中国传统文化的影响。她认为："散文之妙，一曰散，二曰文。散文如行云流水，信手拈来，行其所当行，止其所为止。"[①]另一方面，因为长期从事外国文学编辑工作，宗璞的在中西方文化两个方面都有深厚的造诣，这也让她的散文有比较开阔的视野和深厚的文化底蕴。

宗璞的写景状物散文较为有名，如《紫藤萝瀑布》《丁香结》《报秋》都是脍炙人口的名篇。这类散文描写细致，讲究修辞，注重情与景、当下与历史和谐交融，没有丝毫的做作之感，是真正精致而富有韵味的美文。《紫藤萝瀑布》中写花，如："一个张满了的小小的帆，帆下带着尖底的舱。船舱鼓鼓的，又像一个忍俊不禁的笑容，就要绽开似的。"两个形象的比喻把花儿带来的"精神的宁静和生的喜悦"淋漓道出。接着，又以此时盛开的花儿引出彼时不许养花的历史，相比之下，美丑真伪善恶，不言自明。写花，却不局限于花，而是巧妙地点出历史的变迁，以及人在严酷的环境中对于美的渴望和执守，可见散文立意之高远。在这一类写景抒情的散文中，总能读到宗璞难以掩饰的淡淡哀愁和美好的品性，字里行间洋溢的是别致丰盈的才华，是如唐诗宋词般古典优雅的气息。

---

① 宗璞：《丁香结·未解的结》，《霞落燕园》作家出版社2005年，第139页。

另一组关于燕园的散文，如《我爱燕园》《燕园石寻》《燕园树寻》《燕园碑寻》《燕园墓寻》《燕园桥寻》等，无不充满了对于燕园深深的热爱眷恋之情。宗璞在燕园居住几十年，但是并不是"北大人"，因而她眼中的燕园总是有一种恰到好处的距离感——这正好构成了她对于燕园的"审美距离"，她笔下的燕园没有那么浓厚的北大文化或北大传统作为依附，而是在一景一物中寻找历史的积淀，看似无心的闲笔，但内里却有精心的构思。

宗璞的异国游记虽然也与景致有关，但是更多地侧重在对于文学、文化人物的寻访上，因而她的异国游记实质上是对异国文学、文化的巡礼。《写故事人的故事》记录的是勃朗特三姐妹的故居和文学生涯；《他的心在荒原》则是关于托马斯·哈代的人生与创作；《看不见的光》写拜访弥尔顿故居，并探讨弥尔顿其人与其作品的伟大之处。这一类散文把可读性和学术性融合，能够看出宗璞深厚的外国文学的素养。

宗璞的思想中既有浓厚的儒家文化的气质，同时也有中国知识分子儒道互补的特质。她的很多随笔都有闲适风雅的格调，如《恨书》《卖书》《乐书》《从粥疗说起》《风庐茶事》等，都是从身边的小事谈起，但是却趣味盎然，并耐人寻味。

宗璞的散文中最具有感染力和历史感的是她关于文革的回忆文章和记人散文。《一九六六年夏秋之交的某一天》，写文革开始三个月时批斗大会的情景，何其芳、钱钟书、冯至等一大批文学精英们纷纷被拉出来批斗，而自己也背着"冯友兰女儿"的罪名被批斗。"剧场中杀气腾腾，口号声此起彼落。在这一片喧闹下面，我感到极深的沉默，血淋淋的沉默。"以"血淋淋的沉默"来写自己当时当刻的心理，极有意味。这种近于绝望的恐惧和悲凉，也真切传达出文革中知识分子的境遇，且更有亲历的现场感。

《霞落燕园》记叙了死神对于中国知识分子的无情裹挟，以及自己作为晚辈的深切悲痛。散文记叙了三十年来北大的诸多学术巨星的相继离世，这不仅是写文曲星的陨落，也写了一代知识分子的人生际遇。"燕南园里，几乎每一栋房屋都经历了丧事。"文革中当听说翦伯赞夫妇双双自尽时，"心里着实觉得惨。不过夫妇能同心走此绝路，一生到最后还有一同赴死的知己，人世间仿佛还有一点温馨。"于屈辱中发现尊严，于惨烈中看到温馨，这是宗璞在苦难中练就的隐忍与平和。

宗璞的散文写死亡，也写生命的细节，以及知识分子的操守。如写朱光潜先生"一生寻求美，研究美、以美为生"，但去世前一年，患脑血栓，脾气很不好，"他常以为房间中哪一处放着他的稿子，但实际没有，便烦恼得不得了。在香港大学授予他荣誉学位那天，他忽然不肯出席，要一个人待着，好容易才劝得去了。"这些令人感喟的细节描写，虽是寥寥几笔，却非常生动地照见了朱光潜先生复杂的内心世界。

另外，宗璞的散文中有很大篇幅是对于父亲冯友兰先生的缅怀和追忆。冯友兰先生的生平、治学态度以及顽强抗争的精神，都是宗璞散文经常涉及的内容。父亲在传统与西方文化方面的造诣也给宗璞带来很大的影响。这些充满亲情暖意的文字不仅仅是一个女儿对于父亲的记叙，同时也是宗璞对中国知识分子的生存状态以及人格操守的揭示。

宗璞的散文透露出的始终是一个识大体、有涵养、温和雅致、经历时代磨难的知识女性的形象。她很少在散文中表现自己灵魂深处的斗争，其散文更多的是想通了后的顺达平和，是克制、从容和热爱。这种书香门第、家学渊源式的大度、细腻、精致、优雅直接与世俗生活中的粗俗、功利、欲望形成了尖锐的对抗，这也是中国传统美文的精神立场。

张洁（1937—）原籍辽宁，生于北京，随母亲在陕西长大，1960年毕业于中国人民大学计划统计系。以短篇小说《爱，是不能忘记的》成名。小说代表作有中篇小说《祖母绿》、长篇小说《沉重的翅膀》《无字》等。长篇小说曾两度获得茅盾文学奖。散文代表作有：《拣麦穗》《挖荠菜》《世上最疼我的那个人去了》等。

张洁最早以短篇小说《从森林里来的孩子》步入文坛，其早期小说带有浓郁的散文化倾向。而在散文领域，张洁最重要的贡献是她在新时期初始即率先呼唤散文人情美、人性美的"魂兮归来"，使中断多年的"五四"散文传统得以张扬。她让散文在一片"伤痕"中开始进入它最为擅长的情感表现领域。

1979年底，张洁的《拣麦穗》发表，这是中国当代散文呐喊的第一声，它强烈地冲击了中国文坛多年来政治化、公共化的创作倾向。张洁告诉人们：不是所有的情感都可以被清清楚楚地归类，都具有阶级性或者社会性。相反，她揭示出了人类情感的某种未名状态。这对于当时的散文乃至整个文学来说，是一种启蒙式的情感审美教育。后来的《挖荠菜》《放风筝的小女孩，哪里去了？》以及《盯梢》等散文，都具有这样涤荡内心的感染力，这在一个刚刚解除冰冻的国度里，给人心灵的滋润、抚慰是深刻的。张洁重新拣起并深度挖掘了恒常生活的美感，而这又恰恰是当时中国文学最匮乏的元素。

《在那绿草地上》是张洁的旅美游记散文集。它表现了中国作家在新时期伊始走出国门后的复杂心态。一方面有对于西方资本主义国家高度发达的社会经济的讶异，另一方面则是以自己的意识形态来对比国外的文化观念，文化交流常常会演变为对资本主义社会的批判，以及对本国文化的优越感。在《上路》《保尔哭了》等几篇作品中，能够看到张洁对于个人内心世界和西方社会文化的深度开掘。前者表现作者临行前的复杂的情感，既有对于旅行的期盼，也有对于即将告别的家园的深深的眷恋；后者则表现了人类情感的共通之处，正是这种情感的真实性使她的异国游记有了真正的灵魂。

张洁早期的作品深入表现人性的真善美，行文间总有一点小布尔乔亚的伤感；后来的散文则逐渐走向激越、浓烈。优美的牧歌时代结束了，用她自己的话说，她再也回不到写《拣麦穗》《挖荠菜》时的心境了，她的散文显露出讽刺与批判的光芒。《过不去的夏天》以荒诞的笔法嘲讽病态丑陋的社会与人性，《耳朵长得太大了》表现无法辩驳、无法说理的荒谬现实。如果说早期的张洁以抒情、含蓄的笔调来传达心中美好的情愫，那么此时的张洁则是退去了任何掩饰的外衣，直接抒发心中的愤懑，从浪漫的理想主义者，到痛苦的现实主义者，再到极具有现代意识的审思者，张洁在一步步接近生存真相的同时，也远离了温婉的抒情时代。

读张洁的散文，首先迎面扑来的就是情感的强度。正是这种情感的深度投入，使张洁的散文具有强烈的艺术感染力。客观地说，张洁的散文最大限度地去除了矫揉造作之感，留下的是真性情。她的很多作品真实感人，催人泪下。比如长篇散文《世上最疼我的那个人去了》，可谓字字凝血凝泪，是对于母爱与情爱的真实记录。《你是我心灵上的朋友》写患难与共的友情，更是感人肺腑。《我有好久没有喝香槟酒了——译林讲话》更是体现张洁语言天分和真性情的散文，全文贯穿始终的对于已逝的理想主义的缅怀、对于俄罗斯情结的追悼，对于现实伤害的无望，沿袭了张洁散文一贯的投入感和喷涌式的激情。

对于叙述的持久的激情是张洁散文令人难忘的地方。这种浓得化不开的激情，使张洁以情感激荡来运行文字，因而她后来的散文往往并不讲究结构布局，而是呈现出随性自由的原初形态，这在某种程度上也削弱了她散文本应有的内省的深度和美感。

王英琦（1954—），安徽寿县人。1972年开始发表作品，著有散文集《热土》《戈壁梦》《守望灵魂》《求道者的悲歌》《背负自己的十字架》《王英琦散文自选集》等十七部散文集。

王英琦是集才气和侠气于一身的女散文家。她的散文创作，前后期的变化比较明显，但是豪放、大胆、直率、自信是始终贯穿在她散文中的主体性格。

王英琦早期的散文，仍然沿袭"十七年"散文的传统——借景抒情，卒章显志，行文讲气势，用排比，注重传统诗词的穿插运用。一些作品如《我的先民你在哪里》《刀刻的纪念》《烽火台抒怀》《古城墙断想》，涉及到文化反思的宏大题材，视野都比较开阔，但是与"十七年"散文一脉相承的"泛抒情"冲淡了其作品的思想深度。很多作品流于表面化，正如秦牧对其的评语："有些篇章，展开得不够充分。"《羊城花感》把美丽的花城与三元里人民起义结合，是标准的杨朔式的以小见大、卒章显志的笔法，结构与情感都雷同。这一类的文章，起承转合的人工斧迹较重。

王英琦的可贵之处是她始终没有放弃对散文创作的不断突破。她在《散文与人格》中说："散文本身就是在表现一种真性情，就是站在舞台上赤裸裸地表演自己。"又说："所谓写散文，实际上就是在玩那点人格力量。作者的人品气质，言行举止，都在作品中得到了充分的展露。"同时，她也呼吁散文领域的创新和变革。上个世纪八十年代后期到九十年代初，王英琦的散文由写山河景、抒千古情而转向自身，转向人与社会，表达自我的情感，表现对于底层社会的关注和同情。《写不出自传的人》《我遗失了什么》《路，从这里开始》，是对自己的不幸身世的描述，刻画了一个自强自立但同时又对"女强人""雄化"等字眼反感的女性形象。

值得一提的是"远郊系列"——包括《蓬荜堂笔记》《蓬荜堂笔记（续）》《远郊无童话》等，这是一组朴实的观照现实的作品。底层人贫苦的生活与顽强的生命力，都非常具有感染力。较之以前的散文叙事，王英琦的笔触开始变得冷静而内敛，她提供了女性散文向广阔的社会空间开掘，而不仅仅是停留在自我世界的创作经验。

在经过了早期理想主义式的激情歌咏，以及对于自身生存处境的反思之后，王英琦的散文有了深刻的变化。她的文化反思系列《大师的弱点》《守望灵魂》《求道者的悲歌》《背负自己的十字架》等，又再次显示了她在散文领域里新的探索。这些作品无一例外地都淡化了表面的抒情色彩以及直抒胸臆式的直白，而注重情感的爆发力以及思想的深度感。所谓"十年磨一剑"，王英琦开始了散文创作的新阶段。

王英琦对于自己的散文创作有着很高的要求。她在《背负自己的十字架（序）——愿我的精神配得上我的苦难》中说："对我这样一位'训练有素'、有着近三十年写作经验的'职业散文家'来说，刀磨得再利，'语言花雕'的活玩得再绝，倘无'文魂'、无有自己的思想内涵和精神高度，至多也只能是制作一些'伪钞假币'和红红绿绿的'快餐散文'。"她开始向历史上的文化人物寻找"文魂"：《大师的弱点》，是借雕塑大师罗丹与卡莱儿的故事，探讨艺术与爱情、道德与审美之间的关系；《求道者的悲歌》，则是"有感于爱因斯坦的'统一场'悲剧性的未完成"而对求道者人格的巨大的精神力量进行审视；《无需援助的思想——兼致张承志＜无

援的思想 >》，则是与张承志的精神世界的对话。

正是通过这些具有强大精神能量的人物，王英琦激发了自身的思想潜力，她的散文也向痛苦的精神博弈的世界过渡：自传体散文《背负自己的十字架》，被她称为"长篇反思哲理散文"——同样是关于自己人生的记叙，它偏重的是自我"精神的成长"，与早期散文《写不出自传的人》等聚焦在人生"经历"与"体验"上，其侧重点已有"质"的不同。

应该说，王英琦后期的散文更具有震撼力和思想深度；但同时，在关于生命真理的探求中，她过于追求"凤凰涅槃"的境界，在行文方面多直接进入到文本的深度空间，并极力想要把诸多深奥的问题梳理清楚，而忽略了语义应有的空白和陌生化效果。

总体而言，王英琦是散文领域的"求道者"。她的探索的重要意义在于，她使女性散文朝着更有思想力、更厚重的文体方向迈进。

唐敏（1954—），原名齐红。原籍山东，生于上海，后随父母迁居福州。主要散文代表作有《女孩子的花》《心中的大自然》《纯净的落叶》。出版有散文集《女孩子的花》《纯净的落叶》《青春缘》。

唐敏善于捕捉叙事的诗性。她的散文总是通过简单的故事，表达内心深处的真挚情感。在《不留情》中，唐敏阐释自己的散文观念："散文不同于其他的文体，它是生养人的土地在文学上的延续。它的核心是作者心中的故乡。"唐敏将散文视为表现精神故乡的语言载体。她的散文总能令人品位出创作者内心深处沉重的思考和敏锐的思绪。

唐敏散文传达出强烈而自觉的女性意识。其代表作《女孩子的花》是当代女性主义文学的重要作品。

《女孩子的花》构思巧妙：先从家中的"水仙花"切入，"我"在心里给自己设置了一个小把戏：如果水仙开的是单瓣即"金盏"，那么"我将会有个儿子"；如果是重瓣即"百叶"，"我将会有一个女儿"。而"我"希望的是开出金盏，也就是男孩子的花。这种想法——"绝不是轻视女孩子，而是无法形容地疼爱女孩子，爱到根本不忍心让她来到这个世界。因为我不能保证她一生幸福，不能使她在短暂的人生中得到最美的爱情。尤其担心她的身段容貌不美丽而受到轻视，假如她奇丑无比却偏偏又聪明又善良，那就注定了她的一生多么痛苦。"这是全文的主旨。但是，文章并未局限在这种概念的阐释上，相反却以水仙花作为占卜，并引入佛教、梦境等对女孩子的命运进行暗示，由此不断引发情节上的小小的波折。

　　散文后来写水仙开出女孩子的花，但花茎在一个停电之夜倒在了蜡烛上。这和作者梦中的景象几乎一样：女孩子的花因为母亲的不喜悦而自尽了。散文最后说："这就是女孩子的花，刀一样的花。在世上可以做许多错事，但绝不能做伤害女孩子的事。"预测自己生男生女——这种深埋在一个女子心里的小小憧憬和担忧，其实是对现实中女性命运的哀叹：一个女子注定要因爱而受尽苦难，注定无法走出被赋予的角色。

　　散文将作者复杂的情感写得生动曲折——一个在女性内心深处上演的惊心动魄的故事；一次对于女性命运的占卜。它充满着强烈的女性主义意识，体现了女性对于自身生存状态的思考。

　　唐敏的一些关于自然生态的散文，将大自然的律动与心灵的感应结合，叙述方面也很见功力。可见她早年习画时所养成的对色彩的敏感，和绘形写态的出色文字功夫。《心中的大自然》中，士兵为了医治受伤的班长，无奈射杀了鹰——当代表自由与高贵精神的鹰被击落，旁观者"我"的内心感到巨大的悲痛："从那以后，我心中的鹰都被击中了。它们纷纷坠入雪浪腾空的瀑布，一去不复返。没有鹰的天空，没有庄严，没有音乐。"

人和自然和动物之间的关系被审美化。即使是老虎这样凶猛的动物，也成为可以感知和沟通的高贵生灵——作者写"我"在山上与老虎偶然相遇："它停下来两秒钟，一只前足停在空中。它侧首看了我一眼，似乎感到意外。金色的目光和阳光溶在一起，飘过一缕嫣红的烈焰。就看了这短短的一眼。人类最美的目光都死了。"老虎并未吃人，却仿佛带着对于人类的不屑而信步离去。"我"从中感悟："大自然用两秒钟告诉我，人可以夷平山川，制造荒凉，掏空地球，但是依然侵犯不了它的自由！这肃然起敬、无法驾驭的自由！"

作者由此而反思人类的微不足道，由此而正视这灰飞烟灭的人间万象种种，并从内心生发出对自然生灵的尊敬与爱。

苏叶（1949—），湖南洪江人。十岁后随父工作调动，离开洪江。求学、工作在南京。后为南京电影制片厂编剧。文学创作以散文为主，其作品被选入各种散文选集。出版有散文集《总是难忘》《苏叶散文自选集》等。

苏叶的散文有着非常浓郁的南国气息，哀婉、忧伤，仿佛一曲优美的短歌回绕在江南阴霾的雨季里，令人心生怅然伤怀之感。苏叶在自己的散文《秋花》中说："我有湘楚遗血，情绪升天入地地不得安宁。"这情绪坚固顽强："好像头埋在地下，脚伸在云里，倒着长，怎么也矫正不过来。"以这种情绪观望世界，自然心思敏感，多发悲声："这两天，有了一点雨，天凉了，就想起'秋风惨淡秋草黄'。"这种无边蔓延的惆怅失落的情绪，几乎笼罩着苏叶所有的作品，这也是我们观照苏叶散文创作的一个视角。《总是难忘》是苏叶散文的代表作。作者以巧妙的构思串联起中学时代的几个场景和几个人物，语言洒脱灵动，叙述节奏从明快到沉重，最后在令人窒息的压抑中结束。

散文开头写"我"被南京四中录取，接着交代四中位于龙盘虎踞之地，周边的乌龙潭、清凉山、扫叶楼、凤凰街、随家仓都是有着历史积淀的文化古迹。"我"与小伙伴们每天在这样的名胜古迹中玩耍，真正是"少年不识愁滋味"。"我"后来被分到女生班，班里每个女娃子都胆大包天、无拘无束，大家相处得非常愉快，就连与男老师、隔壁男生发生的不愉快在多年后的回忆里也都是愉快的。但是在这些无忧无虑的时光里慢慢浮起了大的荫翳，少女的快乐被很多社会政治问题打乱，例如出身、文革等等。"我"最好的朋友张月素家境贫寒，为了省钱没有读高中，而是读了免费的中专；当年一起在话剧队的爱笑的女生王悦雅，因男朋友被打成现行反革命而受到牵连，不久男友被枪毙，她也疯了，几年后自杀，"是时，二十二岁"。

历史在这里裹挟了每一个人，快乐戛然而止，作者对于少女时代的回忆就此打住："我那烂漫的少女时代已经关闭。我听到沉重的脚步声，从过去一直捶响到未来。"散文的结尾，沉实有力，令人深省。

《总是难忘》的故事和写法，都没有太多出奇之处，但是散文读来却韵味十足，其间弥漫的忧伤氛围，快乐中暗藏的灾祸，以及流逝的好时光，都让人倍感惆怅和无奈。散文结构安排巧妙，从场景转到人物以及每个人物之间的衔接，都非常自然。苏叶优美的文笔在这篇散文中也得到了淋漓尽致的发挥，比如写受到惊吓的孩子们四处逃窜的样子："我们便尖叫着飞奔而去，任凭书包里的铁壳铅笔盒，像一颗狂乱的心脏，一阵乱响。"作者写人状物都很传神，往往寥寥几笔便能活现出人物的灵魂。写语文老师的名士之风："他常常穿一套飘飘的纺绸裤褂，翘着小指头翻书，着青帮粉底千层布鞋，走起路来，必先抬脚停半拍，然后移步，和我们想象中的孔夫子一样。"

苏叶的散文充满着古典主义的情怀，在文字和精神向度上都偏向阴柔，她的散文大多情景相融，富有韵味，像《告别老屋》《能不忆江南》《梦断湘西》《秋风惆怅》等，都是寓情于景、心思飘逸的作品。

我们在苏叶的散文中，也能隐约看到时代的压抑、生存的重负。父辈在文革中受到的不公正待遇，自己在现实生活中感受到的压力，都让她感叹人生的艰难。在《玫瑰》中，作者反思存在的意义："我们终其一生为谁而受奴役？"这也是苏叶几乎所有散文所扣问的命题，是她的文学之"眼"。但是作者只是在宣泄的层面质问，并没有深入的探究，散文最后大多止于情绪层面。

苏叶散文所呈现出的精神人格虽是独立自主的，但是却往往深陷在没落贵族般的情绪阴影中。她自己在《秋风——致友人五枝》中也说："我们这些人，大多数是一些感情篓子，一碰就泄出一大堆，毫不值钱。"她承认友人所说：自己的散文没有"单纯的空灵文字"，老是借助于叙事，这实际上是思想贫弱的表现。但值得注意的是，苏叶有不少散文是要突破自己写作的桎梏，并有所思考的：比如《美翎岛》，写到了人们对"五四"文化精神的遗忘，并以象征的手法，盛赞在黑夜中被拴在三轮车夫车把上的鸟儿——它是冬之夜的暖亮；《无眸的蓝眼睛》，写莫迪尼阿利的艺术和人生以及他与阿赫玛托娃的友谊。虽然这些反思的文字并未触及痛处，但它是一个柔弱女子对于自身文化人格的担当。

舒婷（1952—）原名龚佩瑜，出生于福建石码镇。1979年开始发表诗歌作品，是朦胧诗派的代表作家之一。主要著作有诗集《双桅船》《会唱歌的鸢尾花》《始祖鸟》，散文集《心烟》等。有《舒婷文集》四卷本行世。

舒婷的散文将诗与文结合，是以诗心写散文的典范。这并不仅仅是指舒婷记叙了自己作为诗人的许多创作感受，以及诗坛交往的掌故，而是她的"诗歌思维"在散文中的体现：那些敏感而伤感的情绪流动，鲜明丰盈的意象捕捉，跳跃性的语言结构等等。就这一意义而言，散文是舒婷诗歌创作的延续。

散文往往是诗人们创作的一个常见归宿。由诗而散文，会令诗人们紧绷的神经松弛下来，进入日常生活的诗性中，舒婷在《语言为舵》中就谈到散文给她带来的语言的解放感："几篇短文热身之后，我最大的享受是语言得到了松绑。它们立刻自谋生路，大有离经叛道，另立门户的意思。"另一方面，由诗而入散文，也是诗人诗性思维由绚烂走向静泊的一种创作转向。不过，对于散文文体的独立性，舒婷有着自觉的认识。她在《露珠里的"诗想"》中说："或许散文确实更宽广、更自由、更接近凡尘，从目光所及的烽火台，抬脚触地的警戒线，到家家户户窗扉上的夜灯。它是我们社会的排洪口，更是人类品质的一面旗帜。不要因为散文宽容了我们，我们就真把它当成毛褥子了！"这种对散文自成一体的清醒认知，在很多跨文体写作的作家那里是少见的。

舒婷的散文仍然保持她在《致橡树》《神女峰》中对于女性历史和女性生存的关注。《南方之邮》《无计可潇洒》《清明剪雨》等，都描述了一个女人在平庸的日常生活中所怀有的理想主义的希冀，同时也有对自己身为女人的抱怨、不满。在《女祠的阴影》中，舒婷为历史上遗留下来的供奉贞女、节妇的女性祠堂而感到惋惜与愤怒，并在新的社会背景中反省当代的女性祠堂——那是以所谓的"奉献、牺牲、大义大仁大勇精神"为名义的新的男权祭祀品，也是两性心中难以驱除的历史阴影，是建盖在女性集体无意识之中的心灵祠堂。于是舒婷说："我不是一个女权主义者，在我的事业与女人职责中，我根据自己的天性与生活准则比较侧重家庭，我清清楚楚我得到什么，失去什么。我可以损失时间，错过一些机会，在情绪与心境中遭到一些困难。但我不放弃作为一个女人的独立与自尊。"这与《神女峰》等诗作中的那些独立而自尊的女性形象一致。

如果说舒婷的朦胧诗尚不足以体现出她的传统诗学的素养，那么在散文中唐诗宋词的审美意境及婉约词的语言风格、常见意象却是屡见不鲜。如《良辰美景虚设》，就可看作柳永《雨霖铃》的白话版。舒婷的很多散文都可以抽离成一首饶有意味的诗。如果从其散文所呈示的真挚、唯美的诗意倾向看，舒婷从来都没有背离过她的"诗神"。

舒婷的散文和诗应参照来读，因为前者是琐碎的生活，后者则是对此的超越与沉思；前者更多的是词语与叙事的快感宣泄，而后者则是深度提炼的精华。但毫无疑问，写散文的舒婷为我们展现了散文应有的美感与诗性；更重要的是，她让我们看到了汉语在脱离了"便词"之后如何更好地将简洁与繁复，质朴与瑰丽融合在一起。就这一意义而言，如缺失了舒婷的中国散文，将是极大的遗憾。

铁凝（1957—）祖籍河北赵县，生于北京。1975 年于保定高中毕业后到河北博野农村插队，1979 年回保定，任《花山》编辑部小说编辑。自 1975 年开始发表作品，至今已发表文学作品约 400 余万字。散文集有《共享好时光》《女人的白夜》《从梦想出发》等。有《铁凝作品系列》9卷本。

散文文体因为其自由灵活的属性而产生了一定的多义性，在很多作家那里，散文承担的功能是不一样的。对散文功能性的界定也直接决定了一个作家的散文观。铁凝在《女人的白夜》中说："散文永远是一种磨砺，是对我心灵和生命的终身磨砺。"又说："我常常在那些静静的不眠之夜生发诉说的渴望，伴随着这渴望，我把我的所思所感记录下来，于是夜明如白昼了。白夜笼罩着这记录的过程，我生命的旅程就历历在目，有时它甚至比我的生命本身更加真切、充实。散文所需要的恰是这种真切与充实吧？"铁凝的散文情感真切饱满，她的视野大多聚焦在艺术与美的场域，以唯美的眼光凝望世界，对人生积极向善的部分由衷地赞美和呼唤。

铁凝的散文对于性别、女性自身、女性写作有着深入的反思，体现了温和开阔的性别意识与平等观念。《女人的白夜》是一篇极富有女性主义意识和浓郁诗性的散文。作者从奥斯陆的白夜想到陀思妥耶夫斯基《白夜》中的娜斯金卡，又联系到北欧的仲夏夜狂欢节。古时候在这一节日里，要用一个女人来祭祀伸，人们要在海边燃起火堆，将一个被镇长认为是有罪的女人投入火中，以此来换取小镇的清白，于是白夜成为女人的受难日，直到多少年后，女人被草人代替，但是作者质疑："那草人的样子是'男草人'还是'女草人'？"由此，作者又联想到现实中女性的狂欢之夜——第二届国际女作家书展在北欧娜拉的故乡召开，女人终于有了一夜的美梦与狂欢。作者写到了女性的情感与女性的写作，以及更重要的女性对于自身权益的争取，于是在仲夏夜的噩梦与美梦中，女性回到故乡的土地，开始了现实中的理想之路。女性只有回到这种真实之中时，才真正拥有了自己的白昼与黑夜。所以铁凝说："当娜拉出走的关门声砰地将你惊醒，当你从梦中醒来开始向生活奉献时，那梦才会变得真实。"

《草戒指》写少女们用狗尾巴草编戒指的故事，编戒指的同时也在编未来的美梦，但是结婚后所有的梦想都结束了，"她们的手中已有新的活计，比如婴儿的肚兜，比如男人的大鞋底子……"她们也开始戴真正的金戒指了，但是她们的女儿们又开始重复着母亲从前的游戏，"却原来，延续着女孩子丝丝真心的并不是黄金，而是草"，以草来象喻少女的心事，表现少女最初的纯真朴实，也表现那如草芥般平凡的梦想。没有了华美与虚幻，却多了悲怆和无奈。纵然如此，草戒指也是无法取代的，因为它是一个女人一去永不回的少女时光，是还没有被异己世界彻底改变的女儿性的自然流露。

铁凝对女性命运的关注，并不只是局限在女性视角之中，应该说铁凝是一位传统意义上的作家，她的干世意识与对人性美的颂扬超越了性别意识，而呈现出对更广阔人生的关注。正如她在《又见香雪》中所说，香雪并不仅仅只是一个农村女孩子命运的代表，更重要的是，要以她来表现人类心灵能共同感受到的东西。

《与陌生人交流》讲述的是一个极普通的女性之间的故事，一个女孩子在一个美丽的炸馃子姑娘身上看到了女性美的奥秘，"我"开始意识到自我的性别——"她使我空荡的头脑骤然满当起来，使我发现我原本也是个女性，使我决意要向着她那样子美好的成长"。于是"一个新的我自己正在我身上诞生"。女孩子在成长过程中都曾经在某一个成熟女性身上获得过关于自身性别的启示，从而使原本那种朦胧的美感追求与性别意识清晰起来，一个女孩正是由此开始了与两性世界的真正的联系。

这篇散文同时也关注"启蒙者"的人生，多年以后，炸馃子姑娘在庸碌的生活中、在油烟与油锅的煎熬中逐渐变成了一个邋遢、粗暴的女人，"好像许多年来她从未有过快乐"。当"我"偶尔又经过那个馃子摊，"我"对这个在柜台里打着哈欠的女人真诚地回忆起过去的那段好时光，并以此打动妇人重寻年轻时的美丽。"正因为你不再幼稚，你才敢向曾经启发了你少年美感的女性表示感激，为着用这一份陌生的感激，再去唤起她那爱美的心意。"这是一个被启蒙者的"反哺"。散文字里行间透露出女性之间的默契与理解、人与人之间的温情与救赎。

铁凝的散文强调无拘束的人生境界，由衷地赞美那种脱离世俗趣味、憧憬自由状态的行为以及习俗。《你在大雾里得意忘形》以酣畅淋漓的文字呼唤写意、自然的生存状态，让人们卸掉伪装，回归本真的自我。《河之女》写某地"河里没规矩"的民俗，张扬女性的身体之美、女人的"疯"。《面包祭》写父亲在被贴大字报的年代里，研制面包，这种对于遥远生活的空想，看起来高不可攀，但是却充满着理想主义者的高贵和执着。

铁凝的散文注重形式感，她认为："章法之于文学，如果可作形式感解释，那么形式感就标榜着一篇散文独具的韵致和异常的气质。"[①] 寻找到了这种形式感，也就"在散文这条没规矩的河里找到了各自的规矩"。她的散文大多精短高调，充满激情，并脱离小说文体的束缚，成为独立的具有散文文体意识的写作。

　　王安忆（1954—）原籍福建省同安县，出生在南京。1955 年随母移居上海。1970 年到安徽五河插队。1972 年考入江苏省徐州地区文工团，在乐队拉大提琴，并参加一些创作活动。1976 年开始发表作品。小说代

---

① 铁凝：《散文河里没规矩》，《从梦想出发》湖南文艺出版社 2007 年，第 64 页。

表作有《小城之恋》《流逝》《小鲍庄》等。散文集有《蒲公英》《独语》《走近世纪初》等。

王安忆的散文节奏明快，注重细节描写，有她小说的灵动和精彩。在表现世俗人生的微不足道的欢乐悲伤中，可见她对于人性的广大的同情和理解。王安忆的散文并不遵循常规的做法，而更类似小说里的一种断章，或是一段临摹时的练笔。她说："我的散文大都是这样几种情形下写的。最好的一种情形是当我获得一种材料，是我竭尽虚构也无法超越它的真实面目的，比如《寻找苏青》……次一等的情形是，使用那些不成大气候的边角料，带有废物利用的性质。"[①]

几乎每个小说家都写散文，但是其中很多人是把散文视为解释、补充小说创作的副业，只是小说写作的一种延伸。从这个意义上看，散文写作对于他们而言并没有独立起来。但是不可否认小说家有着先天的优势，就是他们往往更善于叙事，更精通各种写作技巧，更关注细节描写和人物内心的丰富性。

王安忆的散文便充分展示了小说家细节描写、场景渲染的能力。她的写人散文极为形象传神。《我们家的男子汉》写一个男孩成长中的点点滴滴，抓住的是生活中的细节，流淌在血脉里的疼爱之情，对生命成长的惊喜与叹服，这些是这篇散文扑面而来的情感力量。它呈现了一个男孩子对食物的兴趣、对父亲的崇拜、对独立的要求、对女性的态度、他的眼泪、面对生活挑战的沉着等等。王安忆出色的观察描摹生活和人物的能力也通过细节传达出来，并真实生动地记述了人性逐渐展露出的各种特点，如写

---

① 王安忆：《虚构自如》，《独语》湖南文艺出版社 1998 年，第 155 页。

男孩在现实中的挫折感："在他的心目中，爸爸是无所不能的。有一次，他很不乖，我教训他，他火了，说：'我叫爸爸打你。'我也火了，说：'你爸爸，你爸爸在哪儿？'他忽然低下了脑袋，嗫嚅着说：'在安徽。'他那悲哀的声音和神情叫我久久不能忘怀。"

王安忆凝望这个小男孩的目光是冷静客观的，她完全让生活中的细节来说话，并不加主观的修饰，也没有大肆泛滥的情感抒发，但是因爱才会关注的细枝末节，因在意才会有的疼痛与鼓励，这些已经说明了作者本人的情感基调与立场。

一个男孩的成长，本身就是一件惊心动魄的事情，它包含了人世间许多复杂的情感、曲折的情节，"这真是比任何文学还要文学，任何艺术还要艺术。写到这里，简直不想写小说；既不想写女人，也不想写男人。唉，让男子汉们自己好好儿地成长吧！"成长本身就是一部大书，成年人在其中的关注、塑造、影响，就仿佛是叙事者之于文本一样。女性在其中体验到的就是叙事的力量，她既掌控对象，但同时又要顺应某种神秘的自然力量，她深入其中，是展开文本对话的一方，但同时她又是一个局外人，在参与与反思中，她完成文本，也完成自己。

正是因为如此，女性散文中，会有大量的关于亲情与成长的散文，这些散文最终要表述的并不只是一个孩子的成长经历，也不只是一个女人最初萌发的母性，而是对生命生长完善过程中的奇妙与玄机、对人类自身所固有的强大的生命力的关注与反思。这也是一个成年人回眸自身成长的一种"镜像"式的反观。

《岛上的顾城》还原了诗人顾城在海岛上的生活，这"还原"是一个"审美者"对另一个诗化的生命个体的了解和想象。《怀念萧军先生》由老一辈作家的责任感过渡到新一代的人生问题。王安忆的散文少有结论，无论是对人生还是世事，她展现的多是过程，她的散文更不讲悬念、升华等技巧，但是因为其出色的叙述能力，她的散文也往往比较有趣耐读。

王安忆的散文也有对"过去"的忆述，这"过去"不仅是时间意义上的，也是文化和情调意义上的。《过去的生活》写过去生活的细节，并以今昔对比引发新的感喟："现在的生活其实是要粗糙得多，大量的物质被匆忙地吞吐着，而那时候的生活，是细嚼慢咽。"《过去的生活》应该是王安忆散文中比较讲究作法的一篇，但它读来仍觉是小说的片段，似乎只要稍稍转换视角，便成为王安忆式的小说的一部分。

提出"小说边角料"说法的王安忆，也提出了一个散文写作的重要命题："让散文这种日渐轻俏的文体承载起一些比较重大的心灵情节。"①这是让散文摆脱小情小景，成为更有深度的文体形式的重要途径。

　　张抗抗（1950—）浙江杭州人。1969年赴北大荒上山下乡，后调入黑龙江省作协从事专业创作。1972年开始发表作品，以小说成名。迄今已发表各类作品400余万字。散文集有《橄榄》《牡丹的拒绝》《沧浪之水》等。有《张抗抗自选集》五卷。

张抗抗有自己鲜明的散文观。她在《散文的透明》中，阐释了自己对于散文文体的认知。她认为在"天地苍茫，歧路惶惶"的人生旅途上，人需要这种"自己同自己的交谈，头脑向灵魂的诉说"的真诚的文体。在她看来，小说和散文是各自独立的文体，"小说就是小说，散文就是散文。"她的散文注重主题提炼，善于捕捉日常情境下的思想亮点，对现实文化问

---

① 王安忆：《重大的心灵情节》，《独语》湖南文艺出版社1998年，第234页。

题有深入而直率的表述。

张抗抗散文涉及到的题材非常广泛，包括女性题材、山水游记、亲情友情、知青生活、读书鉴赏等等。在形式上，张抗抗的很多散文和"十七年"散文一样注重写景、抒情和说理的结合，但是其景、其情、其理又都具有"现代意识"，视野较为开阔。同时，她的散文也融入了较多的小说笔法：重情节，重细节，画面感强，讲究结构布局。细节处的生动描摹和总体的大气深沉，让人联想到张抗抗本身的经历——一个经过粗粝北方洗礼的温婉的江南女子。

张抗抗切入题材的"视角"都比较大气、独特，同时也善于将主题提升到更高的层面上。在《牡丹的拒绝》中，首先写牡丹在世人心目中的地位，之后以欧阳修的诗带出洛阳牡丹"天下奇"，以及传说中牡丹被武则天贬到洛阳的故事，由此去洛阳赏牡丹便顺理成章。但是牡丹并没有因为赏花人的"参拜和瞻仰"而开放，它仍然保持着千年前被"贬黜"时的性格。虽然洛阳牡丹没有盛开，但是作者心中的牡丹却绽放了——她在想象中看到了国色天香般的牡丹花，并深悟到："恰恰在没有牡丹的日子里，你探访了窥视了牡丹的个性。"作者的体悟并没有至此结束，而是笔锋一转，由开花写到落花，牡丹在盛期"整朵整朵地坠落"，有惊心动魄的壮烈的美。由此作者进一步深入主题："富贵和高贵只是一字之差""品味是多么容易被世人忽略或是漠视的美"。从"拒绝"和落花中看牡丹英烈的个性以及对于美的执守，并由此上升至对于品味的认知。这是张抗抗散文常见的思路——由一个物象而生发出不同层面的感悟，并层层递进，达到抒情说理的高潮。

张抗抗的散文善于由此及彼、画龙点睛。《仰不愧于天》《地下森林断想》等，都是这样的文章，都是从看似简单的描写对象中提升出不同寻常的主题。这种提炼式的写法需要作者对于外在对象保持持久的敏感和好奇，以及对于日常情境的哲理化的把握。这些，对于散文作者来说毫无疑问是一个很大的挑战，它需要散文家不断丰富自己的艺术想象力以及思考能力。如何既保持传统散文语言艺术的美感、同时又能超越那些僵化的写作模式，将更加丰富的情感的审美的因素融入其间，这其实是包括张抗抗在内很多散文作家面临的问题。

张抗抗的散文中还有一类较为突出，就是她的国外旅行游记。她的游记散文摆脱了简单的浮光掠影式的"到此一游"模式，开始深入到具体的人和家庭内部，从文化传统来看中西方的差异，并由此拓展到对于中西方文化精神的总体观照。《天然夏威夷》，并不是简单地对于异国风光的描写，而是倡导对"天然"的维护，对大自然的珍爱；《曼哈顿袜姐》，讲述华人在美国生存创业的甘苦，其落脚点并不仅是文化间的差异和融合，而是作者对于漂泊在异国的姐妹的祝福。

张抗抗对于女性主义也有着自己开放式的思考。在《打开自己那间屋的门窗》中，她在弗吉尼亚·沃尔夫提出的女性应该有自己的一间屋之上，进行了更具有深度的追问。她提出女性在拥有自己的一间屋之后，还要打开屋子的门窗：女性应该始终保持一种开放的接纳的姿态，而不是陷入狭隘的自闭的个人世界中。这种对于女性主义的既形象化又有深度的思考在女性散文中是不多见的。

张抗抗对当下社会家庭的诸种问题的反思也见力度。如《宗教的"悖论"》《女人为什么不快乐》《也谈"感情投资"》，都是很有杂文风范的社会文化批判。

除了写景抒情散文，张抗抗也创作了一些以叙事为主的散文：《橄榄》，写文革期间少女的憧憬和失落；《遥远》，写知青时期在北大荒的艰苦而难忘的青春往事；《故事以外的故事》，则是由自己的创作引发的故事。这些散文描述细节，讲述情节，展现生活中很多具有偶然性的故事。和山水散文不同的是，张抗抗对于往事的回忆中总会有深深的哀愁和伤感。一面是类似于流浪者的无家可归的忧伤，一面则是对于精神家园的执守，这使她的散文更亲切可感，也更具启迪人心的感染力。

　　赵园（1945—）河南尉氏人。生于兰州。1969 年毕业于北京大学。自 1978 年考入北京大学中文系研究生班始，即从事中国现代文学研究，后研究领域扩展到中国当代文学。自 1992 年始，从事明清之际文化现象的研究。散文集有《独语》《窗下》《红之羽》等。

　　二十世纪九十年代"学者散文"曾经风靡一时，很多学者将自己对于学问、人生、社会的体悟延至学术生活以外，以散文这种更加灵活的文体记录自己的感悟与思索。赵园的散文创作便是"学者散文"的重要代表。

　　总体看来，赵园散文记录的生活、情感、哲思都是书斋式的，她写书斋里的清苦和青春的消耗，也写固守这份清苦的宁静和美好。在《代价》一文中，作者写自己在学术思维以及写作的训练中，逐渐丧失了"游戏态度"，"丧失了悠然、怡然，以至日渐迟钝了对四季流转、寒暑交叠的感觉。"但另一方面，这份职业也使自己"保有了一种自省、自审的能力"。对于"学者散文"，赵园亦有这种清醒的"自审"："别被'学者散文'这名目给骗了；制造这小小的'热'，不过出版社的生意经而已。我们的强项仍是学术而非散文。学术已压杀了我们的有关能像张爱玲那样活跃的语言感觉，那样基于灵性的想象和联想；当然更可能我们压根就不曾获得过那种能力，同时又失去了朴素和单纯；我们的文字中缺少的，正是鲜活的生命味儿，我们的作品的易于发表，是因了'名'或者别的。我们不必自欺。"这段话概括了学者散文的症结所在，同时也可看出赵园对于自己创作的深入剖析。这种鲁迅式的榨出自己身上的"小"是一代学人值得尊敬的精神操守。

"书缘"、北大、师友，这是赵园散文中常见的题材，其中《王遥先生杂忆》写自己与导师王遥先生深厚的师生情谊，但是并不忌讳指出先生性格中的缺憾，这与中国学生常有的"我爱真理，更爱吾师"的心态不尽相同，也与散文中常见的颂歌式的记人之作大有出入，也透露出作者特力独行的真性情。结尾"我愿用文字筑起一座小小的坟，其中与关于先生的记忆在一起的，有我自己的一部分生命。有一天，这坟头会生出青青的新草的吧。"更可见作者对于导师王遥先生深切的思念。以鲁迅小说《药》的结尾为典故，祭奠毕生致力于鲁迅研究的王遥先生，可谓神来之笔。

赵园的散文强调个人记忆，她并不附和群体的声音，她的散文中总能见到一个游离在主流之外的叙述主体形象。如对于文革，赵园提供了另一种记忆。在《闲散的日子》中，她讲到自己在文革中的边缘生活，她在乡下的农舍里，白天干活，晚上绣风景。这种淡然闲适的生活与我们熟悉的文革叙事基调截然不同，她没有急于表现控诉和批判，而是冷静地回忆起特殊年代的平凡生活——她不在运动的中心，也无心当看客，却在混乱的大时代中绣花，绣外面的风景。事实上，散文只要是回到真实生活本身，那么它便会提供更加多样性的历史样态，将会更有力地冲击某一种一元记忆或主流话语，更加接近民间生活的本真状态。正如赵园所说："我绝对无意于为文革辩护，我只想说，关于'历史'，人的经验、记忆是无穷多样的。不必向任何一种叙述要求'全面'与'正确'：不但划一评价且划一'记忆'。我们有关文革的文学的肤浅，就应因了'划一'的吧。这使我们失去了'多向度'所可能提供的思考空间的宽阔性。"关于历史的叙述最终应回到个人，回到更富有细节性和认知意义的现实与内心生活中。

赵园的散文记录了个人的成长经历，包括从学、治学的过程，她追求人生意境和学术境界的一致，并在《邂逅"学术"》说："较之于学术建树，我以为更值得追求的，是生命的深。""我们首先是'人'，然后才是以'学术'为业的人。"因而赵园散文不仅书写学术生活的酸甜苦辣，也常常跨越学者的身份，写自己对于世事百态的思考。《夜话》系列文章是作者与自己的对话，也或者可称为作者的"独语"。《老人》（之一、之二）写老年人的凄凉处境，由此揭示"人类生活的远未'合理'，人类组织的远未'完善'"。《读人》系列文章是学术随笔，结合大量史料、典故、趣闻，最后的落脚点是赞美先贤在"历史变动"之际对于"人"的寻找，也检省我们自身"是否真的不曾放弃过寻找"？

赵园的散文并不是学术论文的边角料或者废物再利用，她是有意为散文，因而她的散文凝练深入、讲究章法、注重修辞，虽然如她自己所说缺少"灵性"与"鲜活的生命味儿"，但其散文还是鲜明地呈现出一个知识女性对于自我生活以及公共历史的记忆，更重要的是对于"自由心灵"和"真性情"的寻找。

　　毕淑敏（1952—），生于新疆，1969 年入伍，在西藏阿里高原部队当兵十一年。1980 年转业回北京。从事医学工作二十年后，开始专业写作，著有散文集《婚姻鞋》《素面朝天》《保持惊奇》《提醒幸福》等。有《毕淑敏文集》八卷本。

和许多女作家一样，毕淑敏的散文涉及到家庭生活、经验琐事、母爱情爱等；但是和多数女作家不同的是，毕淑敏的散文有着与个人经验紧密相关的社会感触、医生情结、昆仑山回忆、人生哲理等，这使她的视域相对来说较为宽广。她的散文总体上踏实丰盈，不造作，将叙述与议论较好地结合起来，有一种基于现实人生之上的朴素简洁的魅力。

毕淑敏对于散文文体有着清醒的认识，她在散文集《素面朝天》的后记中说："散文看起来随意，实则有着铁的戒律，它是已经发生过的情感的追述，我们不能篡改已经逝去的故事。于是散文在某种意义上，就有了史的品格。"毕淑敏的散文没有华美的文笔，也少见一般女性散文常见的幻想、琐碎和浪漫情调，她的目光始终冷静客观，是一种面向现实的凝视，负责任，并有好奇新鲜的体悟。从她写作的题材可以看出她的散文多是聚焦在一些大家都已习以为常的小事情上，但是往往能够谈出新意。

在《素面朝天》中，毕淑敏谈论了周围女友化妆的故事，并阐释了自己的审美立场：作为万物灵长的人类，为何要将自己隐藏在脂粉油彩的后面？"掩饰不单是徒劳，首先是一种软弱。"在作者看来，素面朝天，是顶天立地，是一种生活态度，一种生存方式，也是健康人格的昭示。文如其人，"素面朝天"也是毕淑敏的散文风格的写照：质朴、诚挚、坦荡。

毕淑敏在一组关于昆仑山的散文中，《昆仑之吃》《昆仑之眠》《昆仑之喝》《昆仑山上看电影》，记录了昆仑山上的吃穿住行。这种对于普通日常生活的还原，有着朴素而又凝重的美感。在毕淑敏笔下，昆仑山不是传奇，不是文化散文式的演义，而是一种扎扎实实的生存经验和生命体验。她记录了生命是怎样在一种特定的艰难状态下铭记自己的尊严，人是怎样在一种非日常状态下，执拗地维持着蓬勃人生、青春生命的日常状态。

早期的毕淑敏是以一个军人的身份写作，她的散文多与自己的军人生活有关；后来的毕淑敏则是以母亲（知心大姐）的身份写作。作为一个母亲、妻子和有作为的医生，毕淑敏给人呈现出的是亲切慈爱的风范，是一种成熟女性的大度和质朴。这在喜欢标新立异的文坛以及女性作家群中是少见的。毕淑敏的很多散文都是基于这种母亲立场写就的，如《在儿子考试成绩不好的时候》《下午去开家长会》《孩子，请闭眼》《进当铺的男孩》等，几乎就是报纸专栏的家庭教育必读。

毕淑敏的带有哲理意味的散文大多都与女性生存有关。《寻觅优秀的女人》中，讨论什么样的女人是优秀的。《每一天都去播种》提出："女人，你究竟为谁生活？"《爱是不能比的》则是张扬母爱的广大，以母爱为世间大爱的基本形态，并广而化之，泽被天下。《女孩，请与我同行》则提出能够对抗都市浮靡和无聊的是什么？是仁慈、宽厚和生命中的挚爱。这种对于冰冷世界的温和的拯救方式，与冰心的"爱的哲学"有相似之处。

另一篇散文《抱着你，我走过西安》，写父母一辈的爱情，篇幅较长，一万多字，是毕淑敏的叙事散文中较有感染力的一篇。军人父亲为国家的奉献牺牲，母亲为父亲为家庭的奉献牺牲，这种特定时期的中国式家庭的亲情和伦理，都令人感慨不已，毕淑敏以少见的激情书写了父母的那段"激情燃烧的岁月"。

毕淑敏的散文中还有一类说理性质较强，多是从个人体验入手，寻找生活中的真知灼见。如《提醒幸福》《珍惜愤怒》《逃避苦难》《人生如带》《翻译时间》《凝视崇高》等，从中能看出这代人的崇高意识，对生活、事业的荣誉感与奉献精神。在《戒指描述疼痛》中，她想象能够有一种可以感受到病人疼痛的戒指，从而将语言无法传达的疼痛传达给别人，"我们无法命名那种感觉，我们就无法传达。因为无法传达，我们就以为它不存在。生命便在这种不存在中消失。语言有多少空白与盲点啊。"

毕淑敏的散文方式介于传统和现代之间，行文简单，没有花哨的技巧。她的文本主人公是一个正直、真诚，活得堂堂正正，自食其力的现代女性，军人的素养在她的性格和文章中烙下了很深的印痕。她散文的主题鲜明、直白、集中，现代散文主题的多义性、形式的多样性以及思考的两难状态，在毕淑敏的文章中并不多见。

筱敏（1955—），本名袁小敏，广东东莞人。代表作有诗集《米色花》《瓶中船》，散文集《喑哑群山》《理想的荒凉》《女神之名》《风中行走》《阳光碎片》和《成年礼》等。

筱敏早期散文作品关注人性，1995年之后有重大转向，更关注人类命运、心灵自由、尊严和使命等普遍性问题。筱敏是一个懂得自审和内省的作者，她充分认识到自己精神层面的匮乏，督促自己广泛阅读，勤于思考。她在《成年礼》中说："有自我意识的生长，在我却是从中年时分开始的。'认识你自己'，不是一件轻而易举的事。"在西方思想家以及苏俄"人文精神"的引领下，筱敏进入到"思想者"的殿堂。她既是虔诚聆听的旁观者，也是不折不扣的践行者。她思想的丰富性以及深度意识，使她至今依然是中国当代散文史中不可忽视的经典作家。

筱敏对于自由精神及女性身份有着深入的思考。俄国文学及俄罗斯民族精神对中国作家有着深刻的影响，这在筱敏的散文中也非常明显。《在暗夜》中的妃格念尔为追求人的尊严，而成为沙皇时代殉难的英雄；《火焰或碎银》中筱敏将玛丽娜·茨维塔耶娃比作她心灵的碎银；《山峦》赞美十二月党人的妻子为自由与爱情放弃贵族的身份，"到囚徒那里去！"女性的爱，其最本质的激情是母性。筱敏重写了已有的女性神话，建构起了更具有性别意识的新的女性神话。

《家》写的是人类家庭的演变史与性别的历史。从"洞穴的童话"到

"采蜜的女人"到"姓氏的房子",这是从原始社会到母系到父系社会的转变,也是女性逐渐失去自己的过程。这是家的史诗,也是女性城池陷落的哀歌。筱敏以一种诗性的想象力重新书写了女性的历史,由此出发,筱敏的反思也延伸至政治文化和国民性上。《芭蕾梦》揭示了芭蕾在中国的历史恰是中国文化、政治史的缩影。芭蕾的中国化是一种政治化,芭蕾的腾空之梦有着令人难以承受的重量。筱敏质问是什么使我们的民族抛弃了芭蕾的腾空的飞翔的梦境?是什么使我们忘记了应该去做一个"开、绷、立、直"的人?

就思想性来说,筱敏的散文在女性作家中是难得一见的。北师大教授张国龙认为:筱敏的散文"化公共空间入私人空间","把革命、理想、专制、自由等公共话题,作为阅读、思考、体验、表达的对象,在女性作家中实属凤毛麟角","其恢宏的视野,宽阔的胸襟,力透纸背的思辨力,不仅在女性散文作家中鹤立鸡群,也不逊色于长于思想的男性作家"。[①]从习惯性认知来看,人们偏于认为女作家更加感性,即使是进行理性思考,也往往达不到男作家的深度。但是,筱敏的散文创作有力地反驳了这种刻板的成见,她对人类许多重大问题都有深度反思,而她切入问题的视角却是新鲜的、独到的。她在边缘处看到了一个更加完整、更加全面、更有深意的世界。

筱敏的散文将思想性与诗性较好地结合起来,它展示的是散文远离所谓的时尚、热点等等回到真正的"思想主体"的可能性。她的叙述跨越日常生活的欢喜伤悲,建构起精神贵族般的形而上空间。从女性写作的角度

---

① 张国龙:参见《中国散文通史》(当代卷),刘锡庆主编,安徽教育出版社2013年,第368页。

看，筱敏的散文是真正意义上的女性主义散文。她的散文，形成了基于自由意识和平等观念的性别视角，这也使她总能够从另类角度打量历史和现实。

筱敏善于借用很多神话传说中的陈述形象作为某一篇散文的题眼，如"小人鱼""精卫""山鬼""狐媚子"等等，并从故事、民间传说、童话中寻找灵感，由此反思作为一种精神存在的生命形态。《精卫》中"再生的欢乐在瞬息之间突然恍如幻觉，荒谬的感情突然袭上柔弱的羽翎。羿射日和禹治水都是有所终结的，可以记载的。唯有她与存在的对抗永无终结，亦无记载"。《山鬼》的反复咏叹，但是筱敏召唤的不是"魂兮，归来"！而是"人呵——人呵"。《小人鱼》写爱情的无限与有限，它对语言的超越与最终的不可超越，站在语言的边缘的美人鱼无法填补那"绝对岑寂的绝对遥远的距离"，尽管心中充满着爱。在筱敏那里，山川河流，四季轮回，雨雪雷电，苦难与爱情，民族与传说等等都是精神化的存在。

筱敏就某种意象敷衍出汪洋恣肆的语言与精神世界，她的语言纯净，富有诗性，很多段落如果加以断行，便是可以吟诵的诗歌。她善于将常见的意象开掘出深意和新意，并以叙事者的自由精神和不羁的激情驾驭文字，重写属于女性的神话和历史。

冯秋子（1960—），蒙古族，原名冯德华，有散文集《寸断柔肠》。散文代表作有《寸断柔肠》《尖叫的爱情及其他》等。

冯秋子是"新散文"中在表现力和思想力两方面都非常突出的作家。她的散文篇目不多，但是几乎每一篇都有一种经过沉淀之后的宁静而忧郁的美感。她在散文中描述德国现代舞大师皮娜·鲍希的一句话"我跳舞，因为我悲伤"对她心灵的撞击，如果把"跳舞"换成"写作"，大概也可以同样概括冯秋子的散文内核——我写作，因为我悲伤。散文在冯秋子那里是通向家园、宗教与自我内心世界的一种途径。

冯秋子将个人经历和体验嵌入到更开阔的文化与历史的大背景中，令叙述主体的个人记忆摆脱了私我的空间，而更具有厚重感。冯秋子的很多散文，都是写故乡内蒙古，写草原的故事，草原的黑夜，黑夜里出没的鬼魂。她的散文有一种魔幻的思维方式，让人想到拉美的魔幻现实主义。鬼魂是一种既成的事实，是无须争辩的——在有宗教信仰的少数民族群落中，关于鬼魂的传说本来就多，一个孩子发达的想象力，使得鬼魂成为她生活现实的一种。"多年前我在北方草原生活，黑夜里经常出没的鬼魂几乎遮蔽了我整个童年。"并由此展开了关于人和世界的更深入的思考："我想不好，白天和黑夜抗争了多少年，人和鬼抗争了多少岁月，人还是害怕黑夜，还是害怕鬼，人是万物之主吗？"

土地的历史、冤鬼的传说，说到底都是人的故事。所以讲鬼故事是在讲人的故事。因为鬼直接逼近的是人的生活现实——鬼是因为人而成为冤鬼的。但是人们却总是要置身度外来看鬼，好像他们根本不必为鬼负责。与拉美的魔幻现实主义不同的是，冯秋子不会在人界与鬼界中寻找故事，她的兴奋点不是传奇，而总是要回到踏踏实实的人间。她的鬼总是有着人界的经验痕迹，总是会与权力者的盲目暴力有关。

个人记忆与时代、民族记忆的融合，也使得个人记忆更加有沧桑感。《蒙古人》便是把马背上的民族的历史，与个人记忆中的历史相连。额嬷面对草原蓝天歌唱，艰难的生活与人的尊严在歌唱中找到了一种由词语凝固下来的艺术形式，从而确证了人生存的意义。也就是说，民族记忆与个体的生存经验互相确证，蒙古族的历史不在史书上，不在书本的教化中，它只存在于蒙古族人的生存状态中，以及内蒙古土地的自然生态中。在冯秋子那里，历史不是线性的，历史只是感性的个体经验的集结，是一种当下时态隐喻下的古老的对应。

在关于亲情和家庭的记叙中，冯秋子的散文也没有传统散文那种常见的美好或感伤的氛围，相反她在孩子身上看到了女性的历史，从父亲身上看到权力的威严和脆弱。《婴儿诞生》，便是一部以生育为线索的女性"史诗"：从外婆到母亲、婆婆到自己，生生不息的母性精神成为化育万物的源泉，同时也延展成对母亲、母语以及母亲所在的那片土地的刻骨铭心的思念。"母亲情结"和"乡土情结"息息相关。"蒙古族人心灵自由，不愿意被具体事情缠住，他们就像是沉重的船，但他们不觉得沉重，他们唱着歌，四处飘游……蒙古族人的家在每一个他想去的地方，一旦去到那里，又想回家。他们永远从老家瞭望远方，在远方思念家乡。"

《辉煌，辉煌》，是反思我与父亲之间的关系。父亲作为一种威严权威的存在，恰是巨型历史的象征。"我"带着一种批判的视角来打量这一切。但是，女性的父性崇拜、英雄主义情结，又使我渴望回到父亲怀抱，渴望做一个有精神之父的皈依者。"我写信时，告诉父亲我爱他。二十多年我说不出的话，就这样写出来。""他这一代人说是革了命，可谁能证明他就摆脱了宿命？父亲，你的一生已经无足轻重了，你的信仰是唯物呢，还是唯无？"辉煌是与男人的雄浑的英雄气质相连的，是一种革命情结，但是现实只是庸常的生活。父亲的失落来自于革命主义的式微，而"我"的内心则无法摆脱一个强悍时代留下来的伤痕。战争结束了，但是没有和平，因为内心的风暴难以熄灭。

冯秋子的散文还表现出在宗教烛照下的简单的灵性的思维特质，凸现出一种质朴的深刻。冯秋子在哲学意义上反思宗教与人的的关系，或者说反思宗教对于人的救赎到底有着怎样的意义，以及宗教与革命之间的关系。除了心灵上与宗教的天然的契合之外，她找不到后天更加牢固的支撑，因而信仰成为一种哲学审美意义上的观照，而无法还原它本质上的意义。宗教是一种传说，是一个故事，是一种梦想，但不是现实。现实是被神灵遗忘的场所，彼岸是一种莫须有的存在，它带来的只是此岸的忧郁。冯秋子的散文正是要直达这种忧郁，要理清人们心中的悲苦到底来自何方，到底会持续多久？在冯秋子的散文中，所有的荒诞和传奇，最终都成为一种无须追问因果的现实。这种具象化的思维方式具有鲜明的蒙古民族的文化特色，应该说蒙古族人的历史以及宗教直接影响了她的话语方式。她的宗教感渗入到她关于革命、暴力、政治、法律、犯罪等的反思中。她的叙述总是被一种更加强大的精神力量烛照，最终强烈的爱憎、批判都融入到具有宗教意识的悲悯中。

冯秋子的散文在形式上更注重倾诉性与对话性。她在《一件事无始无终》中说："我写散文是想把多年来接纳和融合的自由，身感心受的自由的照耀，传达给我的朋友。"她的很多散文并不在文本中设定倾诉对象，但是所有的叙述都是面向某种特定群体的。因而她的散文往往会建立在与聆听者共同的"统觉背景"上，直接进入到文本节奏的行进中。

冯秋子不仅写蒙古族，更可贵的是她找到了一种写神秘草原的话语方式：简单、凝练，遵循内心的逻辑，有孩童式的单纯和深刻。往往以简单的语句切中痛处，就像蒙古族人的歌，在粗犷苍凉的旋律中蕴含天地间的大悲痛和大了悟。

　　陈染（1962—）生于北京。出版中短篇小说集《纸片儿》《嘴唇里的阳光》《无处告别》《与往事干杯》等，长篇小说《私人生活》，散文集《断片残简》《我们能否与生活讲和》等。有《陈染文集》四卷本行世。

陈染的散文具有很强的哲理思考的性质，一篇散文往往就是一次思想的游历。她的散文表现出对自我精神世界的顽强固守、对现实人生的困惑和抗拒情绪，以及人作为思想主体的自由与自主意识。

陈染的散文最突出的便是她对于"孤独"的深刻体认。在《孤独的能力》中，陈染认为孤独是人的一种能力，是与人群的不合作，是一种独立的思考能力。她认为身边的"城市正在变成一座思想的幼儿园"，而"成年就是孤独的能力"。

陈染在散文中表达了个体在孤独中对于社会人生的深度思考。在《半个自己》中，她认为个人在一个"群众的时代""政治的年代""个人不能救助的时代"中，难以保存整个生命的完整，否则"你便会无生路可行，你就会失去全部生命"。她说，"许多年来，我始终在自己的身体里，为保存半条还是失去全部生命，进行着无声的选择。这一场看不见的较量从未离开过我。我无法彻底'这样'或者彻底'那样'，"因而，"我只能有半条生命。"自我分成两半，一半属于自己，一半是贡献给公众的。在孤独中的自我和人群中的自我中，陈染固守自己的孤独，固守一个拒绝从众的自己。也正因为如此，她时刻感到个人与时代与社会生活之间的紧张关系。她不断地反思这种紧张，并说服自己与生活和解，但是最终，来自灵魂里的声音却总是拒绝妥协。这种与世界与人群的对峙、疏离成为陈染的一种反叛姿态，同时她也在承受想要和解而不能的痛苦。可以说，陈染将个体与现实的紧张感——一种时刻紧绷着的生活表现到了极致。

陈染排斥任何外在的束缚，只忠于自己的内心，但是也常常受困在自己的内心中。她在《逝去的声音》说自己"一向喜欢探索一切不可能和禁忌的事物，爱好古今中外的怀疑主义哲学和离经叛道的学说"，甘于远离主流与权威。这一切特立独行的主张和立场都使陈染的散文具有了强烈的反叛性和深度感。她的散文呈现了一个让人心疼、亦让人敬佩的叙述主体，她与一切外在保持距离，固执地封闭在自我的世界中，以肉身证悟人生之道，舍生赴一场痛苦的思想盛宴。

在反思个人和群体之间的关系后，陈染表达了自己对于群体的盲目以及欺骗性的失望，并声明自己的写作立场："我写作是为了表达并不是为了交流，很抱歉我不是为了广大读者写作。"（《姿态与立场》）当上个世纪90年代文学进入市场化进程后，这样的声音便尤显宝贵。在《独自漫游》中，陈染希望自己"拥有一些不被别人注意和妨碍的自由，可以站立在人群之外，眺望人的内心，保持住独自思索的姿态，从事内在的、外人看不见的自我斗争……"某种意义上，陈染的散文表现的正是孤独个体对于自由的全部理解和追寻。

宗教、西方精神分析学、生命的轻与重、卡夫卡、克尔凯郭尔等现代主义哲学的重要范畴和人物，对陈染有很大的影响。陈染的散文表现了自己对于这些哲学思想的再思考的过程。在她的散文中，内心生活替代了纷繁的现实生活，与书本交谈替代了与现实中人的交谈。因而她的散文总是呈现出一个孤独个体在思想途中的状态。

陈染的另一些散文记叙了与朋友、母亲的相处，在表面的世俗生活之外，依然能够看到她对于内心生活完整性的执着坚守。这种对于独立自由精神的护卫、甘于孤独的思想者的姿态，注定是边缘化的、不合时宜的，因而陈染的散文中总难摆脱浓重的悲观主义情绪。在对于爱情的理解中，陈染更是绝望的、宿命的，她引用外国哲学家的话说：我们处在两个世界，一个已经死了，另一个无力生出。

陈染是一个敏锐、焦虑的思想者，这种以思想者的身份而存在的女作家并不多见。她思想的真诚和深刻也是散文中少见的。但是作为散文写作来说，她还需要在形而上的内心生活之外，融入斑驳复杂的现实生活，多一点点烟火气或许会让她的写作变得更加开阔和生动。

徐坤（1965—），出生于沈阳。1993年开始发表小说，出版小说、散文、论著等300多万字。主要散文随笔集有《亲爱的自己，亲爱的你》《坐看云起时》《网上有人》《我的人生笔记》等。

徐坤的很多散文是基于女性学者的视角看文学、看世界，也包括看自己。她的散文很少进入女性散文常见的个人情感世界，也非一般散文写景抒情的模式，而是通过日常生活、个人成长回忆、记叙友人等，进入到对于社会或审美问题的思考。她的散文多呈现随笔散文特有的智性，语言节奏明快。其散文叙述的主体姿态比起她小说少了调侃和揶揄的意味，而是直接袒露内心的真实和真诚。

《我的红色娘子军》写少年时代的红色情结对"我"一生的影响。散文描写了芭蕾舞剧《红色娘子军》的精湛艺术表现，反思"艺术创造，究竟起源于禁忌还是源于自由"？作者写了一代人对于红色经典的复杂的内心感受，它们既是自己人生的一部分，是对青春年少的美好回忆，但又是被灌输的"虚妄的红壳"，这种矛盾的心结是一代人的真实写照。她笔下的童年少有温情脉脉的唯美气息，呈现的多是混合着时代特征的儿童生活，如《红小兵生涯》等。

徐坤的散文中也有议论性较强的杂文，如《时尚是一条狗》《女人无穷动，男人动不动》《美眉的世纪》等。这些文章大多关注当下，对于网络、时尚、短信、影视等现代生活的多个方面都有涉及，这也体现了徐坤对于日常生活的敏感和敏锐。散文写作需要一个作家对于生活中不断出现的新元素始终保持好奇和审慎态度，需要我们在生活的同时不断反思和批判我们的生活。

徐坤的散文有非常自觉的女性主义色彩，她也并不回避自己作为一个女性主义者的精神立场，这在女作家中并不多见。在《亮出你的肌肉块儿》中，徐坤阐述了自己的女性主义观念，女性主义就是："给女性以充分的生存自由选择权利。"《知识女性：上下都很艰难》中，写知识女性既想在女性解放与进步的进程中做到示范效应和观念引导的作用，但是却又无法左右现实中自己真实的处境。散文中，作者把这些在事业上有成就、受人尊敬的知识女性称为女先生，"先生"也恰恰道出了女性缺少自己话语传统的尴尬。在《谁是"霸王"，谁是"姬"》《始乱终弃又一回——也说＜廊桥遗梦＞》《女人何苦为难女人》等文章中，徐坤更是以具有锋芒的女性主义视角解读文学、电影、流行音乐等。

徐坤还有一些写人散文介于评论和随笔之间，渗透着作者强烈的女性主义意识。如《才子荆歌》《魏微：从南方到北方》《毕飞宇：哺乳期的父亲》等，都是借由写人物而写文学，由写文学而观人生世态，其中有对于男作家、女作家作为凡夫俗子的描画，有对于现实人生的理解和体谅，是一种将心比心、极具性别关怀的文字。如写季红真作为女性批评家的成就与尴尬："作为女性，当冲出一条血路突入既定文化时，谁个不披挂上冰的铠甲，哪个不心怀忐忑忧惧不安？就如红真你，一路潇洒写来，以二十个小专题为女性辨明后，末了，在最后的'跋'里还不忘极力将自己从'女权分子'中摘出来，极力阐释'我为什么不搞女权主义'。女权主义在这里听起来多么像个贬义词啊！连这么优秀的季红真也为自己设置了一个自我悖论？你说你'不搞女权主义'，你就不是女权主义者了吗？"
（《季红真：今晚出去喝一杯》）

这是对女性主义在中国知识女性中的际遇的一个形象阐释。事实上，多数知识女性坚信男女平等的理念，并关注女性生存状况，为女性争取权利，但是在中国绝大多数女性知识分子并不承认自己是女性主义者。这其中自然有女性主义在传播过程中被歪曲和误读的问题，而就不同的个体来说，其原因也很复杂。徐坤在她文章中指出了"一代精英女子的一份酸楚和苦痛"，并指出女子在文化中的"木兰情境"——"经由男权文化的强硬的格式化训练熏陶，而后化装成男人登场。大凡能够进入到文化高层的女人，其命运最后全都一致，那就是格式化完毕后，机器里边打印出来的整齐划一的批量产品。"借由评说好友，作者道出了女性生存的种种尴尬处境，以及女性在男权社会中自我性别的迷失。

这些偏于感性的评论文章中，透出作者深入而理性的思考，其间对友人的爱和善意也有着打动人心的感染力。这种既有情感魅力也有理性沉淀的文章，正是女性写作，尤其是女性批评的重要特征。《曹文轩的成人情色世界》，更是集合了随笔的放松和率性、小说研究的理性和智性，这是更具有女性主义色彩的批评——是融合自身生存体验、文本阅读经验、学识和审美于一体的女性批评。这一系列的文章也让我们思考女性主义批评应该有怎样的气质和气魄，这也是徐坤散文带给我们的重要启示。

周晓枫（1969—）生于北京。1992年毕业于山东大学中文系。出版过散文集《上帝的隐语》《鸟群》《收藏——时光的魔法书》《斑纹——兽皮上的地图》《你的身体是个仙境》等。

周晓枫的散文悖逆于传统散文，尤其"十七年"散文的模式和趣味。在她的创作中，散文的文体形式呈现出极大的自由度和丰富性。她注重语言修辞的美感，但不仅仅停留在词语碰撞的历险中，相反她凭借华丽的词语最终抵达到灵魂深处的善与恶、罪与悔。散文这种文体在她的笔下呈现出更多的可能性。

动物题材是周晓枫散文中的重要部分。《斑纹——兽皮上的地图》便是关于动物的散文集。这些散文多从动物的习性入手，从看似平常的科普知识中发掘文学意味，并借由动物而窥探人世间的奥秘。如散文《斑纹》中，写各种动物身上的斑纹，并由此写到人躯体的瘢痕和心里的记忆的斑纹，爱与恨的伤痕，最后写"因为距离的遥远，在神眼里，我们，不过是一些斑点"。由斑纹而串联起整个宇宙人间，这是阐释世界的新视角。《斑纹》中还写蝴蝶爱好者制作收集蝴蝶标本，也是妄图收集美和死亡，"一个人的妄想竟然逾越了人间的可能，抢夺上帝的社稷。大地苍茫，我们可以看到黄昏之后缓缓上升的黑暗高大的护墙，看到星宿放射钻石的辉芒——只有天堂，才敢配有一面无比华美的天花板，覆盖众神的睡眠。"这些闪烁着浓重诗意和灵感光芒的文字，表达了人在美与生死面前的渺小，以及人对宇宙诸神的敬畏，并由身边无处不在的斑纹而牵连出形而上的忧思。

周晓枫写童年，也常与动物相关。她对童年不是美好的抒情牧歌式的礼赞，相反是以成人的眼光打量人之初的残忍和脆弱。她常在散文中检省看似无辜的童年，尤其是因为无知给动物们带来的伤害。如《幼儿园》中写孩童对蚂蚁的残酷虐杀。她在散文中追问这种盲目而又残暴的行为到底源于什么动机？人在后来的成长过程中，尤其是在青春时光，又是如何将最初的残虐施加给自己，逐渐在自我规诫和惩罚中，塑造了一个异化但又时刻挣扎的自我。

如果我们把"童年视角"理解为写童年以及以孩童眼光看世界，那么"童年视角"便是我们理解周晓枫散文的重要线索。即使是在描述成人世界时，周晓枫的散文中也总有一个无辜而委屈的孩子。这个小孩是潜藏在叙述者背后的另一个"我"，她在散文叙述的主调之外提供了另一个声音。世界远离她最初的想象，而这个长大了的自己也远不是孩童期望中的自己。所以在看似合理的成人世界中，总有一个孩子感到一切都别别扭扭，感知到生命中无端琐碎的烦恼，她不愿意屈就但最后总是妥协，直到自己成为自己的"异己者"。这种矛盾的复调式的声音在周晓枫的散文中经常出现。

以童年视角看成人世界，以成人眼光打量童年时光，这种对叙述对象的对照性的介入方式，让周晓枫的散文呈现出复调性。她的叙述节奏中，总是出现两个自我的声音，一个是孩童的，良善却是执拗的；一个是成人的，叛逆却也矛盾犹疑。因而周晓枫的散文中善与恶、单纯与复杂、赞美与否定总是对照着出现，这不仅体现在具体的语句中，同时也是一种潜隐的叙述姿态。

周晓枫的散文中还有一些是以新的思维阐释已有的童话故事，重写童话也是作者对于世界的重新发现。如《铅笔》中："在白雪公主长大以前，王后曾经是世界上最美的女人——就像白雪公主注定成为未来的王后，王后其实就是一个变老的白雪公主。魔镜映照王后往日的辉煌。而王后频频下毒手，其实她真正想杀死的，仅仅是自己的记忆。"这种对经典童话的解读带有独特的个人烙印，但同时又是另辟蹊径、启人深思的。《黑童话》也是在经典童话停止的地方继续思考，并且是深入到宗教哲学层面的审美思考。"重读童话"本身就是对自我与世界关系的意味深长的梳理，是对唯美主义、理想主义的一次精神拜祭。

具有女性主义意识的"身体叙事"，也是周晓枫散文的重要方面。所谓的"身体叙事"，是女性主义写作的一种策略，它认为父权建立了一种关于身体的政治，即通过对于精神的控制从而控制人的身体，并掌握对女性身体的话语权。而女性写作主张的"身体叙事"就是在重新认识身体的过程中，消解操控身体的权力，找到回归自由的可能。

《你的身体是个仙境》是典型的女性主义"身体叙事"。作者从女性的生育写起，写到女性的生理性征对女性心理的影响。作者写自己在少女时代慢慢形成的对于身体的厌恶和畏惧，"越不受欲望拖累的人就越高尚，越有教养——我的教育和自我教育，逐渐精简为清除自己肉体的过程。"于是身体成为精神压抑的替罪羊，它是女性在逐渐成为被塑造的"她者"过程中首先感到羞耻的对象，而女性主义"身体叙事"是对女性身体的重新审视与正名。女性对自己身体的认识，最终是为了印证身体拥有快乐的权力，而在这中间最重要的是女性身体的尊严，它不是传统象喻中的诱惑和罪恶的化身，也不是被膜拜的女性自我的圣洁化身。相反它是女性自由和快乐的源泉之一，也是女性抵达心灵完善的必经之途。散文中最后写"我"观看了女友摘除子宫的手术过程，以及女友的丈夫对妻子的赞美，"我"终于决定突破自己的心理防线，坦然面对自己的身体，这也是对被囚禁的身体的一次重新发现。

散文中写了多个女子在两性关系中身体以及心灵受到的伤害，她们或麻木或愤怒或沉迷，都令人感叹。尤其是写两个电梯女工聊天中感慨，男人总说脏话，而女人骂男人只能骂他妈和他老婆，连骂男人的脏话都没有。"即使是侮辱，即使是最小规模的两性战争，女人往往也从伤害同类入手。"以上是作者对于现实中女性话语的关注，这是由身体叙述而直接牵扯出了对于女性生存、女性话语的关注。

周晓枫的散文对心理学尤其是弗洛伊德学说有着自觉的文学阐释，她笔下的铅笔、橡皮擦等都是带有男性性征的象喻。《铅笔》中具有鲜明性隐喻色彩的描述也比比皆是。通过这些她建立了自己的性话语系统，其中很多词语都被赋予性的象喻功能，并对现实世界中微妙的两性关系有着形象的呈现。她的散文对文学、哲学、历史、宗教等人文方面都有涉猎，对经典的引用多恰到好处，但这种引经据典并非通向理性判断，或是文化演绎，而是一种审美层面的精神游历。

周晓枫的散文呈现出作者出色的语言驾驭能力。她的文字意象丰富，想象力奇谲，字句之间的遭遇往往出人意料。大量比喻、拟人、通感修辞方式的运用，让其散文成为馥郁芬芳的词语的盛宴。比如《种子》中写到流星："再次证明天堂是座工程粗糙的建筑，流星，那些没有钉牢的钉子，它们掉了下来。"写蜜蜂："金黄透明的蜂子仿佛自由逃跑的蕊，在花瓣故乡上流连。"这种灵感喷薄的比喻在晓枫的散文《种子》中比比皆是。比如当种子超越它具体的含义，而成为人世间一种神奇的力量结晶时，作者写道："飞鸟是天空的种子。火焰是黑暗的种子。歌唱是沉默的种子。倾诉是秘密的种子。泪水是爱的种子。"

她的文字是浸润生命体验和调动叙述者全部感官的书写，这种极度投入的叙述状态带来了更多富有才华和深度的想象。在《马戏与杂技》中，写小丑："他身上最大的魅力在于自由——自由，这个词是所有幸福的秘密心脏。"写蛇诡异得令人恐惧："你根本不知道它的弱点在哪里。世间最大的迷宫是沙漠，最小的，是蛇让人猜不透地址的冷酷的心。"《病床》中说："人在疼痛时为什么会弯腰呢？那是在向他看不见的大神表示臣服和祈求。"

精于修辞让周晓枫的散文更灵动和耐读。她的文字会将阅读者带入周晓枫式的语境中，并在她叙述的迷宫中寻找出口和入口。修辞与文体形式的复杂性、对形而上问题的自觉思索让她的散文成为一种"深度写作"，并为阅读提供了多义性、多层面的解读空间。

结语

散文：女性诗学建构的一种维度

　　女性主义批评者认为"诗学之中没有散文的位置"。[①] 我们关于文学史的认知往往都是对于主流文体的描述，而散文虽然是包孕一切文体形式的母体，但是它的驳杂、边界的模糊性使它长久以来难以摆脱边缘化的命运。人们关于散文的品评一直没有建立起自己的话语体系，而是停留在鉴赏以及概念的介绍与论辩之中。新时期之后，随着散文的不断发展，尤其是散文在文学萎靡状态中的蓬勃生长，使我们认识到对散文自身的分体史的研究非常必要。而当越来越多的新生代散文开始注重写作技法，当世纪末的诸多文化现象一起涌向散文的领地中，关于散文的研究便不能够只是

[①] 多罗茜·凯利：参见《中国当代文学的叙事与性别》，陈顺馨著，北京大学出版社1999年，第111页。

一种文学史的补充式的或边缘式的陈述，真正意义上的散文研究开始浮出历史地表。也正是在这里，散文研究，包括女性散文研究开始遭遇自身的困境。

它首先面临的是一种批评传统的缺失。古典美学与马列主义美学都难以覆盖散文正在发生的变化，而在大量西方新潮理论互相比拼的中国批评界中，散文又难以找到可兹借鉴的外来语汇，这更显出它的"沉默"与"苍白"。很多研究者就在这种沉默中耕耘，直到散文终于成为引人关注的文体，但是热闹却更多地属于出版市场。进入人们视野中的散文往往难以代表散文的正宗，散文的繁荣更多地并不属于真正意义上的"艺术散文"，人们不得不再一次感慨散文研究的艰难，不仅因为它面对的始终是沉默的少数，也因为散文本身的形象在被市场曲解。

和整个散文研究的弱势一样，女性散文研究也存在很多问题，比如批评的表层化倾向。散文批评很容易就成为媒体炒作的应和之作，而缺乏深入的思考。如果说散文只承载道德思想的平均值，少创造性，在大众文化时代，甚至成了一次性消费的文化产品，没有重读或者评析的价值，那么作为一种文学和文化现象，这本身就是值得我们研究的问题。如果说散文始终存在着某种精魂，正是这种精魂使散文成为世纪之交中国文坛的热点，那么这种精魂是什么？它与我们的传统与当下有着怎样的关系？对于散文创作中的很多现象，我们都缺乏深入的观照。

就整个散文的研究现状来说，有很多问题是我们不能忽视的。首先是命名的焦虑。"名不正则言不顺"。"名"之于批评而言，则更是重要的，它是批评者建立共同的"统觉背景"、即批评的主客体语境的一种必要条件。也正因为如此，命名的权力就格外重要。而在散文领域内，批评者们则陷入了命名的焦虑之中。人们急迫地表达自己关于某种创作现象的命名，但是却往往缺少必要的沉淀与反思，因而命名的纷杂与随意到处可见。比如关于不同思潮散文的命名就是五花八门，难有定论，批评者大多会遵行自己的一套命名系统，这便使散文研究经常地止于概念与范畴论阶段，而难以延伸下去。散文文体的自由散淡的特征给散文研究以很大的弹性空间，散文批评者之间应该有更有效的交流，以谋取最基本的命名上的共识。

其次，缺乏对具体作品的关注与细读。我们经常会概括性地谈论一位散文作者的总体风格，而忽略了对他某一篇作品的详细解读。而事实上，一个作家的风格并不是确定的、单一的。也就是说他的作品并不只是停留在一种层面上，比如说张洁早期的《挖荠菜》《拣麦穗》与后来的《过不去的夏天》《世界上最疼我的那个人去了》，无论是在表现形式还是在主题意旨方面已经有了很大的变化。比如王英琦的《有一个小镇》《我遗失了什么》与后来的《大师的弱点》也都有明显的不同。甚至于一个作家同一时期的作品也会有很大出入，比如斯妤在写作荒诞的新潮散文的同时，也会有血浓于水的亲情散文，而如果我们对一个作家及其作品只是泛泛而谈，便会忽略了创作主体多层面的艺术实践；另一方面，也是最值得关注的，就是无法建构起关于散文的修辞论研究，比如在叙述学意义上的散文研究，一直到现在都很匮乏。散文作品中越来越复杂的人称变化、聚焦方式，散文结构的复调性、它的对话与独语、语言的张力、弹性、象征、节奏、变形，叙述者自我情感的把握与节制，凡此种种，我们缺乏对散文叙述方式的更加细致的分析，而这也正是与对散文作品细读的匮乏有关。

再次，批判精神弱化造成了思想的贫困。或者，我们也可以反过来说，是思想的贫困使批判意识变得薄弱。当整个学术界在一味追逐深刻、逻辑、抽象的话语方式，当话语的泛滥和晦涩成为一种时尚，这种学术病症环境比学术本身更发人深省。因为在语言的狂欢背后，往往就是主体批判意识的萎缩，思想依从的彷徨。尽管散文研究还保有单纯易懂的表述方式，但这并不是因为要强化某种批判意识，或者是达到深入浅出的表述目的。相反，这只是因为它暂且缺乏一套象征性的表述体系而已。这使我们意识到散文一方面应该规避当下学术界的晦涩之风，同时也应该加强散文研究的批判意识，并由此建构散文研究的独特的话语体系。

对于女性散文批评而言，则更容易将批评本身变成一种市场操作模式下的敷衍或表演，很难深入到女性散文的深层空间。即使有的批评涉及对女性散文的批判，但是又往往一概而论，以偏概全。更可怕的是，很多时候，散文成为研究女作家作为一种道德主体的存在状态而不是审美状态的依据，这使女性散文的创作与研究都变得艰难。从文学性的角度来切入女性散文，那么女性散文研究就不是应景式的敷衍与虚夸，客观的具有建设性的否定意识必然会成为女性散文研究的重要话语姿态。当然从本质上来说，我们并不赞成散文研究形成某种主流式的研究方式和方向，就像在其他文体研究中所存在的雷同模式一样。但是在当下，散文研究在每一种话语方式上都缺乏成熟完整、具有力量的声音，因而在多元形态下强化散文自身的研究话语的完备，这应该是当下女性散文以及整个散文界研究的重要方向。

散文研究应当引入多元、开放的研究方法，也就是说要突破传统、单一的批评方式。二十世纪九十年代以来，中国批评话语大多是在两个层面上展开，一方面在叙事学意义上的修辞、话语研究，另一方面则是艺术与包括社会结构和意识形态在内的文化关系研究。而这两方面在散文研究中都并没有得到深入的实践。简单的社会学或者文章学研究已经不能适应当前散文发展的状况，而单从艺术审美的角度来切入散文作品，也难以发掘出更有价值的信息。新的创作形式需要新的研究方法，例如对斯妤、筱敏等人的"新潮散文"的研究、对胡晓梦、冯秋子、黑孩等的"新散文"的研究，对备受关注的七〇后、八〇后女作家散文的研究，对网络散文、"小女人散文"等一系列与大众文化市场相关的散文作品的研究，都需要我们以更加新颖的批评视角来切入。多元的研究方法是应当提倡的，前文已经提到的文化研究、比较文学研究、女性文学研究、叙述学研究，这些都应该更深入、更广泛地充实到散文研究的方法论中。当然作为承载中国文化意蕴十分深厚的文体形式，中国古典美学，传统文化诗学等等都是散文研究中应该借鉴的。另外，其他文体研究中的误区也应该成为散文研究中注意的问题，散文研究应该避免西方话语的生硬移植，并跳出叙述学或文化学的简单的框架，以一种更具有包容力的视野来追踪和引导文本创作实践。

就女性散文自身来说，虽然比起以往的空白与被漠视，新时期的女性散文批评有了很大的发展，但是女性散文批评与其他文体相比还是相差很多。就已有的女性散文批评而言，大多是从艺术审美的角度勾勒出史的脉络或者是描述女性散文创作上的一些特征，以女性主义研究视角来观照女性散文的文章还不多见。女性主义尽管无法完全覆盖女性散文的意义场，但是作为切入女性文本的重要方法，它的价值应该被认识到。同样，长久以来，女性散文之于女性诗学建构的意义也被漠视。客观地说，女性散文对于女性的生存状态、对于女性思想的嬗变都有着更为真实的纪录，但是女性文学的研究者们似乎更关注虚构域中的女性生命的真相，从而使女性现实处境游离于批评之外，也使女性批评离女性的生存现实越来越远。事实上无论是从女性文化还是从女性诗学的角度，女性散文都应该成为女性文学研究的不可忽视的一部分，离开了对于女性散文的关注，女性文学批评自身也将是不完整的。

也许换一个背景——在文类的多种形态下，换一个视角——在散文自身的真实性之上，我们可以看到女性诗学更独特的景象与更广阔的空间。